Klaudia Zotzmann-Koch

Mord & Schokolade

Klaudia Zotzmann-Koch

Mord & Schokolade

Kriminalroman

Genuss [krimi] bei KSB

Bibliografische Information der Deutschen Nationalbibliothek.
Die Deutsche Nationalbibliothek verzeichnet diese Publikation in der Deutschen Nationalbibliografie; detaillierte bibliografische Daten sind im Internet über www.dnb.de abrufbar.

1. Auflage 2014

Umschlaggestaltung und Layout: Atelier Reichert, Stuttgart
Titelfoto: Klaudia Zotzmann-Koch
Druck: GRASPO CZ, Zlin
ISBN 978-3-941564-89-3
www.genusskrimi.de

Mit einem herzlichen Danke an Frau Kreye-Wagner und ihre Tochter, die das *Coffea* im Hildesheimer *Umgestülpten Zuckerhut* betreiben und dort hervorragende handgemachte Schokoladen und ganz wunderbaren Kaffee feilbieten. An Herrn Weihbischof Koitz, der alles andere als Ähnlichkeit mit dem Bischof im Buch hat, sondern so freundlich war, mir eine spontane und sehr interessante Führung durch den Hildesheimer Dom – zu dem Zeitpunkt mitten im Umbau befindlich – zu geben. An meine Familie, die tatkräftig bei der Recherche geholfen hat. An Anni Bürkl, deren Schreibwerkstatt immer wieder für kreativen Input sorgt. An Astrid, Mike, Jenny und Markus, einfach *weil.*

Hinweis: Ähnlichkeiten mit lebenden oder toten Personen sind wirklich vollkommener Zufall. Weiteres spielt dieser Roman zwar in Hildesheim, es sind der Autorin allerdings keine der Geschichte im Buch ähnelnden Vorfälle im Bereich der Stadtverwaltung oder des Vikariats bekannt.

1

»Du miese Ratte!« Rita tobte und machte zwei große Schritte auf Christian zu, der vergeblich versuchte, die Fassung zu bewahren. »Gottloser Dreckskerl! Ich hätte dich nie heiraten sollen!« Ihre Stimme hallte schrill von den blanken Wänden der entweihten Krypta wieder. Sand rieselte aus einem Mauerspalt am hinteren Ende, wo die Archäologen sich bis durch die Wand gegraben hatten.

»Rita, beruhige dich doch. Es ist alles nicht so, wie du denkst.«

»Nicht, wie ich denke? ***Nicht wie ich denke???*** Was ist daran denn anders zu denken, wenn ich herausfinde, dass du fremdgehst?«

»Wer ist die Schlampe? Wie jung ist sie?«

»Rita, ich habe mit keiner ...«

»Ach nicht?« Sie zog die Packung Kondome aus der Jacke, die sie am Mittag in seiner Tasche gefunden hatte. »Und was ist das hier?«

Christian wurde blass. Er war so vorsichtig gewesen, hatte immer so penibel darauf geachtet, dass es keine Anzeichen und schon gar keine Beweise gegeben hatte. Und nun hatte seine Frau tatsächlich etwas in der Hand. »Aber die sind doch für die Jugendgruppe ... Ich habe da zwei erwischt und ... Jetzt beruhige dich doch, Liebes.«

»Liebes??? Du wagst es noch, mich *Liebes* zu nennen? Und wieso genau sollte ich mich beruhigen?« Sie kam noch einen Schritt näher und ihr Blick schweifte dabei über die Gerüste und Baustellentische, die die Dombaustelle beherrschten. Sie fand einen großen Hammer auf dem Gerüst, griff ohne nachzudenken nach dem Werkzeug und war in der nächsten Sekunde erstaunt darüber, wie schwer es war. Doch ihre Wut war unbändig genug, dass sie es weitere drei Sekunden später schon wieder vergessen hatte und sich dabei fand, den völlig verdutzten Christian damit zu bedrohen. »Acht Jahre lang war ich dir treu! Acht Jahre!«

»Rita, du bist die einzige ...«

»Acht! Jahre!!! In denen du die meiste Zeit unzählige Ausreden gefunden hast, um bloß keine Zeit mit mir zu verbringen! Ich wartete daheim und wo warst du? Hier!« Sie schwenkte den Hammer um sich in einer Geste, die den gesamten Bau mit einschloss. »Ich machte mich hübsch für den gemeinsamen Abend im Theater und wo warst du? Mit der Jugendgruppe am Galgenberg!« Sie schwang den Hammer in die grobe Richtung, wo sich am Stadtrand die genannte Anhöhe befand. »Ich habe ein Fünf-Gänge-Menü gekocht zu deinem Geburtstag ... ***Und wo warst du???*** Mit dem Bischof im Bermudadreieck!!!« Wieder flog das Hammerende, diesmal in Richtung Friesenstraße. »Und jetzt das hier??? Ich wasche deine Baustellenklamotten, die du hier tagtäglich einsaust und du platzierst mir das Corpus Delicti auch noch direkt vor der Nase? Willst du mich eigentlich verarschen? Kirche, Beten, Arbeiten und jetzt ***Huren???*** Willst du die gesamte Kirchengeschichte in einem einzelnen Leben nachstellen?«

»Rita, ich wollte dir doch nicht wehtun!« Christians Stimme klang nun flehend.

»Oh, du gibst es also zu? Aber ich will dir gerade wehtun, das kannst du glauben. Gleich noch vor dem Lieben Gott und Jesus selbst.«

»Rita! Zieh den Namen des Herrn nicht in den Schmutz!«

»Wie bitte?« Sie machte katzenartig wieder drei Schritte auf ihn zu und war nun fast dicht genug, dass sie ihn bei der nächsten Hammergeste mit dem schweren Instrument am Ende noch erwischen könnte. »Wenn der Herr so gütig ist, dann wird er dir vergeben, aber ich bin nicht der Herr! Ich bin *nur* deine Frau.«

»Ja eben, Rita! Meine Frau!!! Vertraust du mir denn gar nicht?«

Das war zu viel und Rita, die mit Geschrei und Gefuchtel schon einiges an wütender Energie herausgelassen hatte, brauste erneut auf, noch heftiger als zuvor. »***Vertrauen???*** Mach, dass du hier herauskommst, sonst versündige ich mich wirklich noch an dir!!!«, schrie sie. Diesmal hallte es sogar oben im Dom und Christian schrak zusammen. So hatte er Rita noch nie erlebt und bekam es tatsächlich mit der Angst zu tun.

»Rita, ich liebe dich doch!«, versuchte er, sie zu beschwichtigen, doch es klang kläglich. Und falsch. Tränen rannen ihre Wangen herunter und sie schüttelte gebrochen den Kopf.

»Das glaubst aber auch nur du.« Sie drehte sich zum Ausgang um, den Hammerarm schlapp an ihrer Seite hängend und in Christians Augen keimte ein Funken Hoffnung auf.

»Ich habe wirklich keine andere ...«

»Und lügen kannst du auch. Hier im Dom. Baustelle hin oder her, aber dies ist noch immer ein Gotteshaus. Du versündigst dich. Schon seit acht Jahren. Du bist der verlogenste Mensch, der mir je begegnet ist. Ich will dich nicht mehr sehen. Bin ich froh, dass wir wenigstens keine Kinder bekommen haben, sonst hätte ich am Ende noch tagtäglich deine Visage vor Augen, auch wenn ich mich von dir scheiden lasse.«

»Du willst dich scheiden lassen?« Jetzt klang Panik in Christians Stimme durch. »Du ***kannst*** dich nicht scheiden lassen! Vor allem kann ***ich*** mich nicht scheiden lassen! Wie sähe das denn aus?« Diesmal rannte er auf sie zu und packte seine Frau bei den Schultern. ***»Rita!!!*** Du kannst dich nicht scheiden lassen!!!!« Er griff fester zu und schüttelte sie.

»Und wie ich das kann!« Panisch riss sie sich los und sprang die ersten drei Stufen von der Krypta in den Dom hinauf.

»Rita!!!« Christians Stimme überschlug sich fast, als er ihr nachjagte und versuchte, ihr Bein zu greifen, als plötzlich ein lautes Krachen durch den Raum hallte.

2

»Damit sind Sie nun geschieden«, verkündete der Familienrichter. Susi hieß nun bald wieder Anders und nicht mehr Müller und war eine freie Frau. Sie fühlte sich unbeschreiblich – unsagbar deprimiert. Dass die Ehe mit Volker nicht funktioniert hatte, war wirklich schade. Zum Glück hatten sie es schon nach zwei Jahren bemerkt, dass es nichts mehr werden würde. Er war einfach ein Vollzeit-Polizist und kein Familienvater. Nicht, dass Susi jetzt nichts anderes in ihrem Leben fand, als Nachwuchs heranzuziehen, aber irgendwann wollte sie schon eine Familie haben. Nur Volker war einfach nicht der richtige Mann dafür. In Hamburg hatten sie sich kennengelernt, als Susi dort studierte und Volker gerade seine ersten Streifenfahrten absolvierte. Sie war mit dem Rad nach einer Party etwas angeschickert gegen ein Auto gefahren und Volker hatte sie – natürlich nachdem er ihre Personalien aufgenommen und den Fall notiert hatte – heimgebracht. Einen Führerschein hatte sie nicht, den er ihr hätte abknöpfen können, also nahm er am Ende ihre Hand. Das war nur vier Monate nach diesem vertrackten ersten Treffen und vermutlich nie die beste Idee gewesen. Anderthalb Jahre darauf war er versetzt worden. Von der Großstadt ins beschauliche Hildesheim. Mit den Hunderttausend Einwohnern zwar auch gerade so eine Großstadt, aber wirklich *was los* im kriminalistischen Sinne war hier nichts. Ein paar Drogendealer hier, ein paar Einbrüche da und ab und an mal ein überfahrener Fußgänger oder ein Unfall mit Todesfolge. Im Vergleich zu Hamburg also alles Kinkerlitzchen. Und nun waren sie in Hildesheim. Und geschieden. Wieder am Markt, sozusagen, allerdings ohne ernst zu nehmenden Single-Markt. Dafür mit einem *historischen* Marktplatz, der nach dem spektakulären Wiederaufbau 1989 tatsächlich sehr ansehnlich geworden war.

»Wollen wir noch etwas Essen gehen?«, fragte Susi ihren Exmann und hakte sich bei ihm unter.

»Zur Goldmarie?«, schlug er vor.

»Hervorragende Idee.«

Sie schlenderten die Zingel hoch, am Theater vorbei und standen eine Viertelstunde später am Hindenburgplatz, der von der Jugend kurz *PVH* genannt wurde, schließlich an der Ampel und Volker fand endlich seine Worte wieder.

»Tut mir leid, dass es mit uns nicht geklappt hat.«

»Mir auch« gab Susi zu.

»Ist es wirklich ok, dass du jetzt erst einmal bei deiner Tante einziehst?«

»Jaja, Tante Paula freut sich schon auf Gesellschaft. Immer nur mit Karlo am Abend vorm Fernseher rumhängen, ist eh nichts für sie.«

»Das Mistvieh«, sagte Volker und hielt sich seine Hand mit den Kratzern vom vorigen Abend vors Gesicht.

»Du hättest den Kater ja nicht ärgern müssen. Ich an seiner Stelle hätte auch gekratzt, wenn du mir meine Decke weggenommen hättest«, lachte Susi leise.

»Sehr witzig.«

»Schon. Aber im Ernst, es wird uns allen guttun, wenn ich zu Tante Paula ziehe. Ihre neue Wohnung ist auch locker groß genug für zwei und einen Kater. Und sie ist nicht mehr so alleine. Sie hat sogar gesagt, dass ich in ihrem Laden arbeiten kann.«

»In diesem Schokoladen-Geschäft?«

»Ja genau. Das hat sie gerade vor zwei Monaten im *Umgestülpten Zuckerhut* eröffnet.«

»Das neue Fachwerkhaus?«

»Ja genau. Das neu wiederaufgebaute, das da vorm Krieg schon stand.«

»Auch recht.«

»Stell dir vor, die vom Stadtmarketing haben gesagt, da wollte niemand rein.«

»Ach.«

»Ja wirklich. Sie wussten monatelang nicht, was sie mit dem Haus schließlich anfangen sollten. Und dann hatte irgendjemand die Idee, Tante Paula zu fragen, ob sie nicht Lust hätte, dort eine Filiale zu eröffnen.«

»Eine Filiale? Deine Tante?«

»Ja hat sie ja dann auch nicht gemacht, stattdessen ist sie mit dem ganzen Laden umgezogen. Direkt von Holle in die Stadt.

War wohl eine ziemliche Aktion, aber jetzt ist sie seit zwei Monaten dort.«

»Holle oder Hölle?«

»Da kannst du jetzt knobeln«, grinste Susi ihn breit an. »Holle«, setzte sie nach. Ohne Ö-Striche, aber manchmal nahe dran. Dorf eben. Da war das *Bittersweet* natürlich schon bekannt, aber viel neue Kundschaft kommt in einem recht kleinen Nest natürlich nicht dazu. Und touristische Laufkundschaft ja schon mal gar nicht.«

»Das heißt, der Umzug in die Stadt hat sich zumindest rentiert?«

»Ich hoffe es doch. Ich denke, das werde ich morgen erfahren, da habe ich dort meinen ersten Tag.«

Volker hielt ihr die Tür zum Lokal auf und die beiden setzten sich an einen freien Tisch in der Mitte des Raumes und sie bestellten Getränke und jeder eine Pizza.

»Die mit Putenbrust ist super, die musst du probieren! Da ist statt Tomatensauce, Sauce Hollandaise, drunter«, meinte Susi und Volker tat, wie ihm geheißen. Zum Ende ihrer Ehe ein ganz neuer Zug an ihm.

Als sie gerade mitten beim Essen waren, klingelte Volkers Telefon und mit vollem Mund meldete er sich. »Mühher? Neim, neim, Sie stören nicht. ... Ja, wir sind gerade beim Essen. ... Nein, nicht selbst gekocht, wir sind zur Feier des Tages Essen gegangen. ... Nein, Scheidung. ... Ja, im Ernst. ... Bitte? ... Wirklich? ... Wo? ... Ach was. ... Ich bin in fünf Minuten da. ... Ja, wir sind keine fünfhundert Meter weg. Goldmarie. ... Ja, die Putenbrustpizza ist hervorragend. Bis gleich ...«

Volker legte einen Zwanziger auf den Tisch und stand auf. »Es tut mir leid. Aber diesmal ist es wirklich wichtig.«

Susi seufzte. »Was ist es denn? Wurde ein Auto aufgebrochen und deine Kollegen haben wieder vergessen, welches Formular sie rausholen müssen?«

»Nein, diesmal ist es eine Leiche!«

Aufgeregt verließ er das Lokal und Susi blieb vollkommen verdattert zurück.

3

»Ah, da sind Sie ja. Herzlichen Glückwunsch zur Scheidung, Herr Hauptkommissar«, kam ihm sein Kollege Brunner aus dem Kirchenportal entgegen.

»Danke, danke. Wo ist denn die Leiche?«

»Im Dom.«

»Ernsthaft?«

»In der Krypta, um genau zu sein.«

»Ein Toter in einer Kirche ... Sehr spannend. In Hamburg lagen die meistens auf der Straße herum. Wissen wir, wer er ist?«

»Christian Albert. Hat für die Kirche gearbeitet, die Jugendgruppe betreut und so.«

»Und was macht er zu Mittag hier im Dom?«

»Abend.«

»Wie bitte?«

»Er war gestern Abend hier, war offenbar der letzte auf der Dombaustelle.«

»Und er wurde erst jetzt gefunden?«

»In der Früh war offenbar niemand hier, der ihn hätte finden können. Es waren alle unterwegs.«

»Und wer hat ihn nun gefunden?«

»Der Bischof. Kam um 12 Uhr hier an, ging durch den Seiteneingang vom Domhof her hinein und sah ihn dann auf den Stufen zur Krypta liegen.«

»Na dann wollen wir uns das mal ansehen.« Volker machte sich auf den Weg um die Absperrgitter herum über den Domhof, wozu er eine Lücke im Bauzaun durchschritt, an der bereits zwei Kollegen von der Streife ihre Positionen eingenommen hatten. An einigen herabhängenden Kabelsträngen vorbei und über zwei Balken hinweg, die über kleineren Kiesgruben eine Brücke bildeten, erreichte er schließlich die eiserne Gittertür, die dann ins Innere des altehrwürdigen Baus führte. Erwartungsgemäß war es verhältnismäßig düster drinnen und Volker brauchte einen Moment, um sich daran zu gewöhnen, bis er wieder etwas sah. Gestampfter Boden, Staub, weitere lose

Kabelenden. An einer massiven Holztüre zur Linken war ein Schild angenagelt: *Der Mariendom ist wegen Renovierungsarbeiten geschlossen. Die Wiedereröffnung ist für August 2014 geplant. Der tausendjährige Rosenstock ist weiterhin über den Eingang Nordparadies zugänglich.*

»Haben die hier mehrere Paradiese?«, fragte Volker und sein Kollege schaute ihn irritiert an. Volker deutete auf das Schild. »Eines davon ist offenbar im Norden. Bleiben aber noch ein paar andere Himmelsrichtungen. Ich bevorzuge Süd-Südwest.«

Hinter der massiven Tür wartete dann ein Anblick auf sie, den man im Leben nicht so oft bekommt. Eine völlig entkernte Kirche, offene und putzlose Wände, der Boden, der sich in eine metertiefe Grube herabsenkte, Unmengen an Laufmetern von Folie und Staub, Schmutz, Kabel, Dämmmaterialien und diverses Arbeitsgerät zwischen Gerüsten, Gruben und allerlei unidentifizierbarem *Zeug.* Nicht erwartungsgemäß war auch der Geruch. Es war nicht muffig und kühl-feucht, wie er es sonst mit großen Kirchen in Verbindung gebracht hatte. Stattdessen roch es nach Erdboden, Plastikplanen, frischem Estrich und Beton und etwas nach Holz. Kurz: nach Baustelle.

»Er liegt gleich hier vorne.« Brunner deutete mit der Rechten auf eine kleine Gittertür im Podest des Altarraums, etwa fünf Meter von ihnen entfernt.

»Da geht es zur Krypta unter dem Altar.«

»Danke, das hatte ich mir nun schon gedacht«, erwiderte Volker und Brunner verzog das Gesicht.

»Was sagten Sie, machte er gestern Abend alleine noch hier?«, fragte er weiter und machte sich auf den Weg über das schmutzige Geröll, das den Boden bedeckte.

»Also er *hätte* den Dom abschließen *sollen.* Was er tatsächlich gemacht hat, ist unklar, bis auf die Tatsache, dass er sich zuletzt offensichtlich hat erschlagen lassen.«

»Erschlagen?«

»Erschlagen.«

»Hätte sich auch etwas Kreativeres ausdenken können, der Mörder. Gibt es einen Hinweis auf die Tatwaffe?«

Brunner blickte sich um, sein Blick schweifte von Bandschleifern über Sägen und Stemmeisen bis zu einem zehn Kilo

Vorschlaghammer. »Nun ja, ein silberner Leuchter wird es vermutlich nicht gewesen sein. Außer der Mörder hatte zufällig einen bei sich.«

Volker runzelte die Stirn. In Anbetracht all der Gerätschaften, die hier zur freien Verfügung herumlagen, war es ein Wunder, dass nicht täglich jemand hier zu Tode kam. Jedes einzelne Stück hier drinnen könnte auf seine Weise zur Mordwaffe werden.

»Es liegt also keine Tatwaffe neben dem Toten?«

»Nicht daneben und auch im näheren Umkreis nicht. Zumindest haben wir bislang nichts gefunden, an dem Blut kleben würde. Es kann natürlich noch sein, dass der Tote darauf liegt, aber dann werden wir es wissen, wenn der Gerichtsmediziner fertig ist.«

»Ist er schon da?«, fragte Volker und wie aufs Geheiß schwang hinter ihnen dic schwere Holztür auf und Willi Brandt erschien, in der einen Hand einen großen Koffer, in der anderen drei zusammengerollte Tatort-Anzüge.

»Meine Herren, Sie kontaminieren mir den ganzen Tatort. Würden sie bitte erst ihre Anzüge anlegen?«

»Hallo Willi«, begrüßte ihn Brunner, kam dem Neuankömmling entgegen und streckte seine Hand aus. Brandt ergriff sie, drückte Brunner einen der Anzüge in die Hand und grinste.

»Hier ist Ihrer«, sagte er und auch Volker bekam einen Ganzkörperanzug aus weißem Vlies.

»Danke. Ich bin übrigens Hauptkommissar Volker Müller«, entgegnete Volker und streckte ebenfalls seine Hand zum Gruße aus. Brandt ergriff auch diese.

»Brandt. Wilhelm Brandt.« Er grinste. »Nein, nicht verwandt oder verschwägert. Reiner Zufall. Aber meine Frau hieß mit Mädchennamen Erhard. Das war der Brüller, als wir geheiratet haben, das können Sie glauben.« Er zwinkerte Volker zu, der nun ebenfalls grinsen musste.

Nach fünf Minuten und einigen akrobatischen Verrenkungen hatten es alle drei in ihre Anzüge geschafft und bahnten sich wieder über Staub und Geröll ihren Weg durch die Gittertür zur Krypta. Nach *erschlagen* hatte Volker nun viel Blut, Spritzer an den Wänden und eine ungeheure Sauerei erwartet, doch der Fundort war erstaunlich sauber, als er sich vorsichtig durch den eisenbeschlagenen Durchgang hindurch lehnte und sich kurz umsah. Gerade mal zwei kleine Spritzer waren an der frisch geweißelten Wand gleich neben der Tür, etwa in Kopfhöhe von jemandem, der auf der ersten Stufe steht, zu sehen. Dazu eine kleine Blutlache, die sich vom Kopf des Toten ihren Weg die Stufen hinunter bis auf den Boden der Krypta gebahnt hatte.

»Ah, offenbar war er mindestens bewusstlos, als er fiel«, bemerkte Brandt, der gerade seinen Koffer öffnete und zuallererst eine Kamera hervorbrachte.

»Wie kommen Sie so schnell darauf?«

»Weil seine Arme ganz banal an den Seiten liegen. Wäre er noch ausreichend bei Bewusstsein gewesen, hätte er versucht, sich abzustützen, statt einfach vorn über aufs Gesicht zu fallen. Schauen Sie, an den Händen sind vermutlich auch keine Schürfwunden, zumindest von hier aus nicht zu erkennen. Ich würde sagen, der war schon hin, als er vorn überkippte.«

»Einleuchtend«, befand Volker und Brunner notierte fleißig die Fakten in einem kleinen Notizbuch, das er aus der Manteltasche gezogen hatte.

»Brunner, wer sagte, was von *erschlagen?* So wie es gerade hier noch aussieht, hätte er doch auch erschossen sein können. Immerhin liegt er ja quasi auf der Wunde.«

»Bischof Anselm, der ihn gefunden hat, als er den Dom aufschloss für die Führung, die um 12.30 Uhr hätte starten sollen, hat sofort die Polizei benachrichtigt. Er sagte bei seinem Anruf etwas von *erschlagen*.«

»Ach was.« Volker machte sich eine mentale Notiz, den Bischof in den ersten Kreis der Verdächtigen einzureihen, als Brandt sich zu Wort meldete.

»Nun ja, es ist wirklich etwas schwierig, auf den ersten Blick hier eine genaue Diagnose zu machen, es könnte tatsächlich auch eine kleinkalibrige Schusswaffe gewesen sein. Irgendwas, das nicht gleich am anderen Ende wieder aus dem Schädel austritt und eine Mordssauerei veranstaltet.« Er grinste über sein eigenes Wortspiel. Volker schaute ihn mit hochgezogenen Brauen an. »Verzeihung.« Brandt räusperte sich, das Grinsen verschwand. »Allerdings ist Erschlagen wahrscheinlicher. Mit einem Kopfschuss wären hier andere Blutspuren zu finden.«

»Hat der Bischof den Toten bewegt, dass er die Wunde gesehen haben könnte?«, fragte Volker.

»Das hat ihn die Mitarbeiterin in der Telefonzentrale auch gefragt, ob er den Toten angefasst habe, und er sagte nein.«

»Na fein. Nehmen wir mal an, dass er die Wahrheit gesagt hat, dann kennt sich der Herr Bischof entweder mit Blutspuren aus oder er war bei der Tat dabei, dass er so genau sagen konnte, dass der Tote erschlagen wurde?«, stellte Volker fest.

»Oder er hat einfach richtig geraten. Oder nicht einmal an die Möglichkeit von Schusswaffen hier drinnen gedacht«, fügte Brunner hinzu und Volker meinte: »Natürlich. In einem Gotteshaus sind Schusswaffen auch wirklich fehl am Platz.«

»Oder für einen Mörder vollkommen unnötig auf einer Baustelle voller potenzieller Mordwaffen an jeder Ecke«, hatte Brandt das letzte Wort zu dem Thema. »Nun ja, wir wissen gleich mehr, wenn ich so weit bin, den Toten umzudrehen.«

Brunner schrieb weiter in sein Büchlein und Volker grübelte einen Moment weiter nach. Derweil setzte Brandt seine Arbeit fort. Er fotografierte den Toten und den Fundort aus allen Winkeln und bewegte sich so behutsam fort, wie Volker es noch nie gesehen hatte.

»Man könnte meinen, Sie machen das schon länger«, bemerkte er.

»Ja, über zwanzig Jahre. Allerdings hat man hier so selten Mordfälle, dass man schnell aus der Übung kommt. Das Wichtigste ist, keine Spuren zu verwischen!«

Volker nickte und blieb betont am Eingang der Krypta stehen, um keine weiteren frischen Fußspuren zu hinterlassen. »Bei all dem Staub müssen doch genug Spuren vorhanden sein«, bemerkte er.

»Genug ist gut«, entgegnete Brandt. »Zu viele trifft es auch. Hier müssen mindestens zehn Leute gewesen sein, aber wer davon gestern Abend da war, und wer zum normalen Baustellenbetrieb gehört, kann ich jetzt so nicht sagen. Wir werden jedenfalls von allen, die hier regelmäßig ein- und ausgehen die

Schuhabdrücke nehmen müssen. Von uns natürlich auch. Und wenn ich das so sehe, werden wir einen Kollegen nur dafür abstellen können zu rekonstruieren, wer wann wo gegangen ist.« Brandt seufzte und die anderen beiden taten es ihm nach.

»Das heißt, an sich können wir jetzt gar nicht in die Krypta rein?«

»Doch, doch. Moment noch. Gehen Sie mal bitte bis hinten zur Wand. Und bitte nicht mit den Füßen schlurfen! Ich mache noch ein paar Aufnahmen vom Boden und von den einzelnen Fußspuren hier oben und unten in der Krypta gleich auch noch einmal.« Er zog ein Lineal und ein paar papierne Schildchen mit fortlaufenden Nummern aus seinem aufgeklappten Koffer, legte es neben die ersten Spuren, die gerade genau vor seinen Füßen waren, und machte eine Reihe Bilder. Sechsundzwanzig Nummernschildchen später durften Volker und Brunner ihren Platz an der Wand wieder verlassen und Brandt machte sich daran, die Spuren am Abgang zur Krypta zu fotografieren. Vorsichtig arbeitete er sich voran, platzierte Lineal und Schildchen, fotografierte, am Toten vorbei, den Boden der Krypta entlang und verkündige schließlich, mit zumindest diesem Teil der Arbeit nun fertig zu sein. »Kommen wir also zum Toten.« Weitere Fotos, weitere Einsätze des Lineals, mehr Schildchen.

Volker und Brunner beobachteten die akribische Arbeit.

»Haben wir für diese Fotografiererei nicht eigentlich jemanden, der das üblicherweise macht?«, fragte Volker.

»Ja schon, aber der ist gestern Nacht Vater geworden, und ehe ich mir jetzt irgendeinen Dilettanten ins Haus hole, der mir den ganzen Fundort ruiniert, mach ich das lieber gleich selber. Da weiß ich wenigstens, was ich dran hab«, entgegnete Brandt. Noch einige Male schoss das Blitzlicht durch die niedrige Krypta, dann bahnte sich Brandt seinen Weg vorbei am Toten, der mittlerweile selbst zu einem kleinen Schilderwald geworden war, machte noch einige Übersichtsbilder mit allen Schildchen, einige Rundumaufnahmen des Doms und verstaute die Kamera wieder in seinem Koffer, den er dann die Stufen hinab zum Toten mitnahm.

»Also dann. Erschlagen oder erschossen oder beides?« Brandt kniete sich auf der dritten Stufe neben der Leiche nieder.

»Oder ganz etwas anderes?«, fragte Brunner.

»Sie meinen, er könnte sich auch einfach nur den Kopf gestoßen haben?«, meinte Volker.

»Ja, zum Beispiel.«

»Aber unwahrscheinlich. Dafür ist es dann doch zu viel Blut, da müsste es schon mit dem Teufel zugegangen sein. Aber mal sehen, was uns die Umstände gleich noch alles verraten«, meinte Brandt, als er den Kopf des Toten versuchte, zu drehen. »Vollständig ausgeprägte Leichenstarre«, murmelte er in ein kleines Diktiergerät, das er aus einer Tasche an seinem Vliesanzug gezogen hatte. »Der Tote trägt Jeans und einen gefütterten Parka, entsprechend den noch sehr kühlen Witterungsbedingungen. Dazu gefütterte Stiefel.«

»Wozu brauchen Sie denn nun wieder seine Kleidung?«, fragte Volker und Brandt schaute ihn irritiert an.

»Na, um festzustellen, wie lange er schon tot ist. Läge er im Pyjama hier, würde er ja viel schneller auskühlen. So richtig gut beheizt ist es hier ja nun nicht.«

»Verstehe«, gab Volker zurück und ärgerte sich über seine Frage. Es war ja nicht sein erster Toter – dass er daran nicht gedacht hatte!

»Wie schon zuvor angenommen keine Abschürfungen an den Händen«, diktierte Brandt weiter. »Keine sichtbaren Kampfspuren oder auffällige Hautfetzen unter den Fingernägeln, was noch zu untersuchen ist.« Er schaute noch einmal alles an, ob er auch nichts vergessen hatte. Dann ging er zu seinem Koffer und holte ein kurzes und ein langes Thermometer und ein Messer heraus. An diesen Teil erinnerte Volker sich nun wieder, das hatte er auch bei einigen der Drogentoten in Hamburg gesehen. Eine grobe Bestimmung der Todeszeit durch rektales messen der Körpertemperatur. Er hörte das Geräusch des Messers, wie es durch den festen Jeansstoff und dann noch ein deutlich weniger festes Gewebe schnitt. Er mochte nicht hinschauen, während sein Kollege Brunner offenbar zum ersten Mal, das zweifelhafte Vergnügen hatte und wie gebannt starrte. Warten. Das klicken des Diktiergeräts. »Es ist 13.24 Uhr am 20. März. Die Außentemperatur in der Krypta beträgt 12 Grad Celsius. Der Tote hat eine rektale Temperatur von 26 Grad Celsius. Eine erste

Annahme ist, dass der Mann seit 12 bis 16 Stunden tot ist. Der Todeszeitpunkt liegt in einer ersten Schätzung also zwischen ...« Brandt schaute nochmals auf seine Uhr. »Zwischen 22 und 2 Uhr.«

Volker und Brunner schauten sich an.

»Das ist ja mitten in der Nacht!«, stellte Volker fest.

»Ja, sieht so aus. Genaueres kann ich Ihnen sagen, wenn ich die Temperatur dann noch einmal in der Leber gemessen habe. Würden Sie mir mal helfen, ihn umzudrehen?«

Brunner übernahm das Fußende, Brandt die Schultern und Volker den mittleren Part.

»Moment!« Einer Eingebung folgend griff Volker in die Jackentasche des Toten. Er hatte eine Geldbörse erwartet, doch er griff in etwas raschelndes und etwas papiernes, zog es hervor und brauchte einen Moment, um zu erkennen, was er da vor sich hatte. Er traute seinen Augen nicht.

4

Paula zerrte die schwere Kiste im Rückwärtsgang die letzte Stufe hinauf, zog und zerrte, bis das monströse Stück sich endlich so weit oben befand, dass die Schwerkraft sich schließlich erbarmte und die Kiste über die Stufenkante auf den Stiegenabsatz kippte. Paula zog noch zwei weitere Male, bis die Kiste vollständig auf dem Boden stand, setzte sich darauf und atmete keuchend aber tief ein und aus. »Was zur Hölle hast du denn alles da reingepackt, Susi?«, rief sie ihrer Nichte durch das Treppenhaus zu, als sie unten die Geräusche von Umzugskartons hörte, die in den Hauseingang gestapelt wurden. »Susi?!« Klirren. Sehr undamenhaftes Fluchen. Paula runzelte die Stirn, beschloss aber, nicht hinunterzurennen. Solange Susi noch fluchen konnte, ging es ihr gut. Gut genug zumindest, dass sie Bescheid geben würde, falls sie Hilfe bräuchte.

»Tante Paula? Wolltest du etwas?«

»Schon gut, Kind!« Paula seufzte, stand mit einem Ruck und darauf einem Schmerz im Kreuz von dem Holzmonster auf und hoffte daraufhin, dass der Rest der vierzehn Kubikmeter Umzugsrat gute alte Pappschachteln mit möglichst leichten Habseligkeiten sein würden und dass der etwas depressiv wirkende Ficus das schwerste bliebe, das nun noch unten im Flur auf den Transport in den ersten Stock wartete. Weit nach oben mussten die Sachen ja nicht, aber das alte Fachwerkhaus mit dem steilen, engen Treppenhaus und dem kleinen Zwischenabsatz war für Umzüge einfach nicht gebaut. Und Paula auch nicht. Sie war nicht der *Schlepp-Typ,* mehr der Typ *langer Abend mit heißer Schokolade und gutem Buch auf dem Sofa.* Und das würde sie sich nachher so was von verdient haben ... Immerhin hatte sie ihren eigenen Umzug erst vor einigen Wochen durchgemacht und sich geschworen, es wäre der letzte in ihrem Leben. Noch einmal atmete sie tief durch, ging mit leicht gerundetem Rücken, wie sie es in der Physiotherapie gelernt hatte in die Knie und hob die Kiste am schmalseitigen Griff an. Drinnen rumpelte es leicht. Sechs Meter und eine kleine Türschwelle weiter krachte die Truhe dann auf den alten Dielenboden. »Da kannste bleiben!«, verkündete Paula. Etwas wie Triumph schwang in ihrer Stimme mit.

»Danke, das ist lieb von dir.«

Paula schwang herum. Ohne dass sie sie gehört hätte, war Susi hinter ihr ins Zimmer gekommen, den Ficus und eine kleine Schachtel in den Armen, die sie nun versuchte, unfallfrei neben der Kiste abzustellen. »Warum hast du mit der Kiste denn nicht auf mich gewartet, die ist doch schwer!«

»Danke, Kind, das hab ich gemerkt.«

»Naja, ich glaub ich weiß zumindest, woher ich meinen Sturschädel geerbt habe.«

»Von mir nicht!«

»Stimmt, du hast deinen ja noch«, grinste Susi und beide mussten lachen. »Tante Paula, ist es denn wirklich ok, wenn ich eine Weile bei dir wohne?«

»Jetzt wäre es wohl etwas zu spät, oder nicht?«

»Noch ist nicht alles drin!«

»Nein, aber ich trage dieses Ungetüm sicher nicht wieder die Treppen hinunter. Du wirst jetzt schön hier im Gästezimmer einziehen.«

Susi lächelte ihre Tante dankbar an. Ein paar Sekunden vergingen, dann raffte sie sich auf. »Na gut, dann hole ich mal die nächste Kiste.«

»Noch so ein Teil?«

»Nein, Umzugskiste. Also so ein Karton eben ...«

»Na Gott sei Dank.«

»Mit Büchern.«

»Was?!«

Eine gute Stunde später hatten die beiden Frauen alles in den ersten Stock geschleppt und Susi entsorgte gerade die letzten Scherben des Saftkruges, den sie vor vielen Jahren von ihrer Mutter geschenkt bekommen hatte. Cremefarben mit bunten Punkten darauf. Frühe Siebziger, schätzte Susi. Älter als sie. Mit einem traurigen Blick warf sie die Scherben in die Mülltonne und schloss den Deckel. Ein neuer Anfang fordert wohl immer seine Opfer. »Ich bringe noch schnell den Transporter zurück!«, rief sie nach oben durchs Treppenhaus ihrer Tante zu.

5

»Hauptkommissar Müller?«, fragte das neue Empfangsmädel schüchtern durch die offene Türe.

»Ja bitte?«

»Bischof Anselm ist da.«

»Ah, wunderbar. Dankeschön ...« Volker schaute sie mit fragenden Augen an.

»Lisa. Lisa Brinkmann.« Offenbar war sie sich nicht sicher, ob dies als Erklärung reichen würde und fügte hinzu: »Ich habe heute meinen ersten Tag ...«

»Dankeschön, Lisa Brinkmann«, entgegnete Volker mit einem Augenzwinkern.

Einen Moment später stand der Bischof im Zimmer. Schwarzer Mantel, schwarze Anzughose, ein leichter, dunkelgrauer Schal und darüber ein schwer einschätzbares Gesicht unter dichten, schwarz-melierten Locken.

»Ah, Bischof Anselm, richtig?«

»Richtig. Martin Anselm, um genau zu sein, Anselm ist tatsächlich mein bürgerlicher Nachname. Und Sie sind Hauptkommissar Müller?«

»Ebenfalls richtig. Es freut mich, dass Sie so schnell kommen konnten.«

»Nun ja, nachdem durch die Ereignisse nun für eine Weile alle Führungen durch die Dombaustelle ausgefallen sind, stehe ich Ihnen voll und ganz zur Verfügung.«

»Herzlichen Dank. Möchten Sie vielleicht etwas trinken?«

»Danke, aber ich hatte gerade erst einen Kaffee bei Frau Kriemstedt, die alte Dame besuche ich jede Woche am Dienstagnachmittag. Es gibt einige Pflichten, die man nie aufgibt.« Er lächelte und Volker tat sich schwer, das tatsächliche Alter seines Gegenübers zu schätzen. Schwerer war es noch, dessen einnehmendem Wesen zu widerstehen. Wie es wohl war, wenn der Bischof schlechte Laune hatte?

»Also, was kann ich für Sie tun?«

»Ich weiß, Sie haben das den Kollegen heute Mittag bereits alles einmal erzählt, aber wären Sie so lieb, mir auch noch einmal alles mit eigenen Worten zu berichten?«

»Aber natürlich. Ich kam wie jeden Tag zu Mittag auf die Baustelle. Ich schaue dort jeden Tag nach dem Rechten, kümmere mich ein wenig mit um die Koordination zwischen den Bauarbeitern und den Archäologen. Es sind ja an sich zwei Baustellen an einem Ort, wissen Sie? Als es hieß, dass der Dom renoviert werden würde, standen die Archäologen natürlich Schlange, um der Geschichte des Bauwerks und des umgebenden Geländes auf den Grund gehen zu können. Sie haben wohl gehofft, herauszufinden, was an der Entstehungsgeschichte des Bistums Hildesheim nun wirklich dran ist.«

»Wie meinen Sie das?«, fragte Volker nach.

»Ludwig der Fromme, der bei einer Jagd ein Reliquiengefäß in einem Dornenbusch verlor und der dann am nächsten Tag plötzlich blühte, weswegen er dort erst eine Kapelle errichten ließ und dann sein Bistum gründete, entgegen dem Willen seines Vaters, der es strategisch gern in Elze gehabt hätte ... Sie wissen schon.«

»Um ehrlich zu sein, nein. Ich komme aus Hamburg, da muss ich zugeben, dass ich mit der Geschichte Hildesheims nicht ganz so vertraut bin. Aber Dornenbusch klingt ein bisschen nach dem tausendjährigen Rosenstock?«

»Ja richtig. Angeblich war es eben jener Rosenstock, in welchem sich das Reliquiengefäß Ludwigs des Frommen verfing.«

»Und ist er wirklich so alt?«

»Nein, leider nicht ganz so alt, dass die Legende wirklich stimmen könnte. Aber gute vierhundert Jahre sind's doch.«

Volker pfiff durch die Zähne. »Wow. Für ein Gebüsch ist das ja doch schon eine Menge.«

»Nun ja, viel wichtiger für die Menschen heute hier in Hildesheim ist aber, dass der Rosenstrauch nach der Zerstörung 1945 wieder austrieb und blühte. Das gab ihnen Hoffnung, Mut und Kraft, die Stadt wieder aufzubauen.«

»Verstehe. Und was ist nun an der Entstehungsgeschichte dran?«

»Nun, vermutlich weniger, als alle – und damit nicht zuletzt auch die Kirche – gehofft hatten. Die Archäologen haben unter den Domfundamenten noch Grabstätten gefunden, die aus der Zeit vor der Christianisierung stammen, also um das Jahr 400 herum. Das heißt, hier haben damals bereits Menschen gelebt.«

»Also nix mit einsamem Dornenbusch auf weiter Flur.« Volker schaute etwas skeptisch drein, was Bischof Anselm als Einladung verstand, ein wenig aus dem kirchlichen Nähkästchen zu plaudern.

»Wissen Sie, es macht mir großen Spaß, Touristen aber vor allem auch interessierte Hildesheimer durch die Dombaustelle zu führen. Der Hildesheimer Mariendom, der quasi um den tausendjährigen Rosenstock herum steht, wird ja nun endlich einmal restauriert und da machen wir immer wieder Führungen durch die Baustelle. Seit seinem Wiederaufbau in den Fünfziger-Jahren ist daran nahezu nichts mehr gemacht worden. Die Heizung gehört ersetzt und erst recht die Ton- und Gebäudetechnik. Der Sicherungskasten war noch aus dem Jahre Schnee, die Elektriker haben gesagt, das Ding wäre mittlerweile lebensgefährlich. Von den diagonal in den Wänden laufenden Leitungen ganz zu schweigen.«

»Ja hatte die Kirche denn kein Geld für ordentliche Arbeiten?«

»Das war doch bald nach dem Krieg, damals gab es ja nichts. Schon gar keine Kabel, die man *ordentlich* hätte, an den Kanten entlang legen können. Quer über die Wand ist eben kürzer. Und viele Arbeiten hier im Dom und auch in den übrigen Kirchen der Stadt, haben die Hildesheimer Bürger selbst gemacht, so viel war es ihnen wert, die Gotteshäuser bald wieder aufgebaut zu haben.«

Volker nickte.

»Und die Skulpturen haben allesamt auch schon bessere Zeiten gesehen. Dazu soll die Orgel restauriert und erweitert werden und so geht die Liste munter weiter bis zum zweiten mittelalterlichen Radleuchter, der wieder in den Dom zurückkehren sollte, um dem Heziloleuchter Gesellschaft zu leisten. Der kommt dann wieder auf seinen alten Platz und überhaupt wird einmal kräftig aufgeräumt. So schön es ist, dass die Hildesheimer ihren Dom nach der Zerstörung eigenhändig wieder aufgebaut haben, so hat doch nie alles so recht zusammengepasst.«

»Ein Patchwork-Dom, sozusagen?«, fragte Volker.

»Quasi. Aber bald wird der wieder in seinem ursprünglich romanischen Glanz erstrahlen. Und, was mich ja zugegeben ganz besonders freut, ist die Einrichtung der neuen Bischofsgruft. Für die Hildesheimer Bischöfe. Meinen Ruheplatz für die Ewigkeit habe ich dann gleich angrenzend an die Krypta unter dem Altar – zumindest sobald die Archäologen mit dem Graben fertig und die anschließenden Bauarbeiten beendet sind.«

»Sie wissen schon, wo Sie beerdigt werden?« Volker lief eine Gänsehaut die Arme herunter.

»Ja natürlich. Irgendwo müssen wir die Zeit bis zum Jüngsten Gericht ja verbringen.«

Volker schüttelte irritiert den Kopf. So genau hatte er darüber noch nicht einmal nachgedacht.

»Und dann natürlich noch das Wichtigste: Das *wahre Erbe* des Mariendoms, die Bernwardstür und -säule sollten auch die nächsten tausend Jahre noch überstehen. Die Bernwardstür kennen Sie nun aber schon, Herr Hauptkommissar?«

»Ja, vom Bild zumindest. Vor einer Weile war ja mal ein Artikel dazu in der Tageszeitung. Das Neue Testament als Bildergeschichte oder so.«

»Oder so, ja. Fast. Die Bernwardstür zeigt biblische Szenen in Bildern. Links acht Szenen aus dem Alten Testament und rechts acht Szenen aus der Lebensgeschichte Jesu. Die Reliefs sind stark stilisiert, aber die Szenen dadurch auch gut erkennbar.«

»Und welche Szenen sind das?«, fragte Volker, der angestrengt versuchte, sich an den Religionsunterricht in der Schule zu erinnern.

»Also chronologisch fängt es links oben mit der Erschaffung Adams an,« Bischof Anselm zählte die Szenen an den Fingern ab, »dann kommt Eva ins Spiel, der Sündenfall, die Verurteilung, Vertreibung aus dem Paradies, das Leben hier zu Erden, Kain und Abel und der Brudermord. Und rechts geht es dann von unten nach oben weiter mit Mariä Verkündigung, Christi Geburt, die Heiligen Drei Könige, die dem Jesuskind huldigen, die Tempelszene, Jesus vor Gericht – ob Pilatus oder Herodes ist allerdings nicht ganz klar –, die Kreuzigung, die Frauen am Grab und schließlich die Auferstehung, oder eigentlich die Szene nach der Auferstehung, wo Jesus seine Jünger anweist, ihn nicht zu berühren und schließlich gen Himmel fährt.«

»Und warum wurden gerade diese Szenen ausgewählt? Verzeihung, ich glaube, ich oute mich gerade als Nicht-Kirchengänger«, meinte Volker etwas kleinlaut und ärgerte sich in dem Moment, damals in der Schule Religion immer als *Laberfach* deklariert zu haben. Zumindest jetzt und heute hätte er tatsächlich einmal auch im wirklichen Leben etwas davon gehabt.

»Es sind die Schlüsselszenen der Menschheit. Geschaffen, versündigt, aus dem Paradies geworfen und auf die Erde gesetzt worden und dort dann mit Brudermord weiter gesündigt. Die rechten Szenen sind den linken dann quasi jeweils gegenübergestellt. Rechts unten geht es dann weiter mit dem Engel, der in all dem Erdenchaos der Maria erzählt, dass es doch noch Hoffnung gibt und einer kommen wird, der die Menschen aus dieser Dunkelheit, von Mord und Sünde erlöst. Dann wird Jesus geboren – gegenüber dem Opfer Abels – und dann huldigen sogar die weltlichen Herrscher – also hier die Drei Heiligen Könige, wie wir sie aus der Weihnachtsgeschichte kennen – dem Gottessohn. Sprich, Jesu Macht ist höher als die irdische.«

Volkers Gesicht erhellte sich, als ginge ihm ein Licht auf, auch wenn er sich mit dem Thema an sich nur schwer anfreunden konnte.

»Und in der nächsten Szene bringt Jesus Gott im Tempel ein Opfer dar, um sich und seinen Jüngern den Weg ins Reich Gottes zu sichern, während links Adam und Eva gerade aus dem Paradies vertrieben werden. Sie sehen, es ist immer ein Widerspiel zwischen Gut und Böse. Keine Szene kann ohne die andere sein. Jede Szene für sich mag nun in der Bibel nicht so prominent sein, aber im Zusammenspiel ergibt sich ein wirkliches, liturgisches Kunstwerk«, schwärmte der Bischof.

»Ja und weiter?«, fragte Volker, dessen Neugierde mittlerweile geweckt war.

»Nun ja, dann kommt die Szene, wo Jesus vor Gericht steht gegenüber der Verurteilung Adams und Evas. Die Kreuzigung steht gegenüber dem Sündenfall ...«

»Ja, aber das sind ja eigentlich zwei böse Sachen«, fiel ihm Volker ins Wort.

»Menschlich gesehen schon, ja. Aber die Kreuzigung wird als Opfertod Jesu ausgelegt, mit dem er die Sünden der Welt auf sich nimmt und für uns alle stirbt. Dadurch macht er den Sündenfall der Ur-Menschen Adam und Eva wieder wett.«

»Wie kann denn jemand für jemand anderen sterben und dessen Sünden büßen?«

»Ah, der Kriminalist in Ihnen kommt durch«, grinste Bischof Anselm. »Sehr gut. Ja, das ist eine lange Tradition. Im alten Israel und auch heute noch gibt es sogenannte Opferlämmer. Sündenböcke – die sprichwörtlich die Sünden aller aufgehalst bekommen und dann in den Tod geschickt werden, um diese Sünden zu büßen. Und so wird in der Bibel auch der Tod Jesu dargestellt.«

»Na wunderbar. Wenn es bei uns doch auch nur so einfach ginge. Dann müssten wir uns nicht ewig mit der Suche nach den tatsächlichen Tätern herumschlagen, sondern könnten einfach einen dezidierten Sündenbock verurteilen. Das würde unsere Arbeit erheblich vereinfachen!«, scherzte Volker. »Und die letzten beiden Szenen?«

»Die Frauen am Grabe ... Nun, rechts werden die Frauen von Jesus getrennt – das leere Grab ist da ganz aussagekräftig: Er ist nicht mehr da. Und links lernt Adam Eva gerade kennen. Und zuletzt rechts das *noli me tangere,* das *berühre mich nicht,* kam der Bischof der Frage zuvor, die Volker schon auf der Zunge lag, »gegenüber der Erschaffung Adams, wo Gott Adam den Lebensatem einhaucht, ihn also sehr sicher berührt.«

Volker war fasziniert. »Hätte ich Sie als Religionslehrer gehabt, hätte ich mir sicher mehr gemerkt«, sagte er und verstummte gleich wieder. Das hätte er wohl besser nicht sagen sollen. Doch der Bischof lächelte.

»Wenn Sie aus Hamburg kommen, sind Sie sicherlich evangelisch, oder?«

»Ja, aber das macht ja keinen Unterschied, oder? Davon werden Lehrer ja nicht besser oder schlechter.«

»Nun ja, heute wird das im Allgemeinen schon etwas entspannter gesehen, aber in den Fünfzigern war noch eine ziemliche Kluft zwischen den Konfessionen. Gerade auch hier in der Gegend! Es ist ja fast alles evangelisches Land und Hildesheim als Bischofssitz quasi eine Exklave Roms. Wussten Sie, dass es nach dem Krieg noch oftmals hieß, jemand hätte *katholische Knie,* wenn ihm die Hosenbeine an den Knien fadenscheinig waren?«

Volker schaute fragend und die Tischplatte seines Schreibtisches rettete ihn davor, dem Bischof auf die Hosenbeine zu starren.

»Vom vielen Niederknien«, setzte Bischof Anselm nach.

»Ach was ... Sie sagten vorher was von vorchristlichen Gräbern. Damit sind aber keine Evangelischen gemeint, oder?«

»Nein«, lachte Bischof Anselm, »in dem Falle sind sich Evangelen und Katholiken ausnahmsweise einmal einig.«

»In welchem Fall? Und woher weiß man, dass die Menschen noch keine Christen waren? Gibt es da Aufzeichnungen oder so was?«

»Nun ja, zum einen gibt es natürlich die Kirchenbücher und da fängt die Aufzeichnung für diese Gegend eben erst so um 814 mit der Gründung des Bistums Hildesheim herum an. Ganz einig sind sie sich mit dem Datum leider nicht, aber irgendwas zwischen 814 und 817 muss es gewesen sein, irgendwann unter Ludwig dem Frommen eben. Überhaupt war ja vor den Sachsenkriegen hier nicht viel los mit Christentum, das kam erst so richtig auf, als einer der Rebellenführer gegen die Franken, Widukind, sich hat taufen lassen. Das muss so um 785 gewesen sein.«

»Und zum anderen?«, fragte Volker nach, da der Bischof den Faden verloren zu haben schien.

»Ach ja, zum anderen erkennt man es an der Ausrichtung der Gräber.«

Volker runzelte die Stirn.

»Christliche Gräber sind immer in Ost-West-Richtung gelegen, nicht-christliche Gräber sind da deutlich freier in der Orientierung.«

»Wirklich? Wie muss ich mir das vorstellen?«

»Bis zu einer gewissen Tiefe liegen alle Skelette in Ost-West-Richtung und dann mehr oder weniger plötzlich liegen alle wild durcheinander. Vereinfacht gesagt. Im Detail kann Ihnen das sicher Professor Schmid erklären. Er ist der archäologische Grabungsleiter.«

»Professor Schmid?« Volker machte sich eine schnelle Notiz. »Herzlichen Dank, den hatte ich noch gar nicht auf meiner Liste. Das mit den zwei Baustellen ist etwas verwirrend. Wer ist noch alles an den Arbeiten beteiligt?«

»Bei den Archäologen sind noch drei studentische Grabungshelfer fix im Team. Sebastian Grabehost, Bernd Wilmers und Ina Engel. Ansonsten haben sie immer wieder Erstsemestler da, die dann wochenweise bei den Grabungen helfen. Sollen ja alle was bei lernen, sagen sie.«

»Wissen Sie, ob momentan weitere Helfer da sind?«

»Nicht, dass ich wüsste. Gestern zumindest waren der Professor und die drei Grabungshelfer alleine.«

»Und wer ist auf der *normalen* Baustelle beschäftigt?«

»Die Arbeiten werden von der Firma Dierke ausgeführt, da sind fünf oder sechs Mann fast jeden Tag vor Ort, die Namen habe ich mir allerdings nicht gemerkt. Zu Spitzenzeiten sind es auch schon mal über zwanzig Männer, oft dann auch Zeitarbeiter.«

Volker machte zwei weitere, schnell gekritzelte Notizen auf einen grünen Klebezettel.

»Und der Architekt, Robert Friedrich, ist auch immer wieder mal anwesend.«

Ein weiterer Name gesellte sich auf den Klebezettel.

»Und natürlich Pater Thomas.«

6

»Tante Paula? Wo bleiben die Bohnen?«

»Ich komme ja schon! Eine alte Frau ist ja kein D-Zug!«

Lautes Scheppern drang zu Susi in den obersten Stock des *Umgestülpten Zuckerhuts*, des *süßesten Fachwerkhauses der Welt,* wie es in der Presse genannt worden war. Weit konnte Paula ja nicht sein, das ganze Gebäude war auf der Grundfläche nur halb so groß wie eine durchschnittliche Ein-Wagen-Garage und hatte über dem Erdgeschoss auch nur zwei weitere Stockwerke. Auf denen wurde das Haus dann zwar jeweils um ein Stück breiter, aber riesig wurde es davon dann nun auch nicht. Ein kleines, niedliches, im Jahre 2010 wieder aufgebautes Fachwerkhäuschen mitten in Hildesheim. Quasi einen Steinwurf – nun ja, vielleicht zwei – vom berühmten Knochenhauer Amtshaus entfernt, das 1989 wieder errichtet worden war. Dank einiger Originalpläne und Skizzen und dem Architekten Geyer, der ganze Serien an Tests mit den verschiedensten Hölzern und Balkendurchmessern anstellen ließ und damit einen ganzen Universitätszweig mehrere Monate beschäftigte. Aber die Arbeit hatte sich gelohnt und so konnte das Knochenhauer Amtshaus – das Gildehaus der Hildesheimer Fleischer, der Knochen-Hauer, nach dem Abriss des Hotels *Rose* mit klassischem Sechziger-Jahre-Charme in ganz traditioneller Fachwerkbauweise ohne einen einzigen Nagel wiedererstehen. Gleich daneben hatte auch das Bäckeramtshaus wieder Gestalt angenommen und mit viel Liebe zum Detail wurden die Fronten der übrigen Gebäude nach alten Aufnahmen vor 1945 neu gestaltet. So entstand in den späten Achtzigern das neue, vermeintlich alte Kernstück Hildesheims: Der mittelalterliche Marktplatz mit Knochenhauer Amtshaus, Bäckeramtshaus, Tempelhaus, Rathaus und Roland-Brunnen. Und zwar nahezu ausschließlich aus Spendengeldern. Die Stadtverwaltung bewältigte einen Teil der Verblendung des Verwaltungsgebäudes selbst, den Rest sparten sich die Hildesheimer buchstäblich vom Munde ab. Aber nun war er wieder da, der Marktplatz. Und eine Einweihungsfeier mit Musikkapellen, Chören aus der Stadt und der Umgebung, mit allem, was ein rauschendes Stadtfest ausmacht. Und alle waren sich einig, dass diese Wiedererrichtung die beste Idee gewesen war, die die Hildesheimer seit dem eigenhändigen Wiederaufbau ihrer Stadt nach der Zerstörung im Zweiten Weltkrieg, je gehabt hatten. Der Wiederaufbau des *Umgestülpten Zuckerhuts* hingegen löste einige Streitigkeiten aus, die man sich jetzt, da das Häuschen wieder steht, kaum vorzustellen vermag. Zeitungsartikel, politische Debatten, Denkmalschutz für einen nierenförmigen, ehemaligen Zeitungsverkaufsstand aus den Sechziger-Jahren am angrenzenden Pfeilerhaus und haufenweise Leserbriefe köchelten und kochten im Vorfeld des Wiederaufbaus hoch und erregten die Gemüter. Eigentlich kaum nachvollziehbar, dass so ein kleines Haus, das auf dem Dorf vermutlich in nahezu jeden Garten passen würde, für derartigen Wirbel sorgen kann. Aber im Winter 2010 stand es dann endlich, pünktlich zur Weihnachtszeit. Alle freuten sich – bis auf die Besitzer des zwar noch immer stehenden, aber nun unbelebten Nieren-Pavillions – und dann kam die Frage: Und was machen wir nun mit dem kleinen Haus? Ein neuer Zeitungsverkaufsstand? Buchhandlung? Café? Ein weiteres Museum vielleicht? Und dann kam in Form eines Zeitungsartikels die zündende Idee: Dort stand geschrieben *das süßeste Fachwerkhaus der Welt.* Und wie es dann so ist, kennt jemand jemanden, der jemanden kennt und so kam die Sprache auf Paula Anders, die in Holle, einem Dorf im Landkreis Hildesheim, eine kleine Chocolaterie betrieb. Klein aber fein, wie der Zuckerhut. Mit selbst geröstetem Kaffee und handgeschöpfter Schokolade. Ein Hildesheimer Spezialitätenladen, der genau in das kleine Häuschen in zentraler Lage und mit guter Anbindung hineinpassen würde. Ganz im Sinne des Stadtmarketings, dessen händeringende Suche nach einem Unternehmen, das zum Image des wieder erbauten Herzstücks Hildesheims, und ebenso zum Image der Stadt passte, nun ein Ende fand. Also rief Reinhardt Wilke vom Hildesheimer Stadtmarketing eines lauen Montags im Frühjahr 2011 bei Paula Anders an und machte ihr ein Angebot, das sie nicht ausschlagen konnte. Selbst gerösteter Kaffee und handgeschöpfte Schokolade – das versprach Hildesheimer Spezialitäten vom Feinsten.

Dagegen konnte der Rosenstrauch einpacken, wenn es nach Herrn Wilke ging; tausend Jahre auf dem dornigen Buckel hin oder her.

Seit zwei Monaten war Paula nun mit ihrer kleinen Chocolaterie *Bittersweet* – bitter wie der Kaffee und süß, wie die Schokolade – in dem kleinen Fachwerkhaus. Auch wenn guter Kaffee eigentlich gar nicht bitter und gute Schokolade auch gar nicht wirklich süß war, aber der Name war so nett. Das Geschäft lief ganz gut, wenn auch das Haus einige Tücken hatte, die man ihm ob der niedlichen Fassade kaum zutrauen mochte. Kein Wasseranschluss im Haus, kein Gas, aber immerhin Strom. In derselben traditionellen Weise erbaut wie das Knochenhauer Amtshaus, ist es quasi ursprünglich. Für das Wasser musste Paula in das angrenzende Pfeilerhaus gehen und der Röster im Dachgeschoss lief mit einer mittelgroßen Gasflasche. Aber er lief. Und er lockte Genießer von nah und fern in das Häuschen, für die es im ersten Stock zwei kleine Tischchen gab, an denen die Spezialitäten des Hauses serviert wurden. Die *Hildesheimer Mischung* natürlich, Espresso und Milchkaffee, heiße Trinkschokolade in hell oder dunkel, in gewürzten Varianten und vieles mehr.

»Tante Paula? Ist alles in Ordnung?«

»Aber ja, Kind«, keuchte Paula, die mittlerweile die zweite hölzerne Treppe zur Hälfte erklommen hatte, und stellte zwei enorme, silberglänzende Eimer auf den sauberen Holzboden. Tief aufatmend stützte sie sich auf ihre Knie.

»Du hättest auch einfach mich die Bohnen holen lassen können«, seufzte Susi.

»Kind, ich bin doch nicht alt! Ich werde es ja wohl noch schaffen, zwei Eimer Kaffeebohnen in den zweiten Stock zu tragen, nachdem ich die Hälfte von deinem Hausrat in meine Wohnung geschleppt habe«, erwiderte Paula empört.

»Zwei zwanzig Liter Eimer. Genau. Ganz offensichtlich schaffst du das. Und höchste Zeit ist es auch, der Röster ist schon auf Temperatur.«

Paula nahm den ersten der beiden Eimer, stellte sich auf die

Zehenspitzen und kippte den Inhalt hoch über ihrem Kopf in den Trichter, durch den die Bohnen in die Hitzekammer des Rösters rauschten und sofort wie in einer Waschtrommel in Bewegung versetzt wurden. Die blassgrünen Bohnen wuschen sich so in beruhigender Regelmäßigkeit am kleinen Sichtfenster an der Vorderseite des Rösters vorbei.

»Und jetzt drauf achten und nach dem zweiten Knacken dann noch einen Moment länger. Ach, du weißt schon ...«

»Wird gemacht, Tante Paula.«

»Gutes Kind.« Paula lächelte, noch immer leicht außer Atem und machte sich wieder auf den Weg nach unten.

Susi nickte zufrieden und stellte einen kleinen Küchenwecker, der sie gleich daran erinnern sollte, die Bohnen aus der Hitzekammer, in der sie nun noch eine Weile vor sich hindrehen würden, zu entlassen. Natürlich war das nur eine grobe Richtlinie, denn die Bohnen waren jedes Mal ein bisschen anders. Etwas trockener oder feuchter, etwas älter oder frischer. Da machten zwei Minuten im Zweifelsfall wirklich schon einen Unterschied. Derweil nahm sie den leeren Eimer und stapelte ihn zu einigen anderen in der Ecke vor dem Treppenabsatz. Paula ging die zwei Treppen ins Erdgeschoss, um dort den frisch aus Hamburg eingetroffenen Nachschub an Bohnen zu begutachten. Drei große Säcke waren es heute. Die Lieferung aus Bremen war noch nicht angekommen, aber es war ja auch noch Vormittag. Eigentlich sollten alle Lieferungen zu den Geschäften der Fußgängerzone am frühen Morgen stattfinden, aber aus irgendeinem, nicht wirklich nachvollziehbaren Grund funktionierte das mit dem Lieferanten aus Bremen so gut wie nie. Sie schnappte sich einen der Säcke, die noch vor dem kleinen Kassentresen aufgeschichtet lagen, keuchte kurz und stellte ihn auf. Ein Schnitt in die obere Kante, ein Blick, riechen, hineingreifen und fühlen. Sie nahm ein paar Bohnen heraus und betrachtete sie. Schien alles zu passen. Nächster Sack. Der Wecker klingelte just in dem Moment, als Susi den dritten Sack zur Seite stellte. Schnell machte sie sich auf den Weg zum Röster hinauf und war gerade rechtzeitig da, als Susi eine kleine Schaufel mit dampfenden Bohnen aus der Seitenwand der Röstkammer zog. Sie roch daran, bewegte die kleine Schaufel im Licht und kontrollierte, ob wirklich beide Pergamenthäutchen bereits abgeplatzt waren. Die Bohnen wurden – fast wie Popcorn – beim Rösten größer und entledigten sich zweier dünner Schutzschichten. Einer nach der anderen, was im Röster dann in zwei Phasen von Knacken und Rascheln zu hören war. Und sehen konnte man es auch. Waren die Bohnen seidenmatt glänzend, waren sie quasi *nackt* und so sahen die Exemplare auf der Schaufel nun auch aus. Um sicherzugehen, steckte Paula die Schaufel noch einmal an ihren Platz in der Seitenwand der Trommel, wartete einen Moment und zog sie dann mit einigen wieder heiß dampfenden Bohnen heraus. Auch diese sahen so aus, wie sie aussehen sollten, und rochen ganz wunderbar.

»Jetzt aber schnell!«

Sie steckte die Schaufel zurück und beobachtete ganz genau, wie ihre Tante am Hebel zog, der den Boden der Rösttrommel öffnete. Die gleichmäßig braunen Bohnen kamen mit einem Schwung in den Kühlkorb, wo die nächste Mechanik ihren Teil dazu beitrug, dass die Bohnen nicht zur Ruhe kamen. *Stetig in Bewegung bleiben,* war das Motto; bei den Bohnen wie bei Paula. Immer im Kreis wurden die dampfenden Bohnen umgewälzt und Susi roch den frischen Röstduft.

»Hm, das riecht wunderbar, Tante Paula!«

»So sollten sie aussehen und so sollten sie riechen. Und auf der Kühlplattform kann nun auch nichts mehr schiefgehen. Gibst du gleich die nächste Ladung oben in den Korb? Du bist sowieso einen halben Kopf größer als ich.«

»Was, ich?«

»Na los, die Bohnen beißen nicht. Aber der Röster wird immer heißer, da müssen wir uns jetzt etwas sputen. Also los.«

Susi kippte also die nächste Ladung Bohnen in den Trichter und Paula kontrollierte die Temperatur der Rösttrommel.

»Fast zehn Grad mehr als die erste Ladung. Perfekt, diese Sorte Bohnen braucht etwas mehr Hitze.«

»Aha!« Susi verstand langsam das Prinzip.

»Dieselbe Prozedur. Hebel ziehen ...« Paula deutete auf einen Hebel und Susi zog.

»Warten ...« Beide Frauen warteten schweigend und Susi schaute auf das gleichmäßige Rotieren der stets dunkler werdenden Bohnen hinter dem Guckloch. Nach einer Weile veränderte sich das Geräusch im Röster.

»Erstes Knacken ...«, kommentierte Paula.

Inzwischen waren die Bohnen der ersten Ladung auf dem Kühlkorb so weit ausgekühlt, dass sie in einen anderen großen Eimer umgefüllt werden konnten. Paula zeigte Susi, wie sie die Bohnen Schaufel für Schaufel in den vorbereiteten Eimer bekam. Bald war der Kühlkorb wieder leer, gerade rechtzeitig, denn das Geräusch im Röster hatte sich soeben wieder geändert.

»Zweites Knacken ... Diesmal warten wir etwas länger als beim ersten Durchgang. Aber nur ein bisschen.«

Paula kontrollierte bei dieser Sorte ein paar Mal mehr. Erwischte schließlich den richtigen Moment und zog am nächsten Hebel. Der nächste Schwall dampfender Bohnen füllte mit einem Rauschen den Kühlkorb. Es roch wundervoll. Kräftiger als zuvor.

»Die beiden Sorten werden hervorragend miteinander harmonieren.«

»Ah, so machst du also deine Spezialmischungen!« Bei Susi fiel der Groschen. In Hamburg hatte sie während ihres Studiums eine ganze Weile in einer dieser Espresso-Ketten gearbeitet, dort allerdings immer schon fertige Mischungen bekommen, die sie nur noch hatte entsprechend aufbrühen müssen. Das Studium hatte sie dann nach ein paar Semestern geschmissen, aber zumindest wusste Susi, wie man gemahlene Bohnen in einen brauchbaren Kaffee verwandelte. Und nun verstand sie auch, wie die Mischungen entstanden.

»Ja, genau.«

»Kommen jetzt noch mehr Bohnen?«

»Nein, die Bremer Lieferung ist ja noch nicht da, da müssen wir morgen dann noch mal ran. Für heute muss das reichen!«

Paula ging um den Röster herum und schloss das Ventil der Gasflasche, die dem Röster einheizte. Dann schaute sie noch einmal, ob die Bohnen noch im Kühlkorb rotierten, nickte zufrieden und ging ein Stockwerk tiefer, wo sie als nächstes alle Teile der chromglänzenden Elektra Espressomaschine wieder an ihren angestammten Platz setzte.

»Kaffee?«

»Ja, gerne.«

Paula bediente ein paar Hebel, es zischte, brodelte, und kurz darauf mischte sich der Duft von frisch gebrühtem Kaffee mit den Röstaromen aus dem Dachgeschoss. Der erste Kaffee des Tages. Paula griff nach einer Jumbo-Tasse, in der sonst eigentlich heiße Schokolade serviert wurde, füllte sie mit Milch aus dem ebenfalls chromglänzenden Schäumgefäß und kippte einen dreifachen Espresso hinterher.

»Hier, Kind. Ich hole uns gleich noch ein ordentliches Frühstück dazu.«

»Danke, Tante Paula.« Sie roch an der Tasse und nahm einen Schluck. »Hmmm. Hildesheimer Mischung ist das aber keine, oder?«

»Stimmt, ist es nicht. Du wirst ja immer besser!« Paula klang aufrichtig überrascht.

»Na, bei der Lehrmeisterin!« Susi lachte und lehnte sich mit ihrer Jumbotasse auf dem kleinen Stuhl zurück. »Und ein klein wenig Übung hatte ich ja in Hamburg schon. Aber du wirst immer noch besser. Keine Ahnung, wie du das machst!«

»Üben, üben, üben. An manchen Tagen habe ich schon zehn oder elf Mal geröstet. Da habe ich bald den ganzen Tag nichts anderes gemacht. Irgendwann muss man dann einfach ein Gefühl dafür entwickeln.« Sie zwinkerte ihrer Nichte zu. »Das kommt noch. In ein paar Jahren hast du mich schon überholt.«

»Ach Tante Paula, du willst mich doch nur aufmuntern«, winkte sie ab. »Und wie war das jetzt mit dem Frühstück«, neckte sie ihre Tante.

»Kommt sofort. Kuchen oder Brötchen?«

»Um Himmels willen, du willst mich mästen. Brötchen!«

»Gut, dann bin ich gleich wieder da«, sagte Paula und griff nach ihrem Mantel. Zwei Minuten später war sie auf dem Weg durch die kalte Märzluft zum Huckup, in dem eine Filiale der Stadtbäckerei residierte, um für Susi und sich selbst Frühstück zu organisieren. Kaffee hatten sie ja ausreichend, aber ein ordentliches Wurstbrot war im *Umgestülpten Zuckerhut* dagegen selten, das musste sie schon zugeben.

7

Ein Schwall Messingglöckchen tönte und tönte ein zweites Mal, als sich die Tür des Bittersweet wieder schloss. Susi lächelte in Erwartung des angekündigten Frühstücks erwartungsvoll. Als nach einigen Sekunden keine Schritte auf der Treppe zu hören waren, wurde sie kurz stutzig, bis ihr einfiel, dass ja bereits neun Uhr vergangen war und nun die normalen Öffnungszeiten herrschten. »Ich komme schon!«, rief sie hinunter, stellte ihre Jumbotasse zur Seite und machte sich auf den kurzen Weg ins Erdgeschoss. »Wie kann ich Ihnen ...« Sie brach mitten im Satz ab, als sie den Mann erkannte, der nun mitten im Zimmer stand. »Was machst du denn hier?«

»Na das ist ja eine Begrüßung. Was, wenn ich ein Kunde wäre und etwas kaufen wollte?«, fragte Volker.

»Willst du etwas kaufen?«

»Eigentlich will ich zu deiner Tante. Ist sie da?«

»Gleich wieder. Holt grad Frühstück. Was willst du denn von ihr?«

»Ist dienstlich. Hast du einen Kaffee für mich?«

»Dienstlich?! Geht es um deinen Toten im Dom? Ist sie jetzt verdächtig oder so was?« Susi lachte, doch bei Volkers Blick blieb ihr das Lachen im Halse stecken. »Nicht im Ernst!?«

»Ich glaube, das bespreche ich lieber mit ihr selbst. Was ist denn jetzt mit einem Kaffee, während wir warten?«

Susi seufzte. »Ok, komm mit nach oben. Tante Paula muss in ein paar Minuten wieder hier sein.«

Sie hatte gerade der chromglänzenden Espressomaschine einen Espresso aus *Hildesheimer Mischung* entlockt, den sie vor Volker auf den kleinen Tisch setzte, als der Schwall Messingglöckchen sich wiederum anschickte, Ton zu geben. Ein zweites Schellen, dann Schritte auf der hölzernen Treppe.

»Ach, Kind. Du glaubst gar nicht, was da morgens drin los ist. Als würden sie alle verhungern. Auf der Stelle.« Paula blickte hoch und entdeckte den unerwarteten Besucher. »Was machst du denn hier?«

»Wieso fragen mich das alle hier? Hallo Paula, dir auch einen schönen guten Morgen.«

»Na, Kaffee hast du ja bereits einen. Sitzen tust du auch, wie ist dir also zu helfen? Möchtest du ein Brötchen abhaben?«

»Danke, Paula, fürs Erste bin ich mit Kaffee vollends zufrieden. Aber setz du dich doch bitte, ich müsste mit dir reden.«

»Mit mir? Worüber?«

»Setz dich am besten erst einmal hin.«

»Ist jemand gestorben oder wieso kommt nun die Polizei, um mit mir zu reden?«

Volker schaute sie ausdruckslos an und Paula lief es kalt über den Rücken.

»Ok, was ist passiert?«, fragte sie unverwandt und setzte sich tatsächlich mit an den kleinen Tisch.

»Christian Albert. Sagt dir der Name etwas?«

»Nein.«

»Wirklich nicht?« Volker wühlte in seiner Tasche, die er neben sich auf dem Boden geparkt hatte und zog schließlich ein Foto heraus. »Christian Albert«, wiederholte er, während er das Bild vor Paula auf den Tisch legte.

»Nein, wirklich nicht. Sollte ich?«

»Er«, Volker deutete auf das Foto, »wurde gestern tot im Dom gefunden. Wie es aussieht, wurde er erschlagen, da warten wir noch auf das Ergebnis der Untersuchungen. Aber nach einem natürlichen Tod sieht es jedenfalls nicht aus.«

»Und was habe ich damit zu tun?«, fragte Paula.

»Das hier.« Volker zog eine raschelnde Cellophantüte und einen etwas angeschmutzten Kassenbon aus der Tasche und legte sie neben das Foto des Toten.

Paulas Kinnlade hing unbewegt im Raum, bis sie sich selbst dabei ertappte und den Mund schnell wieder schloss. Susi stand wortlos auf und machte sich wieder an der Espressomaschine zu schaffen, um ihrer Tante einige Augenblicke später eine Tasse voll dampfender Flüssigkeit hinzustellen. Und ein großes Glas Wasser daneben.

»Das ist unmöglich«, sagte Paula und ihre Stimme klang kratzig.

»Ist es offenbar nicht«, entgegnete Volker. »Außerdem, was

soll daran so unmöglich sein? Das ist ganz offenbar eine Schokolade in einer Tüte mit einem Aufkleber vom Bittersweet darauf. Und ein Kassenbon dazu. Offensichtlich hat der Tote hier eingekauft. Außer seiner Geldbörse und seinem Schlüsselbund war das, das Einzige, was er bei sich hatte.«

»Aber er kann diese Schokolade hier nicht gekauft haben!« Paula nahm das hellbraune Exemplar vorsichtig hoch, als wäre es eine tickende Zeitbombe. Die Form war kantig, an zwei Stellen nicht ganz ausgereift und ganz unverkennbar: der Hildesheimer Dom.

»Und wieso kann er diese Schokolade hier nicht gekauft haben?«

»Weil es sie noch gar nicht zu kaufen gibt«, erwiderte Paula trocken und legte die Tüte wieder auf den Tisch, lehnte sich zurück und seufzte.

Volker schaute verständnislos zwischen Paula und der Schokolade hin und her. »Aber natürlich, da liegt sie ja.«

»Ja, aber man kann sie nicht kaufen.«

»Was?«

»Noch nicht. Man kann sie noch nicht kaufen.«

»Und wie kommt der Tote dann dazu, eine Schokolade, die es angeblich nicht gibt, in seiner Jackentasche bei sich zu haben an dem Abend, an dem er sich hat umbringen lassen?«

»Na, das frag ich mich jetzt aber auch«, mischte Susi sich ein.

»Noch mal von vorn. Was hat es denn jetzt mit dieser Schokolade auf sich?«, wollte Volker wissen.

Paula seufzte erneut, griff nach ihrer Tasse und nahm einen Schluck. »Ah, der ist schon ganz gut, Susi. Ein klein wenig mehr Druck noch ...« Sie nahm noch einen Schluck. »Verzeihung. Ja, die Schokolade ... Also ... Als ich vor zwei Monaten hier im *Umgestülpten Zuckerhut* eröffnet habe, kam ein Herr Wilke vom Stadtmarketing zu mir und fragte mich, ob ich nicht eine Sonderedition Schokolade oder Kaffee oder beides oder wie auch immer zur Wiedereröffnung des Hildesheimer Doms machen könnte. Limitierte Sondereditionen, die dann ausschließlich im Dommuseum und hier im Bittersweet angeboten würden.«

»Aber das ist doch noch ewig hin«, bemerkte Susi.

»Ja, das hab ich ja auch gedacht und ja gesagt und dachte,

ich höre dann kurz vor der Wiedereröffnung wieder von ihm. Aber er war gleich zwei Wochen später wieder da. Hatte einen alten Kupferstich dabei und meinte, so in der Form wäre gut und wann ich wohl einen Prototypen fertig haben könnte, denn die Herren der katholischen Kirche wären ganz begeistert von der Idee. Und ich sollte sofort anfangen.«

»Wird nicht an der Fassade auch noch was geändert? Wozu brauchen sie denn dann das alte Aussehen?«

»Gute Frage, Kind. Ich hab keine Ahnung. Ich hab den Herrn das auch gefragt, aber er meinte, ich sollte zumindest mal Entwürfe vorlegen, weil das dann mit Rom abgestimmt werden muss – warum auch immer. Also habe ich den Formenmacher angerufen und gefragt, wann er wohl Zeit hätte, mir einen Satz Testformen zu bauen. Wie es der Zufall so wollte, hatte er tatsächlich in der folgenden Woche Zeit – so viel Glück hab ich für meine eigenen Formen nie, keine Ahnung, ob der Vatikan selbst bei ihm angerufen hat ... Jedenfalls habe ich noch etwas recherchiert, habe Bilder von der zukünftigen Fassade gefunden und sie dem Formenmacher mitgegeben, als er dann hier war. Vor drei Wochen habe ich dann also die Formen bekommen – so schnell ist er sonst auch nie. Ich hätte wissen müssen, dass es dabei nicht mit rechten Dingen zugeht ...« Paula nahm noch einen Schluck Kaffee und saß etwas gedankenversunken da.

»Ja und dann?«, fragte Volker.

»Wie bitte? Ach ja. Zwei verschiedene Formen hat er gebracht. Eine kleine, 8x5 und eine große 13x18 Zentimeter. Die Große etwas feiner, etwas dreidimensionaler, die Kleine entsprechend einfacher. Aber sehr hübsch und wirklich schon sehr originalgetreu. Zwei Kanten waren noch nicht perfekt, da bilden sich kleine Bläschen in der Schokolade, die schwer rauszukriegen sind. Da muss er dann noch mal nachbessern. Schaut mal, das sieht man hier am fertigen Dom auch ...«, erklärte Paula und griff nach der Cellophantüte. Und tatsächlich waren zwei der Gebäudekanten von winzigen Bläschen durchsetzt.

»Und woher hat der Tote nun die Schokolade???« Susi sah ihre Tante voller Spannung an.

»Ich habe keine Ahnung. Ich habe ja nur fünf Stück gemacht.

Drei Kleine und zwei Große. Die drei Kleinen in Milchschokolade, weiß und dunkel und die Große nur in Milchschokolade und dunkel, weil ich schon bei der Kleinen gesehen hatte, dass die weiße Schokolade in der Form einfach *platt* aussieht. Also wenn sie's unbedingt haben wollen, von mir aus, aber ich finde es nicht so hübsch. In dunkel kommen die Formen besser zur Geltung.«

»Und wo sind diese fünf Exemplare nun?«, fragte Volker.

Paula stand auf und ging nach oben, wo außer dem Röster auch die Schokoladen-Bank stand, an welcher Paula die süßen Köstlichkeiten zubereitete. Kurz darauf kam sie mit drei Tüten zurück, die sie vor Volker auf den Tisch legte, dazu zwei milchig-weiße Plastikformen. »Das ist alles, was ich noch habe.«

Der Formenmacher hatte es sehr geschickt angestellt. Es war eine Ansicht des Mariendoms von Nord-Westen her geworden. Vom Westwerk mit den Bernwardstüren rechts über die fünfeinhalb spitzgiebligen Seitenkapellen bis zum Nordparadies auf der linken Seite.

»Wow, beeindruckend, wie er so viel Realismus in so eine kleine Form gebracht hat. Schau dir mal die Türen an«, staunte Susi.

»Ja, die Bernwardstüren sollen nach der Renovierung wieder mit der Bildseite nach außen zu sehen sein«, erklärte Paula. »Für die Größe ist das auch wirklich gut umgesetzt. Man kann erkennen, was es sein soll.«

Sogar Volker war beeindruckt. »Und was ist das da für eine Statue an der Ecke? Die steht da jetzt aber nicht?«, fragte er nach.

»Stimmt. Aber momentan steht ja auch der Bernward nicht da, momentan sind da Gruben.«

»Und was ist das nun für eine Statue?«, drängte Susi.

»Die hat die letzten fünfzig Jahre verstaubt und vergessen in einem Verbindungsgang zur Antoniuskirche gestanden. Eine marmorne Maria – sehr passend für den Mariendom, findet Ihr nicht?«

»Ja schon, aber kommt die wirklich dort hin?«

»Auf den Plänen des neuen Domplatzes war sie dort eingezeichnet, da links wo das Westwerk an das Hauptschiff des Doms angrenzt. Ich glaube, dem Planer hat sie auch so gut gefallen, als sie kürzlich im Zuge der Renovierungen wiederentdeckt wurde. Es sind ja einige Statuen und sonstige Kunstgegenstände, die momentan delogiert wurden. Der Bernward steht ja auch irgendwo hinten an der Mauer. Angekettet, dass er nicht wegkommt.«

»Wirklich? Wer würde denn bitte einen alten Bischof klauen?«

»Wer würde jemanden in der Krypta erschlagen?«

»Auch wieder wahr ...«

»Sind das dann nicht nachher zwei Statuen auf einem Haufen, wenn die Maria links ans Westwerk kommt und der Bischof dann wieder zurück an seinen Platz?«, fragte Volker und setzte nach: »Ja, ich weiß, dass ich von Kunst keine Ahnung habe!«

»Vermutlich haben sich das die Leute, die die Pläne gezeichnet haben, auch gedacht. Der Bernward ist nämlich ein ganzes Stück weiter hinten unter den Bäumen eingezeichnet.«

»Kann man den denn so einfach irgendwo anders wieder hinstellen?«, fragte Susi.

»Meine Mutter hat erzählt, dass er vor dem Krieg auch ganz woanders gestanden hat. Ich vermute, der hat also schon einiges gesehen.«

»Hm. Naja eine Maria zur Gesellschaft ist ja auch ganz nett.« Volker betrachtete die Schokoladenabgüsse der beiden Formen. »Und wem hast du die anderen gegeben?«, fragte Volker.

»Als die Schokoladen fertig waren, habe ich Herrn Wilke angerufen, dass er sich die Exemplare anschauen kommen kann. Er hat sich noch beschwert, dass da plötzlich eine lebensgroße Marienstatue am Dom ist, die auf seinem alten Kupferstich nicht zu sehen wäre. Ich hab ihm die Erläuterungen dann gespart. Dabei hatte ich wirklich schon überlegt, die dann immer vorab mit weißer Schokolade auszugießen und den Rest mit Milchschokolade oder dunkel, dann kommt sie so richtig gut raus. Im Original ist der Marmor ja auch fast weiß.« Sie wendete die Schokoladen in ihren Händen. »Ich sollte noch eine richtige, dreidimensionale Hohlform versuchen ...«

»Paula, was war nun mit dem Wilke?«, unterbrach Volker, ehe sie zu weit vom Thema abschweifen konnte.

»Ach ja. Der hatte auch gleich jemanden von der Kirche dabei, der sich die Schokoladen mit ansehen sollte. Ein Bischof ... Adelheid? Alfons? Achim? ... Anselm, das war's.«

Volker starrte sie an. »Bischof Anselm? Bist du sicher? ... Etwa eins achtzig groß, schwarze Kleidung, weißer Kragen, dunkle Locken?«

»Ja, Bischof Anselm, so hat er sich vorgestellt.«

»Wandelndes Kirchenlexikon?«, führte Volker seine Beschreibung weiter fort.

»Ja, trifft alles zu.«

Einen Moment sah Volker schweigend von Paula zu den Schokoladen auf dem Tisch, zum Foto des Toten weiter zu Susi und zurück zu Paula. »Und wann waren die beiden hier?«

»Das ist sicher schon vier Wochen her ...«

»Du hast also zwei Schokoladen rausgegeben ...«, Volker schaute Paula fragend an.

»Na, soll ich dem Herrn vom Stadtmarketing sagen, er kriegt keinen Prototypen? Oder dem Bischof? Eigentlich nur dem Bischof, der Wilke wollte keine.« Paula schüttelte den Kopf.

Volker war entnervt, Paula jedes Wort aus der Nase ziehen zu müssen. »Wie viele hast du nun rausgegeben?«

Paula starrte ihn ungläubig an. »Wenn ich fünf Stück gemacht habe und drei noch da sind, wie viele werde ich dann wohl rausgegeben haben?«, schnappte sie.

»Ist ja schon gut, Paula. Ich versuche hier ja nur, meinen Job zu machen«, entgegnete Volker und seufzte.

»Die kleine Milchschokolade habt Ihr ja schon gefunden. Fehlt die große Dunkle«, sagte Paula.

»Und wie ist die Schokolade überhaupt in die Tasche des Toten gekommen?«, fragte Susi zweifelnd.

»Ich vermute, er wird sie hineingesteckt haben.«

»Nein, ich meine, wie ist er zu der Domschokolade gekommen. Offenbar hat er die ja wohl von Herrn Wilke oder dem Bischof bekommen, oder?«

»Oder der Mörder hat sie ihm hinterher zugesteckt. Blöderweise waren keine Fingerabdrücke an der Tüte, was sowieso schon merkwürdig ist. Zumindest einen Teilabdruck oben, wo die Tüte zusammengebunden ist, hätte ich erwartet. Aber da war jemand sehr vorsichtig, keine Spuren zu hinterlassen, und hat offenbar alles abgewischt«, erklärte Volker.

»Und hat dann Handschuhe getragen, als die Schokolade in die Tasche von Christian Albert wanderte ...«, vervollständigte Susi den Gedanken.

»Was bei den Temperaturen nachts ja nun auch kein Wunder ist«, bemerkte Paula allerdings.

Alle drei starrten auf den Haufen an Hinweisen auf dem Tisch. Foto, Schlüssel, Cellophantüten, Formen, Kassenbon und drei halb leere Tassen Kaffee bildeten ein interessantes Sammelsurium.

»Und woher kam der Kassenbon?«, fragte Susi schließlich.

Paula griff nach dem Papier. »14. März. Ein Artikel zu dreiachtzig ... Hm, dafür bekommt man genau eine normale Tafel Schokolade. Bist du sicher, dass er sie selber gekauft hat? Ich habe das Gesicht wirklich noch nie gesehen. Oder er ist mir absolut nicht in Erinnerung geblieben«, fragte sie Volker.

»Nachdem wir ihn nicht mehr fragen können, wird diese Frage wohl nie beantwortet werden.« Er überlegte einen Moment. »Außer ... Außer wir finden denjenigen, der sie gekauft hat.«

»Oder geschenkt bekommen hat«, wandte Susi ein und Volker schaute sie irritiert an. »Ja was? Viele Leute verschenken die Bittersweet-Schokoladen. Sie sind nicht so billig wie Milka oder Ritter Sport, oder die ganzen anderen Industrieschokoladen, und weil sie außerdem auch noch handgemacht sind, werden sie oft als Geschenk gekauft.«

»Da hat sie recht«, stimmte ihr Paula zu. »Meine Schokoladen sind eher ein Feinschmecker-, ein Luxusartikel. Das eignet sich wunderbar zum Verschenken.«

»Kannst du in etwa abschätzen, wie viele Schokoladen Du bisher verkauft hast?«, fragte Volker.

»Ein paar hundert. Die Schokoladen gehen sehr gut. Auch die Sonderformen wie Schokoladentaler, Trinkschokolade und vor allem die Reihe mit den besonderen Hildesheimer Bürgern, die über die Jahrhunderte zum Weltgeschehen beigetragen haben, verkaufen sich sehr gut, besonders an Touristen.«

»Und sind die alle für dreiachtzig zu haben?«

»Die Sonderformen nicht, die normalen Tafelformen allerdings schon, da kann ich jetzt nicht sagen, welche Sorte oder ob es eine Sonderedition mit Hildesheimer Bürgern war.«

»Aber es war sehr sicher eine Schokoladentafel?«

»Vom Preis her sehr sicher, ja.«

»Na wunderbar, dann haben wir zumindest einen Anhaltspunkt.«

»Oder hatten«, warf Susi ein und erntete fragende Blicke. »Naja, ich vermute, dass das *Corpus Delicti* mittlerweile vernascht sein wird, oder nicht?«

Volker grübelte einen Moment. »Vielleicht haben wir ja Glück und es war eine Sonderedition und er hat die Schachtel behalten«, meinte er schließlich.

»Oder sie«, setzte Paula nach. »Der Großteil meiner Kunden sind Frauen«, erklärte sie mit einem Augenzwinkern.

»Welche Tafeln und Sondereditionen hattest du die letzten Wochen über?«, fragte Volker.

»Und wie hattest du sie verpackt?«, fragte Susi dazu und Volker nickte zustimmend: »Gute Frage!«

»Die Schachteln sind bei allen Schokoladen schwarz, die bestelle ich immer beim selben Lieferanten. Aber die Banderolen darum herum sind bunt«, erklärte Paula. »Die bestelle ich immer kurzfristig, manchmal erst, wenn die Schokolade schon oben aushärtet. Die Druckerei ist üblicherweise sehr flink, da geht das.« Paula griff hinter sich in ein kleines Wandregal und zog eine der Schokoladentafeln hervor. Schwarze Schachtel, grüne Banderole. »Lasst mich überlegen ... Weiße Amaretto-Mohn – das war eine rote Banderole. Und eine gelb-rote Banderole für die *Hildesheimer Rose* – weiße Schokolade mit Rosenblättern und Krokant. Und dann natürlich die üblichen: Milch, weiß und dunkel, die hatten zuletzt gelb, braun und schwarz-silber. ... Wobei mir einfällt, dass ich mit dem Drucker noch einmal ein Wörtchen reden muss, der hat mich wegen der violetten Banderolen schon wieder vertröstet und ich würde gern die Schokolade mit den kandierten Veilchen in violett verpacken. Bin ich froh, dass die kandierten Veilchen auch auf sich, warten lassen ...«

»Bitte?« Volker war verwirrt.

»Kandierte Veilchen? Das sind ... Ach vergiss es«, unterbrach sich Paula. »Die gab es die letzten Wochen noch nicht und die wird es vermutlich auch erst nach Ostern geben, wenn das so weiter geht.«

»Ok. Wir haben also rot, gelb-rot, gelb, braun und schwarz-silber. Korrekt?«

»Korrekt.«

»Und was ist dann da drin?«, fragte Susi und deutete auf die Schachtel mit der grünen Banderole, die Paula noch immer in der Hand hatte.

»Ach ja, grüner Pfeffer. Aber die hab ich erst letzten Freitag fertigbekommen, die kann er also sicher nicht gekauft haben, die Banderolen sind erst am Donnerstag gekommen. Wollt Ihr den Lieferschein sehen?«

»Danke Paula, ich denke, das geht fürs Erste auch so«, lächelte Volker.

»Und dann gibt es noch die Sondertafeln mit den *Hildesheimer Bürgern.* Also berühmte Hildesheimer, die dann auf der Schachtel abgebildet sind. Die haben aber alle eine pergamentfarbene Schachtel. Ihr wisst schon, was so *alt* aussieht. Und dann eine durchsichtige Banderole, wie Butterbrotpapier, nur edler. Ich würde euch ja grad gerne eine zeigen, aber die sind grad alle aus und auch keine Schachteln oder Banderolen da. Aber Ihr könnt euch das ja sicher vorstellen, oder? Also wie die anderen, aber mit einem Bild der Person, Lebensdaten und so und die Schokoladensorte nur ganz klein unten drunter.«

Susi nickte, Volker schaute verwirrt, nickte aber letztlich auch in der Hoffnung, irgendwann noch eine solche Schachtel zu Gesicht zu bekommen.

»Und welche Hildesheimer Bürger hattest du in den letzten Wochen?«, fragte Susi, die ihrem Exmann ansah, dass er absolut keinen Plan hatte.

»Bischof Bernward. Der hatte dunkle Schokolade mit Honig und Mandelsplittern.«

Susi lief das Wasser im Munde zusammen. »Oh, klingt das gut. Gibt's davon bald neue?«

Paula grinste. »Ja, von der wollte ich bald wieder mal welche machen. Und im Sommer dann eine weiße Schokolade mit Ringelblumenblüten und Pollen. Für seine Schwester, Judith von Ringelheim.«

»Wenn ich nicht schon bei dir wohnen würde, würde ich jetzt fragen, ob ich hier einziehen darf ...«

Volker fragte: »War die Bernward die einzige, die du die letzten Wochen hattest?«

»Ich hatte noch eine Elise Bartels, aber die war am 14. März vermutlich schon aus. Genau beschwören kann ich es nicht.«

»Wen gibt es denn noch so alles? Also als *berühmte Hildesheimer Bürger?«,* fragte Susi neugierig.

»Naja, bei den Bischöfen gibt es eine ganze Menge, ein paar Politiker und Naturwissenschaftler ...«

»Sind da viele Frauen dabei?«

»Nein, Kind. Das leider nicht. Ich würde ja so gerne mal eine Schokolade für die Asminde Ubrich machen, aber über die ist fast nichts mehr zu finden. Vielleicht, wenn ich mal nach Wien komme, da soll noch ein Porträt von ihr sein. Aber außer, dass sie Sängerin war, findet man fast nichts. Und ihr Geburtsdatum haben sie offenbar auch falsch, oder es gibt mehrere Asminde Ubrichs. Die, die ich meine, ist jedenfalls um 1837 hier in Hildesheim geboren.«

»Und warum findest du die so spannend?«

Paula wurde etwas rot und räusperte sich. »Nun ja ... Nach der Hauswirtschaftsschule hatte ich für eine Weile einen Freund mit dem Nachnamen. Er hat mir damals eine Schokolade mit Mandeln geschenkt, als ich sagte, ich will Chocolatier werden.«

Susi und Volker grinsten.

»Nun denn, dann hoffen wir mal, dass der ... oder diejenige, die hier deine Schokolade gekauft hat, nicht nur Schokolade mag, sondern auch die Verpackungen aufhebt.

»Sie ... oder er ... könnte auch einfach eine neue kaufen«, murmelte Paula vor sich hin und Susi grinste.

»Dann kümmern wir uns am besten gleich mal um dein Marketing-Konzept«, sagte sie strahlend.

»Was hast du vor?«

»Tante Paula! Ich habe in Hamburg nicht nur Espresso gezapft. Nachdem ich das Studium aufgegeben habe, hab ich auch eine Weile in einer Werbeagentur gearbeitet. Als Mädchen für alles zwar nur, aber ich hab eine Menge aufgeschnappt. Und jetzt gerade habe ich eine Idee ...«

Paula wurde leicht mulmig. »Ein paar mehr Kunde können wir schon noch gebrauchen«, sinnierte sie. »Aber bitte zwing mich nicht zu einem Onlineshop!«

»Nein, versprochen. Das hier wird viel besser!«

8

Am Abend saß Paula mit einer großen Tasse heißer Schokolade in ihrem riesigen Ohrensessel am Fenster. Der Wind zog etwas zwischen den Fensterflügeln hindurch – ein Nachteil von alten Gebäuden, aber es behagte Paula dennoch deutlich mehr als diese neumodischen Häuser, bei denen man die Fenster nicht einmal mehr öffnen konnte. Sie seufzte leicht, zog sich die Decke etwas fester um die Schultern und kraulte Karlo am Rücken, worauf er sofort anfing, zu schnurren. »Ach Karlo, du hast es gut ...« Der rote Tiger schaute sie fragend an. »Ja, hast du! Du kannst den ganzen Tag faul hier auf dem Sessel liegen, schlafen und von den tollsten Dingen träumen. ... Und mich verdächtigen sie gerade in einem Mordfall.« Karlo legte den Kopf schief und schnurrte leiser. »Naja, nicht wirklich verdächtigen. Hoffe ich zumindest. ... Es ist nur, dass jemand, der gestern umgebracht wurde, eine von den Domschokoladen und einen Kassenbon aus dem Bittersweet bei sich hatte. Eine Domschokolade! Du weißt schon, eine von denen, wo ich nur fünf Stück von gemacht habe.«

Sie schüttelte den Kopf und kraulte dann wieder den roten Kater, der es sich auf ihrem Schoß gemütlich gemacht hatte. »Wenn ich nur wüsste, wie der arme Mann an meine Schokolade gekommen ist. Volker hatte ein Foto von ihm dabei und das Gesicht sagte mir so gar nichts ... Und viel schlimmer ist, dass ich eventuell den Mörder dann in meinem Laden hatte! Wenn ich doch nur ...«

Ihre Stimme verlor sich und einen Moment später erhellte sich ihre Miene. »Ha! Ich weiß es! Also nein, nicht wie er an die Schokolade kam, aber ich weiß, wen ich fragen kann!«

Voller Enthusiasmus stellte sie die Tasse ab, hob den Kater vom Schoß und setzte ihn wieder auf den Sessel, nachdem sie aufgestanden war. Sie wühlte einen Moment im Altpapierstapel, fand, wonach sie gesucht hatte und vergewisserte sich, dass sie richtig gelesen hatte. Sie hatte: Thomas ..., auch Pater Thomas genannt. Lauschige Sommernachmittage an der Tonkuhle, ein schüchterner Kuss unter dem Lindenbaum ... Diese und einige mehr Erinnerungen, die sie schon lang verloren geglaubt hatte, flackerten vor ihrem geistigen Auge auf. Einen ganzen Teil davon hätte sie am liebsten gar nicht erst erlebt, den anderen wünschte sie sich nur allzu sehnlich wieder herbei und schalt sich gleich selbst dafür. Schließlich wurde sie fündig. Dompfarre: 5331792. Ja, es würde Zeit, alte Bande neu zu knüpfen.

9

Am nächsten Morgen saß Pater Thomas schon früh in seinem geliehenen Bürosessel in seinem Interims-Büro und beantwortete einige E-Mails seiner *Schäfchen,* die allesamt eigentlich nur danach fragten, wie die Dombaustelle denn voranginge. Er hielt sich gerade so zurück, die Antworten nur zu Copy and Pasten und nahm sich also die Zeit, die gleichen Fragen immer aufs Neue zu beantworten, immer ein wenig anders im Wortlaut, aber mit demselben Inhalt. Die Arbeiten gingen gut voran, Archäologen arbeiteten Hand in Hand mit den Bauarbeitern und er freue sich schon sehr auf die Wiedereröffnung im Sommer 2014. Das erste war schierer Optimismus, das zweite eine glatte Lüge und das dritte die reine Wahrheit. Er konnte es gar nicht abwarten, sein neues altes Büro wiederzuhaben. Inständig hoffte er, dass er es nach der Renovierung auch noch wiedererkennen würde. Hoffentlich machten sie keinen neumodischen LED-Klotz daraus! Ja, das alte Büro hatte einen unverkennbaren sechziger Jahre Charme, die Einrichtung war vollkommen zusammengewürfelt gewesen und es roch nach einer Mischung aus jahrzehntealtem Zigarrenrauch – er selbst hatte nie geraucht, aber in dieses Büro hatte es einfach hineingepasst –, Staub und alten Büchern, aber er liebte dieses Büro. Es war sein ganz eigener Rückzugsort gewesen. Er hatte dort viele Stunden, Tage und sogar manche Nacht verbracht. Das alte Büro war sein Lebensraum gewesen und nun fristete er seine Zeit einige hundert Meter weiter in einem muffigen Hinterhaus mit Hinterhof-Licht und Hinterhof-Charme. Das einzig Gute war, dass es genauso einsam war, wie sein richtiges Büro.

Als er gerade die letzte E-Mail abgeschickt hatte und gerade erneut darüber nachdachte, der Dompfarre eine eigene Facebook-Seite zu gönnen, klingelte das Telefon und er meldete sich »Dompfarre, Pater Thomas.«

»Thomas! Ich hätte nicht gedacht, dich gleich persönlich am Apparat zu haben. Paula hier. Paula Anders.« Sie klang unglaublich aufgeregt.

Thomas spürte seinen Herzschlag fast gegen seinen Kehlkopf drücken. »Paula! ... Wo hast du gesteckt, die ganzen Jahre?«

»Eine lange Geschichte. ... Wir sollten uns treffen«, brachte sie die Sache auf den Punkt. »Hast du Zeit? Vielleicht heute noch?«

Thomas war etwas überrumpelt, aber schaute gleich in seinen Kalender, der offen neben ihm auf dem Schreibtisch lag. Ungewöhnliche Leere schlug ihm entgegen. »Wo kann ich dich treffen?«

Keine Stunde später saß Paula im Pfannkuchenhaus – hier hatte sie eh schon seit einer Weile herkommen wollen, um die süßen Pfannkuchenspezialitäten zu begutachten. Vielleicht ergab sich ja eine Gelegenheit für eine Kooperation? Sie studierte gerade die Karte, als der Stuhl ihr gegenüber vom Tisch gezogen wurde und Pater Thomas sich wortlos setzte. Einen Moment schauten die beiden sich an, bis Thomas schließlich lächelte: »Du hast dich kein Stück verändert.«

Paula lächelte verschmitzt zurück: »Ist das nun gut oder schlecht? Weil üblicherweise hieße das nur, dass ich auch kein Stück dazugelernt hätte.«

»Und spitzzüngig wie eh und je.«

Paula lachte. »Irgendetwas Gutes muss auch ich mir ja behalten haben. Und du? Du hast dich durchaus verändert.«

»Und ist das jetzt gut oder schlecht?«

»Gut. Du siehst erwachsener aus als je zuvor.«

»Paula, wir haben uns bald vierzig Jahre nicht gesehen. Ich weiß, ich war ein unglaublich dummer Junge, aber das Älterwerden ist mir nicht erspart geblieben.«

»Ich hätte *reifer* sagen sollen ...«

Beide grinsten. Die Bedienung kam und sie bestellten Pfannkuchen mit Kasseler und Käse für Thomas und Pfannkuchen mit Camembert und Preiselbeeren für Paula und schauten sich schließlich schweigend an.

»Paula, es tut mir leid, dass ich damals quasi wortlos abgehauen bin. Das war unglaublich dumm von mir.« Thomas schaute betroffen auf das Tischtuch vor ihm.

»Tja, ich hatte ja einige Männer nach dir, aber bis ins Priesterseminar habe ich glaub' ich dann keinen mehr getrieben«, versuchte Paula, das Thema mit Humor zu nehmen, doch ihre zusammengepressten Lippen, die sich vergeblich um ein Lächeln bemühten, verrieten sie.

»Schau, es ist alles so viel komplizierter.«

»Thomas, nicht jetzt. Nicht heute. Ich glaube dir ja, dass du gute Gründe dafür hattest, was du getan hast und jetzt, wo wir beide wieder in derselben Stadt leben, werden wir sicher eine gute Gelegenheit finden, uns auszusprechen. Bald und liebend gern. Aber nicht heute. Ich habe gerade ganz andere Sorgen.«

»Du hast Sorgen und du rufst mich an?« Thomas zog die Augenbrauen hoch, dann schaute er misstrauisch. »Was ist los?«

»Die katholische Kirche hat Schokolade zur neuen Todsünde erklärt und versucht nun, mich als Hexe zu verbrennen.«

»Wie bitte?«

»Nein, Spaß. ... Hoffe ich jedenfalls. ... Wie auch immer. Ich habe allerdings tatsächlich ein Problem mit deinem Arbeitgeber.«

»Kirchensteuer nicht bezahlt?«

»Nein, Leiche im Keller. Oder besser eure Leiche, euer Keller, meine Ware in der Manteltasche des Toten.«

»Ok, ich vermute, du meinst den Toten, den sie in der Krypta gefunden haben?« Paula nickte. »Ok, und was für Ware? Bist du jetzt unter die Drogendealer gegangen?«

»Wie bitte? Um Himmels willen, nein! Wie kommst du denn darauf?«

»Ich bin Priester. Ich höre mir jeden Tag die Beichte von den verschiedensten Leuten an und kann dir gar nicht sagen, wie viele ich mit dem, was sie mir erzählen, direkt ins Gefängnis befördern könnte.«

»Warum tust du es nicht?«

»Beichtgeheimnis.«

»Das gibt es noch? So ernsthaft?«

»Ganz ernsthaft, ja.«

»Wahnsinn. Naja, was die Leute nur dir erzählen und nicht bei Facebook ausplaudern, ist dann wohl sicher.«

»Todsicher.«

»Im wahrsten Sinne des Wortes ...«

»Verzeihung. Was für Ware also?«, wechselte er schnell das Thema.

»Schokolade.«

Thomas sah sie fragend an.

»Ich habe vor zwei Monaten das Bittersweet im *Umgestülpten Zuckerhut* aufgemacht. Schon mal gelesen? Gab ein paar Artikel in der Zeitung darüber.«

»Ich hatte gelesen, dass im Zuckerhut jetzt eine Kaffeerösterei ist und dass es dort auch Schokolade gibt, aber dass das dein Laden ist, ist an mir vorübergegangen.« Thomas wurde rot und schaute wieder auf das Tischtuch. In dem Moment kam die Bedienung und schob ihm sein Mittagessen ins Blickfeld.

»Hmm, das ist gut!«, kommentierte Paula ihren Pfannkuchen französischer Art.

»Die mit Kassler sind auch hervorragend«, kommentierte Thomas. »Nächstes Mal müssen wir dann die süßen Pfannkuchen probieren.«

Paula grinste. »X Jahre nicht gesehen und schon denkst du ans zweite Date?«

Thomas zog eine Schnute. »Also, wie war das mit dem Toten und deiner Schokolade?«

»Er hatte einen Kassenbon aus meinem Laden in der Tasche. Für eine Tafel Schokolade – ich sollte mir endlich eine neue Kasse zulegen, die dann alle einzelnen Produkte kennt. Ich kann so jetzt nur vom Preis her sagen, dass es eine Tafel Schokolade war.«

»Ja nun, das heißt ja jetzt noch nichts. Es kann ja jeder bei dir eine Schokolade kaufen, oder nicht?«

»Das schon, aber ich erinnere mich einfach nicht an sein Gesicht. Und ich bin alleine im Laden, ich kenne alle meine Kunden.«

»Du machst den Laden ganz alleine?«

»Seit letzter Woche ist meine Nichte Susi dabei, sie hilft mir jetzt. Auch eine lange Geschichte ... Ach, wir brauchen einfach viel mehr Zeit.«

Thomas lächelte. »Ja, das wäre schön.«

Einen Moment aßen sie schweigend weiter und Paula dachte darüber nach, was genau sie sich eigentlich von diesem Treffen erwartet hatte. Dass Thomas eine Sofortlösung all ihrer Probleme aus dem Ärmel zaubern würde? Dass sie sich versöhnten und da weitermachten, wo sie vor einundfünfzig Jahren aufgehört hatten, als er ins Kloster geflüchtet war? Dass er wüsste, wie die Domschokolade in die Tasche eines Ermordeten gekommen war?

Thomas löffelte die letzten Reste von seinem Teller, legte das Besteck beiseite und fügte dem Ensemble kurz darauf eine benutzte Serviette hinzu, und auch Paula war, trotzt aller Grübeleien gerade fertig geworden. »Noch mal zurück zur Schokolade. Du sagtest, er hatte einen Kassenbon und eine Schokolade bei sich?«

»Ja, stimmt. Da waren wir gerade stehen geblieben. Er hatte eine Schokolade dabei, die es noch gar nicht offiziell gibt. In der Form des neuen Hildesheimer Doms. Ein Ansichtsexemplar für deinen Arbeitgeber, ob ihnen die Form und alles zusagt, sodass wir dann vor der Wiedereröffnung mit der Großproduktion hätten starten können.«

Thomas starrte sie an.

»Ja, ich weiß, es ist noch eine Weile hin. Ich habe auch keine Ahnung, warum sie jetzt schon die Prototypen haben wollten. Aber ja. Ich habe fünf gemacht, drei sind noch bei mir, einer war in der Jackentasche des Toten und einer ist weg.«

»Eine Domschokolade?«, fragte er trocken.

»Ja, eine kleine Cellophantüte mit einer handtellergroßen Schokoladenfigur drin. Eher flach, an der tiefsten Stelle grad acht Millimeter tief. Und eben handtellergroß.« Sie schaute auf Thomas' angespannte Hände, dann auf ihre deutlich kleineren. »Naja, meine Handteller ... Die Milchschokolade hatte der Tote in der Tasche. Und eine ist noch immer weg, die große aus dunkler Schokolade. Also dasselbe noch mal in größer und dunkler.«

»Und gibt es irgendwelche Hinweise, wer er war?«

«Ein Christoph, Chris, Christian. Irgendwie. Ich habe mir den Namen nicht wirklich gemerkt. Aber das Gesicht kam mir auch so gar nicht bekannt vor. Aber das sollte ich ja kennen, wenn ich ihm meine Schokolade verkauft habe. Ach, es ist zum verrückt werden.«

»Ja, das ist es allerdings.« Thomas' Stimme klang belegt. »Paula, ich habe gleich noch einen Termin ... Ich ...«

»Schon ok, ich muss ja selber gleich ins Bittersweet. So lange will ich Susi noch nicht mit dem Laden alleine lassen, auch wenn sie sich wirklich schon sehr gut macht ...«

»Paula, kann ich dich später anrufen?«, unterbrach er sie.

»Ja, natürlich«, erwiderte sie etwas überfahren.

»Ich ... Ich melde mich später bei dir.«

Thomas zog seine Geldbörse aus der Manteltasche und legte zehn Euro auf seinen Platz. »Ich muss ... Wir hören uns später.« Er stürmte zur Tür hinaus und in der ganzen Stadt läuteten die Glocken.

10

Paula machte sich grübelnd auf den kurzen Weg zum *Umgestülpten Zuckerhut.* Warum hatte Thomas bloß die ganze Zeit über die Vergangenheit reden wollen? Damals ... Ja, damals war alles anders gewesen. Einfacher. Damals war alles bloß ein Spiel. Bis zu diesem einen Nachmittag im März. Ein Nachmittag unter Lindenbäumen ... Ein verdammter Frühlingstag – offenbar hatte Hildesheim kein Glück mit Märztagen. Und sie auch nicht. Eine Gänsehaut lief Paula über den Rücken. Es war der 22. März und wie jedes Jahr um genau zehn Uhr hatten wieder alle Glocken der Stadt begonnen zu läuten, in Erinnerung an die Geschehnisse so kurz vor Kriegsende. Der Glockenhall lag in der Luft, schwang durch jede Faser ihres Körpers, legte die Stadt für Minuten in eine traurige Trance. Die Menschen blieben auf den Straßen stehen, ein Moment, in dem die Zeit stillzustehen schien. Ein Moment, der die Menschen wie durch ein Wurmloch ins Jahr 1945 blicken ließ.

Ein sonniger Frühlingstag, blauer Himmel, Vögel zwitscherten, ein Vormittag voller Stadtleben. Und Sirenen. Zu kurz die Vorwarnzeit, die folgende Zerstörung selbst noch viel kürzer. Binnen zehn Minuten war alles vorbei. Paula schauderte, als ihr jedes grausame Detail aus den Erzählungen ihrer Mutter wieder einfiel. Sie waren gerannt – um ihr Leben. Zu den Bunkern. So schnell sie konnten und zusammen mit so vielen anderen. Kinder, Mütter, alte Leute und ihre und Thomas' Mutter. Ganz Hildesheim rannte. Dann kamen die Flieger, das bedrohliche Geräusch einer ganzen fliegenden Armee. Und sie warfen Bomben auf die mittelalterlichen Fachwerkhäuser, aus denen Hildesheim zu der Zeit noch bestand. Erst kamen die Sprengbomben, rissen das Häusermeer von oben auf und schufen die Angriffsfläche für die Brandbomben, die darauf folgten. Ganz Hildesheim war sofort ein Flammenmeer, das eintausendsechshundert Menschen verschlang. Paulas Mutter hatte Glück, überlebte die Brand-, Spreng- und Minenbomben, die innerhalb der zehn verfluchten Minuten das beschauliche Hildesheim nahezu vollständig in Schutt und Asche gelegt hatten. Gefühlte zwei Quadratkilometer Altstadt standen noch und die Blaupunktwerke im Hildesheimer Wald, die von oben offenbar nicht gefunden werden konnten. Vier Tage später war der Krieg vorbei. So sinnlos. So allumfassend. Eine Zerstörung ohne Ziel, ohne Verstand und ohne einen Funken Hoffnung zu hinterlassen. Die Stadt brannte lichterloh, als Paulas und Thomas' Mütter aus dem Bunker traten. Ein einziges Meer aus Rauch und Flammen, aus Schreien und Toten, viele von Minenbomben zerfetzt; Körperteile hier und da und alles, weil eine Fliegerstaffel ihre Ladung nicht mehr mit nach Hause nehmen konnte. Oder wollte. Manche spekulierten auch, dass es sich um einen Ortungsfehler handelte und eigentlich Hannover das Ziel hätte sein sollen. Paula war schlecht bei den Erinnerungen, die ihre Gedanken durchfluteten.

Als das Geläut langsam verklang, und die Menschen sich aus ihrer Starre lösten, um sich langsam und betreten wieder auf den Weg zu machen, zu tun, was immer sie zu tun hatten, stand Paula bereits vor dem Zuckerhut. Sie erklomm die Stufen zum ersten Stock und setzte wie ferngesteuert die Espressomaschine in Gang. Sie machte sich einen doppelten, starken Espresso, mit dem sie sich an den vorderen der beiden kleinen Tische setzte. Ihr Geist war wie leer gefegt. Sie trank automatisch. Wären sie doch woanders hingeflogen. Wären sie doch einfach gar nicht geflogen. Wäre doch am besten gar kein Krieg gewesen! Ja, wenn das Wörtchen wenn nicht wär ... Aber es ist. Ist zu wahr, um schön zu sein, und eintausendsechshundert Menschen sind dafür nicht mehr, und so viele, die niemals wiederkehrten, so wie Thomas' Vater. Ihre Mütter hatten nach dem 22. März 1945 gemeinsam Trümmerberge abgetragen, hatten in den Überresten der Häuser, in denen sie gewohnt hatten, gemeinsam nach letzten Habseligkeiten gesucht, hatten gemeinsam Baracken und später Häuser gebaut und Lebensmittel und Kleidung geteilt. Gemeinsam weinten sie um Thomas' Vater. Seine Mutter Margarete heiratete nie wieder. Paulas Mutter Johanna hatte mehr Glück gehabt; ihr Mann Paul kam zwar verwundet, aber immerhin lebend aus der Gefangenschaft zurück. Thomas und Paula wuchsen fast wie Geschwister auf. Sie spielten gemeinsam in den Bombenkratern, erforschten zusammen die Trümmerberge der Hildesheimer Nordstadt und gingen schließlich gemeinsam in die Schule. Das Leben ging immer weiter. Es ist, was es ist. Verfluchter März. Verfluchte Lindenbäume.

Mit fünfzehn hatte Paula festgestellt, dass ihr bester Freund Thomas verdammt gut aussah – warum war ihr das all die Jahre zuvor niemals aufgefallen? Immerhin wohnte er nebenan. So galten ihre ersten, scheuen Flirtversuche ihm. Ein Lächeln mehr als sonst, ihre Hand an seinem Arm ...Und ein Nachmittag im Liebesgrund. Die Sonne fiel tausendfach durch das Blättermeer, bewegt vom leichten Wind. Es war noch kühl, und ihren Lippen auf den seinen ganz warm. Ja, das war eine glückliche Zeit gewesen. Bis auch der schönste Sommer ein Ende nahm. Danach hatten sie sich nur noch sehr selten gesehen. Zu selten. Ein Ende in mehreren Teilen. Ein neues Ende jedes Mal.

Was also gab es da zu reden? Es hatte nicht sollen sein und um Himmels willen, sie waren beide jung und dumm. Erste Versuche wurden so gut wie nie etwas, was hatte sie sich denn erwartet? Dass gerade Thomas, ihr bester Freund, sie vor den Traualtar führen würde? Nein, es war schon gut, wie es war – zumindest konnte sie sich das einreden. Seit einundfünfzig Jahren mit mittelmäßigem Erfolg.

11

»Tante Paula! Da bist du ja, ich hab mir schon Sorgen gemacht!« In Susis Gesicht gaben sich Erleichterung, Sorge und Wut die Klinke in die Hand. »Wo warst du denn den ganzen Vormittag und warum ist dein Handy aus?«

»Ach Kind ... Ich hatte etwas zu tun. Jetzt bin ich ja da. Habe ich etwas verpasst?«

Susi entging nicht, dass Paula noch viel grüblerischer war als sonst. »Ist etwas passiert?«

»Nichts, das du hättest ändern können.«

»Bitte?«

»Nichts, Kind. Gar nichts. Mich holt nur meine Vergangenheit ein ... Ein Jugendfreund, der mittlerweile Priester ist ...«

Susis Augenbrauen wanderten nach oben, aber offenbar wollte ihre Tante nicht mehr zu diesem Thema sagen. Also beschloss sie, es mit einer anderen Taktik zu versuchen, den Haussegen wieder gerade zu rücken. »Na gut. Aber dafür musst du jetzt meine neueste Kreation probieren«, sagte sie und machte sich am Milchschäumer zu schaffen.

»Deine neueste Kreation?« Paula klang alarmiert, aber ihre Neugierde gewann den Augenblick.

»Riechen tut es schon mal gut«, stellte Paula fest. »Heiße Schokolade?«

»Ja, heiße Schokolade. Aber nicht einfach nur mit geschäumter Milch aufgegossen. Probier mal.« Susi setzte sich Paula gegenüber und schob ihr eine der beiden Tassen noch näher.

Paula hob die Tasse, roch daran, überlegte einen Moment und nahm dann einen kleinen Schluck. Einen Augenblick später erhellte sich endlich ihre Miene. »Kind, das ist ja köstlich!« Sie nahm noch einen Schluck. »Was ist alles drin?«

»Ahornsirup.«

»Und noch?«

»Nichts.«

Paula schaute ungläubig. »Tatsächlich?«

»Ja, nur Ahornsirup. Den hab ich allerdings schon mit der

Milch aufgekocht und dann zwei Löffel von der dunklen venezolanischen Schokolade und einem Löffel Kakaobutter darin aufgelöst.«

»Kind, das ist hervorragend. «

»Danke, Tante Paula«, strahlte Susi.

»Wie bist du denn darauf gekommen?«

»Ganz ehrlich? Mir war langweilig und die Schokolade und Kakaobutter waren grad in Reichweite. Und Ahornsirup hatte ich letztes Jahr mal zu Pudding gegessen, der fiel mir dazu dann einfach ein und ich hab schnell nebenan im Ökoladen eine Flasche gekauft.«

»Eine hervorragende Idee. So gut hatten es die Mayas nicht.«

»Hatten die keinen Ahornsirup?«

Paula lachte. »Nein, die mochten es etwas martialischer.«

Susi setzte sich ihrer Tante gegenüber und schaute sie neugierig an.

»Damals hieß *Kakao* noch Xocolatl, eine recht bittere Angelegenheit. Quasi ein Urzeit-Schweppes. Daher ja auch der Name. *Xocol* heißt bitter und *atl* Wasser. Bitter-Wasser, also. Nichts mit Milch und Zucker. Die Samen der Kakaofrucht, also die Kakaobohnen, wurden auch damals schon getrocknet und geröstet, und dann auf einer warmen Steinplatte zu Brei zerrieben.«

»Bis dahin kommen wir heute aber auch noch«, wandte Susi ein.

»Ja stimmt. Aber wo wir jetzt mit Pressen die Kakaobutter von der Schokolade trennen würden, haben sie damals gleich den Brei mit heißem Wasser vermischt. Und damit sich nicht gleich wieder alles am Boden absetzt, wurde noch Maismehl, Chili, Vanille, Honig oder Agavendicksaft und die Samen der Achiote dazugegeben und das Bitterwasser mit großen Quirls aufgeschlagen. Durch die Samen wurde das schaumige Getränk blutrot.«

»Das ist ja widerlich.«

»Naja, damals wurde es so zu Ehren des Kakaogottes Ek Chuah getrunken. Bei der Farbe ist es sogar für uns heute noch nachvollziehbar, dass Xocolatl ein Sinnbild des Kreislauf des Lebens war. Von der Geburt bis zum Tod.«

»Ein weit gereistes Getränk, wenn es von damals zusammen mit Ahornsirup bis in die Tassen vor uns geschafft hat«, sinnierte Susi.

»Allerdings. Besonders amüsant finde ich ja auch die Geschichte, wie die Kakaobohnen nach Europa kamen.«

»Echt? Wie denn?«

»Durch die Spanier und ein ziemliches Missverständnis.«

»Hm?« Susi stützte sich mit beiden Ellenbogen auf den Tisch, die Tasse direkt unter der Nase.

»Nun ja ...«, Paula nahm noch einen Schluck von Susis heißer Schokolade. »Der erste Europäer, der wohl mit den Kakaobohnen in Berührung kam, war Kolumbus. Er durfte vom *Bitterwasser* kosten und fand es unglaublich scheußlich. Und er hat auch nie verstanden, warum die Maya wie wild hinter *ein paar heruntergefallenen Nüssen,* her waren.«

»Wieso waren sie denn so da hinterher? Stand grad wieder ein Fest für Ek Chuah an?«

»Nein, viel besser! Bei den Maya und Azteken wurden Kakaobohnen als Währung benutzt! Bei ihnen wuchs das Geld buchstäblich auf Bäumen. Mit Kakao konnte man alles kaufen. Drei Bohnen für eine Avocado, dreißig für einen Hasen, zweihundert für einen Truthahn und so weiter bis hin zu Prostituierten und Häusern.«

»Nein, echt?«

»Ja, ganz im Ernst. Es gab sogar damals schon Falschgeld. Aus bemaltem Ton. Aber wie Kolumbus hatten sie das mit dem Geld hier in Europa nicht wirklich verstanden, und ein gewisser Hernán Cortés machte sich auf einen Feldzug gegen die Azteken, um dem berühmten Montezuma seinen sagenumwobenen Schatz streitig zu machen. Lass mich überlegen ... 1521 muss es gewesen sein, als die Spanier schließlich siegten und Montezumas Schatzkisten – immerhin fünfundzwanzig Zentner – in ihr Lager schleppten. Als sie die Kisten dann öffneten, staunten sie nicht schlecht, als alles statt voll Gold und Edelsteinen voller Kakaobohnen war!« Paula lachte und schlürfte noch einen Schluck.

»Recht geschieht's ihnen!«, kommentierte Susi.

»Cortés war dann Stadthalter von Mexiko und pflanzte in

riesigen Plantagen sein eigenes Geld an. Etwa fünfzig Bohnen pro Kakaofrucht, bis zu zweitausend Früchte auf einem ausgewachsenen Baum pro Jahr ... Da kommt schon ganz schön was zusammen. Zuviel, um genau zu sein, denn Cortés' Plantagen trieben schließlich die Kakaobohnen in die Inflation. Und 1536 führte er dann deshalb den spanischen Peso ein und Kakao war danach nur noch ein mehr oder weniger kostbares Getränk oder Gewürz.«

»Wie schade! Sonst wären wir jetzt reich!«

»Naja, ich kaufe meistens schon den Kakao als Presskuchen und keine bloßen Bohnen ein. Die Arbeit mit dem Zerreiben und Entfetten ist ziemlich mühsam. Aber in der Ausbildung haben wir ein paarmal Xocolatl aus den Bohnen gemacht. Also einmal alles: Trocknen, Fermentieren, Rösten, Aufbrechen, Zerreiben, mit Gewürzen aufgießen und verquirlen. Eine ziemlich bröselige und bittere Angelegenheit, aber spannend, wie sich die Verarbeitung dann weiterentwickelt hat.«

Paula trank den Rest der Schokolade und überlegte einen Moment. »Wie wäre es mit *Canadian chocolate?«*

»Im Ernst? Wir nehmen meine Schokolade in die Karte auf?«

»Ja klar, besonders im Herbst wird das sicher ein Renner!«

12

Thomas war den Weg zurück fast gerannt. Das Treffen mit Paula hatte ihn völlig aus der Fassung gebracht. Wie ein Tiger streifte er durch sein Leih-Büro; vom Fenster zum Bücherregal und wieder zurück und fand sich dabei, wie er mechanisch seinen abgegriffenen Rosenkranz durch die Finger gleiten ließ. Perle um Perle, die Ave Marias ebenso mechanisch im Hinterkopf herunterbetend, während in seinem Bewusstsein ein Gedanke den anderen jagte. Christian Albert. Perle ... Paula nach zig Jahren wiedergesehen. Perle ... Das Einzige, worüber sie nach all den Jahren reden wollte, war ausgerechnet der Tote? Perle ... Schokolade. Perle ...

Er durchquerte den Raum mit zwei großen Schritten, warf den Rosenkranz auf den Tisch und griff zum Telefon. Hastig wählte er die Nummer des Bischofs – wenn einer wusste, was im Dom vor sich ging, dann er.

»Ja bitte«, meldete sich Bischof Anselm und mit einem Male müde sank Thomas auf den Bürostuhl.

»Martin? Thomas hier. Haben Sie etwas Zeit?«

»Thomas? Sie klingen aufgeregt. Ist alles in Ordnung?«

»Ist es wahr?«, fragte Thomas hastig. »Wurde wirklich ein Toter im Dom gefunden?« Ohne es wirklich zu bemerken, griff er wieder nach seinem Rosenkranz.

Bischof Anselm zögerte, bevor er antwortete. »Ja, ich befürchte, es ist wahr.«

»Wissen Sie, um wen es sich handelt?« Perle ...

»Christian Albert. Sie kannten ihn aus der Gemeinde. Er hat viel für uns gearbeitet, Jugendgruppen betreut und auf der Dombaustelle geholfen.«

»Wie ist es passiert?« Perle ...

»Wie es aussieht, wurde er erschlagen.«

Thomas schwieg. Perle ...

»Thomas? Sind Sie noch dran?«

»Ja, ja ich bin noch dran. Weiß man schon, wer es war?«
Perle ...
»Nein, die Polizei hat ja erst mit den Ermittlungen begonnen.«
»Danke, Martin.«
Perle ...

Ohne auf eine Antwort zu warten legte Thomas auf und begann wieder, wie ein Tiger in Gefangenschaft durch den kleinen Raum zu streifen.

13

Paula saß mit ihren Notizen im Bittersweet. Zwischendrin war sie von einer Gruppe Touristen unterbrochen worden, die ihr das halbe Erdgeschoss leer gekauft hatten; nicht, dass sie sich beschweren wollte. Gleich darauf war Susi aufgebrochen, ein paar Besorgungen zu machen, und Paula hatte ihr dafür gleich den gesamten Nachmittag freigegeben. Danach hatte sie die Türe zugeschlossen und das Schild mit der *geschlossen*-Seite nach außen gedreht und war wieder in den ersten Stock gegangen, um einmal ernsthaft nachdenken zu können. Was war hier eigentlich los? Ein Jugendgruppen-Leiter der katholischen Kirche – zufällig derselben Pfarre, in der ihre Jugendliebe nun Priester war – wurde erschlagen. Und hatte zufällig einen Kassenbon vom Bittersweet und einen von fünf Prototypen der neuen Domschokolade in der Tasche, die er überhaupt nicht hätte haben können. Obendrein hat den Fall ihr Ex-Schwieger-Neffe auf den Schreibtisch bekommen. Ein paar zu viele Zufälle waren das. Paula notierte:

- Toter mir unbekannt – erstaunlich!
- Kassenbon, dreiachtzig. – Tafel!
- Domschokolade, Milchschokolade klein, beim Toten
- dunkel, groß verschwunden
- fünf gemacht, drei sind noch bei mir
- ...

Ja und nun? Paula kaute auf dem stumpfen Ende ihres Bleistiftes herum. Viel wusste sie tatsächlich nicht. Aber verdächtigt wurde sie offenbar trotzdem. Oder zumindest dachte Volker, dass sie irgendwie in diese Geschichte verstrickt war. Der März war wirklich keine gute Zeit für sie. Entschlossen packte sie den Notizzettel in ihre Tasche, schaute sich noch einmal um, ob sie auch wirklich alles ausgeschaltet hatte, und stapfte die Treppe hinunter, schloss die Türe auf und hinter sich wieder zu, und machte sich auf den Weg zum Dom. Wäre doch gelacht, wenn sie nicht mindestens so viel herauskriegen könnte, wie die Polizei.

Zielstrebig wandte sie sich nach rechts, durchquerte die Andreaspassage, hielt sich erfolgreich davon ab, sich ein erstes Eis der Saison zu kaufen, und stand wenig später an der Ampel, auf deren anderer Seite ihr die Überreste der alten Stadtmauer um die Domstadt entgegen trotzten. Keine hundert Meter weiter stand sie vor der ersten Grube, in der sich einige Archäologen amüsierten – zumindest dachte Paula, es müssten Archäologen sein, denn sie trugen weder Blaumänner noch Bauhelme oder Maurerkellen, sondern eher Cargohosen, Karohemden und Pinsel. Laut der Artikel in der Tagespresse gab es über das Domgelände verteilt mehrere Ausgrabungen – das war offensichtlich eine davon. Was auch immer die Archäologen in den Sedimentschichten der Hildesheimer Geschichte zu sehen glaubten, Paula sah nur Schutt, Erde und Geröll. Aber bitte.

Sie bahnte sich ihren Weg um Bauzäune, Stapel von Baumaterialien und zwei Container, in denen Bauarbeiter und Archäologen ein trockenes und windsicheres Plätzchen für ihre Mittagspausen hatten, und stand schließlich auf dem Domplatz, der aussah, als sei eine Horde wild gewordener Riesenmaulwürfe darüber hergefallen. Schuttberge reihten sich an tiefe Gruben und alles durchsetzt mit Bauzaunelementen und rot-weißem Flatterband. Die eiserne Gittertür des nördlichen Seiteneingangs des Domes stand offen und Paula beschloss, der Sache nun einmal von Anfang an auf den Grund zu gehen.

14

Thomas saß wie jeden Nachmittag im Beichtstuhl und wartete auf die Gläubigen, die ihm ihr Herz ausschütten wollten. Alte Mütterlein erzählten ihm von sündigen Gedanken bei Begegnungen mit jungen Handwerkern, alte Handwerker von gottlosen Flüchen und Jugendliche von ganz abstrusen Verstrickungen, in welche Fantasien von Lehrerinnen oder auch gleichaltrigen Jungen einflossen. Tagaus, tagein. Die Probleme der Menschen schienen sich nie zu ändern. Sex, Gewalt, unreine Gedanken, stibitzen von Keksen oder Nachbars Obst, ... Und immer wieder fadenscheinige Ausreden und Beteuerungen, sie hätten das ja alles nicht gewollt. Was genau hatte er sich nur dabei gedacht, als er beschlossen hatte, Priester zu werden? Wie genau war er auf die Idee gekommen, dass genau er der Richtige sei, die Menschen zu beraten, ihnen eine Stütze sein zu können. Ausgerechnet er – der Sünder vor dem Herrn. Eigentlich sollte er auf der anderen Seite des Beichtstuhls sitzen. Er sollte sein sündiges Herz ausschütten. Er sollte um Vergebung flehen. Und was machte er? Hörte sich die *Sünden* der armen Schäfchen an und verordnete Gebete, Buße und Andacht, auf dass Gott ihnen vergeben und alles wieder gut werden würde. Er saß seelenruhig hier und spielte den Gnädigen, während sie mit ihm ganz offenbar den Bock zum Gärtner gemacht hatten. Den Teufel im Garten Eden. Perle um Perle floss durch seine Finger und mit jedem Gedanken schaukelte er sich weiter hoch – oder besser hinunter, immer mehr der Tiefe entgegen. Nicht mehr lange und er würde dem Leibhaftigen entgegentreten und für alle Zeiten in der Hölle schmoren. Ja, vielleicht war das die Lösung. Wenn er schon verloren war, konnte er seinem Leben auch selbst ein Ende ...

»Vater, ich habe gesündigt«, klang eine Stimme von der anderen Seite herüber. Thomas schrak zusammen. Wie aus einem finsteren Albtraum gerissen brauchte er eine Weile, um sich zu orientieren. Ohne es recht zu bemerken, sprach er die Formel, auf die die Frau neben ihm begann, ihre Sünden der letzten Woche zu erzählen. Thomas wurde schlecht.

15

Paula schlüpfte durch die eiserne Gittertür, durchquerte den steinernen Vorraum mit den Säulen und hoffte inständig, dass auch die schwere, hölzerne Tür zum Dom selbst nicht verschlossen sein würde. Vorsichtig drückte sie die eiserne Klinke, doch sie bewegte sich nicht. Paula drückte noch einmal fester und merkte, wie der Türgriff langsam nachgab. Sie stellte sich auf die Zehenspitzen und streckte ihre Arme, um mehr Kraft zu haben, und schließlich gab die Klinke mit einem schabenden Geräusch nach, das gleich darauf vom quietschen der metallenen Türangeln und dem Knarren des alten Holzes abgelöst wurde. Mit Schmittchen Schleicher hatte sie offenbar keinerlei Verwandtschaftsverhältnis. Offenbar war diese Tür lange nicht genutzt worden oder ... Nach zwei Schritten in den Dom hinein drängte sich ihr eine weitere Erkenntnis auf: Überall Schutt, abgetragener Putz, Sand, Kies und diverse Baumaterialien, die sich am Westwerk zu ihrer Rechten türmten. Es roch etwas muffig nach Erde und frischem Mörtel, eine undefinierbare Mischung aus Gruft und Baustelle. Über allem lag eine dicke Schicht hellgrauer Staub; ein typisches Baustellenmerkmal – und der Tod einer jeden gut geschmierten Türangel. Schräg rechts vor ihr klaffte eine metertiefe Grube. Wäre sie auch nur um einen Deut gläubiger, hätte sie an den Schlund zur Hölle denken mögen, aber nach ihrer Beobachtung auf dem Domhof suchte sie in der Tiefe nur nach weiteren Archäologen, die sich auf Spurensuche in die Hildesheimer Geschichte begeben hatten. Diese Teile verfolgte sie in der Tagespresse ja durchaus recht interessiert.

Paula sah niemanden und wurde stutzig. Ein Blick auf ihre Uhr verriet ihr, dass wohl alle auf Mittagspause sein müssten, sie hatte also zumindest ein paar Minuten Zeit. Also überlegte sie kurz, was Volker gesagt hatte, wo die Leiche gefunden worden war. Irgendwas mit *Stufen zur Krypta.* Sie kramte tiefer in ihrer Erinnerung. Die Krypta lag direkt unter dem Altarraum, also links von ihr und unten. Auf dieser Seite sah sie keine Möglichkeit, dorthin zu kommen, also musste sie auf die andere Seite hinüber. Das ganze Mittelschiff war aufgerissen, also entweder bis zum Westwerk und um die Grube herum oder ... Sie entschied sich für den wagemutigen Weg über mehrere Holzplanken, die genau vor dem Altarraum über die Grube führten. Etwas Abenteuer musste schon sein und es war ja niemand da, der sie beobachten konnte. Die Planken knarrten und schwangen unter ihr, aber Paula musste zugeben, dass sie Spaß daran hatte – sie war unrechtmäßig auf einer Baustelle um sich ebenso unrechtmäßig Informationen zu verschaffen in einem Fall, von dem die Polizei - oder zumindest ihr Ex-Schwieger-Neffe – dachte, dass sie in ihn verstrickt wäre. Paula sah sich schon wie Miss Marple auf dem Boot voller Verdächtiger mit einer Taschenlampe um Hilfe morsen und fragte sich, wer bloß auf der anderen Seite ihren Hilferuf entgegennehmen würde, als sie gerade die andere Seite der Baugrube erreichte. Sie machte einen großen Schritt auf den staubbedeckten Boden und wirbelte eine kleine Wolke auf, die sich sogleich um den Saum ihres überlangen, rot-orange gemusterten Ponchos legte. Ja, vor dem Betreten einer Baustelle hätte sie sich besser funktionellere Kleidung besorgen sollen ... Paula seufzte und musterte die Seitenwand des Podests, auf dem sich der Altarraum befand. Zwei vergitterte Fenster und ein Abgang mit Stufen und Eisentür. Das musste es sein – den letzten Hinweis gab ihr das gelbe Flatterband mit dem Polizeisiegel daran. Hier war sie richtig.

Im Fernsehen waren da immer Siegel und Plomben, doch hier war das Band offenbar einfach nur einmal quer vor die geschlossene Eisentür geknotet. Paula überlegte, ob sie wohl noch einmal Glück haben würde, und griff zur Klinke. Wider Erwarten öffnete sich die Tür, jetzt nur noch vom gelben Band am Platz gehalten. Paula griff schon zum Band, als sie plötzlich stutzig wurde. Sie starrte auf ihre jetzt vollkommen schmutzigen Hände. Ach ja, die Polizei hatte sicher alles nach Fingerabdrücken abgesucht. Widerliches Pulverzeug. Sie kramte mit spitzen Fingern in ihrer Handtasche nach den Taschentüchern. Paula schrubbte ihre Hände mit einem Tuch ab, aber sauber wurden sie davon nicht. Immerhin hinterließ sie nicht gleich überall wieder schwarze Abdrücke. Sie überprüfte die Enden des gelben Polizeibandes, ob nicht doch irgendwelche versteckten Sicherungen daran waren, fand aber keine. Paula löste ein Ende und die Gittertür schwang auf. Sie sah große, braune Flecken und einige Spritzer; die Stufen zur Krypta waren in ein einziges, wirres Muster getaucht. Das musste wohl das Blut des bedauernswerten Mannes gewesen sein. Sonst sah sie nur Gerüste, mehr abgeschlagenen Putz und die nackten Säulen der Krypta. An der rechten Wand war ein großes Loch und das weiße Schildchen mit einer handgeschriebenen Nummer darauf verriet ihr, dass es sich hier wohl wieder um eine der archäologischen Ausgrabungen handeln musste. Aber was zum Geier wollte sie denn hier im *Keller* der Kirche nur finden? Paulas Neugierde schlug zu. Sie versuchte, nicht auf die braunen Flecken zu treten, als sie die Stufen zur Krypta hinabstieg. Paula schaute sich die markierte Stelle aufmerksam an. *Fundstück 732* war ein Loch genau im Scheitelpunkt der runden Wand. Der östlichste und tiefste Punkt des Domes. Sonst nichts. Ein paar Wurzeln schienen sich ihren Weg ins Mauerwerk gebahnt zu haben, sonst war nichts zu sehen. Hatte der Tote etwa einen archäologischen Fund gestohlen und musste dafür mit seinem Leben bezahlen? War er deswegen umgebracht worden, weil er seinen späteren Mörder auf frischer Tat ertappt hatte? Bei sich hatte er nichts anderes mehr gehabt. Wenn er selbst der Dieb gewesen war, dann hatte man ihm seine Beute gleich wieder abgenommen, spätestens nach seinem Tod. Jemand sollte die Archäologen fragen, was hier fehlte. Aber was, wenn einer von ihnen ... Paula drehte sich um und erschrak bis ins Mark.

16

Susi machte sich mit einem Arsenal aus diversen Einkaufstüten auf den Weg zurück in die Kesslerstraße, wo sie die windschiefe Treppe in den ersten Stock erklomm. Karlo strich ihr um die Beine – schon nach den wenigen Tagen gehörte sie offenbar zu seiner Familie. Susi strich dem roten Kater über das Fell. »Hallo mein Hübscher!« Kein Wunder, dass Karlo sie gern hatte ...

Susi entschied sich, den Nachmittag entspannt mit Lesen zu verbringen und kramte in einer der Kisten nach dem Buch, das sie vor einiger Zeit angefangen hatte. Sie wurde fündig und stand dann einen Moment lang etwas unschlüssig im Raum, wo sie für sich ein schönes Plätzchen zum Lesen finden könnte. Der Sessel am Fenster war zwar sehr verführerisch, aber er gehörte ihrer Tante und so sollte es auch bleiben. Wäre ja noch schöner, wenn sie sich erst bei ihr einnisten und ihr dann auch noch den Lieblingsplatz streitig machen würde. Nein, Susi musste sich einen eigenen Lieblingsplatz suchen. Ihr Bett? Die kleine Küchennische? Alles ganz nett, aber noch kein Lese-Lieblingsplatz. Sie schaute aus dem Fenster zum Hof. Der Hof! Stimmt, das Haus hatte nicht nur eine Straßenseite, sondern auch einen Hof mit etwas Grünfläche und einem alten, knorrigen Holunderbusch und einer kleineren Linde, unter der einladend ein etwas abgewetzter Gartensessel stand. Eine Wäscheleine beherbergte zwei blau gestreifte Handtücher, kein Mensch zu sehen. »Karlo, kommst du mit in den Garten?« Sein Maunzen deutete sie als Zustimmung. In einem Krug mischte sie heiße Milch mit Honig und Schokoladenraspeln, die ihre Tante immer in einer großen Blechdose im Schrank stehen hatte, nahm noch einen Becher, eine dicke Decke und schließlich das Buch, hielt Karlo die Türe auf und beide machten sich auf den Weg in den lauschigen Innenhof. Es war zwar kühl, aber der Himmel war klar und sie wollte es wenigstens eine halbe Stunde lang probieren – der erste Nachmittag draußen.

Susi hatte gerade die ersten zwei Seiten gelesen, als ihr Mobiltelefon klingelte, das sie in ihrer Hosentasche völlig vergessen hatte. Sie brauchte einen Moment, um in die Gegenwart zurückzufinden, und schaute schließlich verdutzt auf das Display.

»Wir hätten uns eher scheiden lassen sollen – offenbar reden wir jetzt mehr miteinander als je zuvor ...«

»Hallo Susi. Ist deine Tante bei dir?«

»Na gut, offenbar sollte es einfach mehr Tote mit Tante Paulas Schokolade in der Tasche geben, dass du mit mir – oder besser mit ihr – reden willst.«

»Sehr witzig. Also, ist sie da?«

»Nein, ich bin zu Hause. Tante Paula ist im Bittersweet, sie hat mir heute Nachmittag freigegeben.«

»Nein, da ist sie nicht, der Laden ist geschlossen.«

»Was?«

»Ich stehe gerade genau davor. Die Tür ist versperrt, das *geschlossen*-Schild hängt hier.«

»Ich bin vor gerade einmal einer Stunde von dort weggegangen, da war sie noch da.«

»Verdammt. Hast du eine Ahnung, wo sie hingegangen sein könnte?«

»Nein. Ach Gott ... Ich hätte sie nicht alleine lassen sollen. Sie war vorhin recht verwirrt, sehr grüblerisch ... Es sieht ihr nicht ähnlich, den Laden einfach zuzusperren. Sie erzählt sonst immer, wie wichtig ihr das Bittersweet ist. Das ist gar nicht ihre Art, Volker.«

»Du bleib, wo du bist. Vielleicht ist sie ja gerade auf dem Weg nach Hause. Ich werde sehen, was sich machen lässt. Vielleicht hat ja einer der Kollegen sie gesehen.«

»Ok.«

»Susi?«

»Ja?«

Volker zögerte. »Pass auf dich auf.«

17

»Mein Gott, haben Sie mich erschreckt!« Paula zitterte und musste sich an der nächsten Säule abstützen, um nicht gleich vor dem Mann in die Knie zu gehen, der sich offenbar lautlos in die Krypta geschlichen hatte. Er schaute sie nur misstrauisch an und Paula musterte ihn, ihrerseits voller Skepsis. Nachdem er nicht wirklich gesprächig zu sein schien, ergriff Paula das Wort: »Also Herr Bischof, was haben Sie mit der Sache zu tun?«, fragte sie und traf ihn mit einem auffordernden Blick.

Der Bischof musterte nun auch sie. »Das sollte ich Sie fragen, schließlich befinden Sie sich in einem polizeilich abgesperrten Bereich. An einem Tatort, um genau zu sein, und das in meinem Dom.«

»Ihrem Dom?«, platzte Paula heraus. »Und in Ihrem Dom haben Sie nichts Besseres zu tun, als alten Frauen im Keller nachzustellen?«

»Krypta.«

»Bitte?«

»Sie befinden sich in der Krypta, nicht im Keller«, antwortete Bischof Anselm in einem Tonfall, der nicht ausschließen ließ, dass es unter der Krypta auch noch einen Keller geben könnte.

»Von mir aus in der Krypta. Ist das verboten?«

Bischof Anselm warf einen Blick auf das lose Ende des Polizei-Bandes und Paulas Lippen wurden zu einer sehr dünnen Linie. »Was genau machen Sie denn hier drinnen?«, fragte er, statt auf Paulas Frage zu antworten.

Nun war es an ihr, zu schweigen. Sie traute diesem Mann mittlerweile keinen Millimeter mehr. Stattdessen befand sie es an der Zeit, Land zu gewinnen. »Sie können es sich sparen, die Polizei zu rufen, ich gehe.« Paula raffte ihre Handtasche an sich, richtete sich kerzengerade auf und schritt hoch erhobenen Hauptes auf Bischof Anselm zu, der noch immer vor den Stufen und somit mitten im Eingang stand. Sie hoffte inständig, er möge ihr den Weg freimachen. Schließlich stand sie genau vor ihm und fixierte ihn mit dem aufforderndsten Blick, den sie zuwege brachte. Bischof Anselm schaute sie einige Augenblicke nur mit ausdrucksloser Miene an und Paula hatte alle Mühe, jetzt nicht die Nerven zu verlieren. Schließlich trat er einen Schritt zur Seite und gab den Weg frei. Ein Wunder, dass er nicht den Aufprall des schweren Steins hörte, der Paula gerade vom Herzen fiel. Sie schritt an ihm vorüber die schmalen Stufen hinauf und ging so schnell sie konnte, ohne dass es ein Rennen würde zurück, diesmal um die Baugrube herum und nach zwei quälend langen Minuten endlich durch die Nordtüre ins Tageslicht. Sie hätte jubeln können. Stattdessen schaute sie sich nochmals um. Missmutig spitze sie die Lippen. Dieser Bischof war ihr nicht geheuer. Ob es wohl möglich war, dass *er* ...? Paula wandte sich vom Dom ab und ging über Kreuzstraße und Friesenstieg zur Wollenweberstraße hoch. Sie grübelte den ganzen Weg lang und beschloss schließlich *Fundstück 732* auch bei ihrem Ex-Schwieger-Neffen ins Spiel zu bringen, als gerade ein Polizeiwagen neben ihr hielt. Paula schluckte. Hatte dieser nichtsnutzige Bischof am Ende doch noch die Polizei gerufen? Was würde ihr jetzt wohl angekreidet? Hausfriedensbruch? Gab's das auch für Dom-Krypten?

18

Besorgt und entnervt zugleich stand Susi vor dem Bittersweet und starrte fassungslos auf die Schiefertafel, die mit der Aufschrift *Geschlossen* in der Türe hing. Sie durchwühlte ihre Taschen nach dem Schlüssel und fand ihn nach einer gefühlten Ewigkeit. Fahrig stocherte sie damit unter der Klinke herum, bis er endlich ins Schloss glitt und die Tür sich öffnen ließ. Susi lief gleich die Treppe hinauf, doch Paula war nicht da. Auch das zweite Stockwerk, das sich der Kaffee-Röster mit der Schokoladen-Werkbank teilte, war menschenleer. Niedergeschlagen trottete Susi die Treppe wieder hinunter, schaltete die Kaffeemaschine im kleinen Gastraum ein, warf ihre Tasche in die Ecke und ließ sich auf den vordersten Stuhl fallen.

In was war ihre Tante da bloß hineingeraten? Was, wenn die Schokolade in der Tasche des Toten kein Zufall war? Was, wenn es eine Warnung gewesen war? Und kannte ihre Tante den Toten wirklich nicht? Und noch viel schlimmer. Kannte sie am Ende noch den Mörder? Hatte der sie jetzt mittlerweile in ihrer Gewalt?

Susi musste den Impuls unterdrücken, auf der Stelle Volker anzurufen. Erstens wusste er ja schon Bescheid und zweitens war er jetzt nicht mehr ihr Mann. Sie sollte sich ganz dringend ein Hobby suchen oder noch besser einen besten Freund. Ihre Tante war da eine hervorragende Wahl, nur die war ja verschwunden. Erst traf sie sich mit irgendwelchen ominösen Jugendbekanntschaften, die sich dann als Priester rausstellten und dann war sie weg ... Priester! Susi sprang auf und schubste dabei den Stuhl um, der mit lautem, hölzernem Klappern nach hinten fiel. Sie rannte hinunter und suchte hinter der kleinen Ladentheke wie wild nach dem Telefonbuch. Als sie es unter einem Stapel Papiertüten endlich fand, überlegte sie kurz, wonach sie eigentlich suchen musste. *Priester* würde ja wohl kaum drinstehen. Und wie viele Kirchen hatte Hildesheim noch mal? »Ach verdammt«, murmelte Susi und schrak zusammen, als der Schwall Messingglöckchen über der Türe schepperte.

Eine Gruppe Touristen drängte sich in den kleinen Laden, alle auf der Suche nach außergewöhnlichen, lokalen Mitbringseln für die Lieben daheim. Besonders die Schokoladentafeln mit berühmten Hildesheimer Bürgern waren sehr begehrt. Aber das Herzstück des touristischen Geschäfts war die *Hildesheimer Rose,* wie Susi gerade wieder feststellte. Acht Personen waren hereingeströmt und jeder kaufte mindestens eine davon und einige andere Spezialitäten wie Arneken-Taler mit einer Abbildung des beim Bau der Arneken Galerie freigelegten Westtores darauf oder verschiedene Trinkschokoladen, die als kleiner Block bereits am unteren Ende eines Holzlöffels steckten. Eine Viertelstunde später musste Susi bereits den Verkaufsraum nachbestücken. Als sie die Schachtel mit den Tafeln holte, dachte sie ›ich fresse einen Besen, wenn die Tafel, die der Tote hier gekauft hat, keine *Hildesheimer Rose* gewesen ist‹. Susi überprüfte die Vorräte. Sie würden sicher in der kommenden Woche Schokolade machen müssen. Sie freute sich schon darauf. Wie man Kaffee röstete, hatte ihr ihre Tante ja bereits gezeigt, und wie man dem Chrom-Ungetüm im ersten Stock einen ordentlichen Espresso abrang, wusste sie auch noch. In beidem brauchte sie allerdings ganz fraglos noch viel Übung, bis sie auch nur ansatzweise so gut werden würde wie ihre Tante. Aber wie man gute Schokolade machte, das wollte sie unbedingt lernen.

Susi schreckte auf, als wiederum die Messingglöckchen schellten.

»Susi?« Volkers Stimme drang zu ihr hinauf.

»Ich bin hier!«

»Habe ich dir nicht gesagt, du sollst dich nicht von der Stelle bewegen?«

»Warum suchst du dann jetzt hier nach mir?«

»Weil ich dich kenne.« Volker seufzte. »Hat sich deine Tante schon gemeldet?«, fragte er, während er die Stufen zu ihr hinaufging.

»Nein, ich habe noch nichts von ihr gehört.«

»Vielleicht ist sie nachher ja schon daheim, wenn du zuhause ankommst.«

»Ich hoffe es. Aber du siehst nicht so aus, als wärest du deswegen hier.«

»Stimmt. Ich komme wegen der Schokolade.«

»Was hättest denn gerne?«

»Was? Nein. Ich meine wegen des Kassenbons, der beim Toten gefunden wurde.«

»Hast du etwa eine heiße Spur?«

»Vielleicht. Ich komme gerade von der Ehefrau des Opfers. Eine gewisse Rita Albert.«

Volker machte eine Kunstpause und Susi fragte schließlich ungeduldig: »Und? Hat sie ihn umgebracht?«

»Sie war jedenfalls völlig verstört.«

»Na gut, das ist in der Situation jetzt nichts Ungewöhnliches.«

»Stimmt schon. Aber dafür habe ich, als ich bei ihr in der Wohnung war, eine Schokoladenschachtel aus dem Bittersweet auf dem Esstisch gefunden. Schwarze Schachtel, gelb-rote Banderole.«

»Hildesheimer Rose«, sagte Susi trocken und zog eine genervte Miene.

»Ja genau. ... Wieso schaust du so?«

»Das war so klar. Nichts geht so gut wie *Hildesheimer Rose.«* Wir haben hier zig wunderbare und ausgefallene Sorten und was kaufen die Leute? Die Rosen ...«

»Du hast dich nie beklagt, wenn ich dir welche mitgebracht habe!«, warf Volker ein.

»Das ist auch was anderes. Die musste ich dann ja nicht essen.«

»Als ob die Leute gezwungen wären, die Schokolade zu essen.«

»Ja schon. Wenn man Schokolade geschenkt bekommt, muss man sie schon essen, oder nicht?«

»Oh, die sind so arm, die Leute. Bekommen Schokolade geschenkt, und ***müssen*** sie essen ...«, erwiderte Volker sarkastisch.

»Naja, was will man machen. Schnittblumen gehen wenigstens von alleine ein, das hat man schneller hinter sich als eine Schokoladensorte, die man nicht mag.«

»Na, hab ich ein Glück, dass ich immer nur Rosen mitgebracht habe ...«, murmelte Volker geschlagen.

»Allerdings.« Susi zwinkerte ihm zu. »Also, was ist jetzt mit der Schokolade?«

»Ach ja. Rita Albert hat ausgesagt, die Schokolade selbst gekauft zu haben.«

»Also müsste Tante Paula zumindest die Frau des Opfers wiedererkennen können. Ihr Gedächtnis für Gesichter ist wirklich phänomenal.«

»Stimmt. Ich hatte ja gehofft, sie wäre mittlerweile wieder aufgetaucht und ich könnte sie direkt dazu gleich noch einmal befragen.«

Es schellte wieder und Susi verdrehte die Augen. »Das ist ja wie im Taubenschlag hier ...«

»Susi!?« Paulas Stimme schrillte durch das kleine Fachwerkhaus.

»Tante Paula!« Susi sprang auf und Volker tat es ihr nach.

»Ist dein nichtsnutziger Ex-Mann auch hier?«

Volkers Augenbrauen schossen nach oben. »Ich bin hier, Paula!«

»Wunderbar. Dann kannst du deinen beiden Kollegen hier ja erklären, dass ich nichts mit dem Mord zu schaffen habe und sie mir jetzt endlich die Handschellen abnehmen können!«

Susi fiel die Kinnlade herab.

»Brunner, Sie nehmen Frau Anders jetzt sofort die Handschellen ab«, konstatierte Volker in einem Befehlston, den Susi an ihm gar nicht kannte. »Was hat sie denn überhaupt angestellt?«

»Abgesehen von Hausfriedensbruch, meinen Sie?«, kam die Gegenfrage, während Kommissar Brunner etwas zerknirscht nach seinen Schlüsseln suchte.

»Hausfriedensbruch?! Tante Paula, was soll das denn bitte bedeuten?« Susis Stimme überschlug sich fast.

»Die übertreiben. Ich wollte nur selbst herausfinden, was an dieser Mordsache nun dran ist.«

»Und wo wolltest du da nachsehen?«, fragte Volker vorsichtig, ohne es wirklich wissen zu wollen.

Paula schwieg und Brunner sagte trocken: »Im Dom.«

»Du bist in den Dom eingebrochen?«, riefen Susi und Volker zugleich und sahen dann erst sich gegenseitig, und dann Paula an.

»Die Tür stand offen!«

»Ach was ...«, kommentierte Volker.

»Naja ... Fast. Sie war zumindest nicht verschlossen.«

»Das ist bei einer Baustelle nun auch kein Wunder, schließlich müssen da Bauarbeiter rein und raus«, meldete sich nun Brunners Kollege Heinemann erstmals zu Wort.

Brunner hatte mittlerweile seinen Schlüsselbund gefunden und es klickte hörbar durch das kleine Haus, als Paulas Hände endlich wieder der Freiheit überantwortet wurden.

»Und deswegen führen Sie sie in Handschellen ab?«

»Wir haben einen Anruf bekommen, dass eine gewisse Frau Anders sich des Hausfriedensbruchs schuldig gemacht hätte, und sie in die Polizeiinspektion an der Schützenwiese gebracht gehört. Und sie war flüchtig! Wir haben sie erst am *Hindenburgplatz* eingeholt.«

»Flüchtig ...«, Volker zog die Augenbrauen hoch. »Ok, ich glaube, hier liegt ein großes Missverständnis vor. Paula, bist du in den Dom eingebrochen und dann geflohen?«

»Ach so ein Blödsinn. Ich war im Dom, ich hab mich etwas in der Krypta umgesehen, dann kam der Bischof und ich bin gegangen.«

»Du warst in der Krypta ...«, Volker rang um Geduld. »Ich vermute, das polizeiliche Absperrband davor war zufällig vorher runtergefallen?«

Paula schaute ihn eisig an.

»Ok. Ich gehe nach wie vor von einem Missverständnis aus. Brunner, Heinemann, ich übernehme die Verantwortung für Frau Anders. Sie können jetzt gehen.«

»Aber ...«, begann Brunner nochmals, doch Volker schnitt ihm das Wort ab.

»Das ist mein Ernst. Ich übernehme die Verantwortung. Dankeschön.« Sein Ton gab zu verstehen, dass diese Unterhaltung hier zu Ende war, und Brunner und Heinemann machten sich niedergeschlagen auf den Weg.

»Immerhin haben sie dich nicht sofort in eine Zelle gesperrt«, bemerkte Volker, als die Messingglöckchen das Verschwinden der beiden Polizisten gebührend untermalt hatten.

»Ich habe darauf bestanden, erst mit dir zu sprechen. Für irgendwas muss so ein Ex-Schwieger-Neffe bei der Polizei ja gut sein ...«, sagte Paula mürrisch und rieb sich die Handgelenke in Erinnerung an ihre Inkarzanierung.

»Ach Tante Paula!«, seufzte Susi und fiel ihrer Tante um den Hals.

»Ist ja schon gut Kind. Ist hier alles gut gelaufen heute? ... Moment, nein! Was machst du eigentlich hier? Wolltest du nicht etwas einkaufen heute Nachmittag?«

»Paula! Lenk jetzt nicht ab!« Diesmal schwang die Ungeduld um einiges deutlicher in Volkers Stimme mit. »Was zur Hölle hast du dir dabei gedacht, einfach in den Dom einzubrechen und dann auch noch einen polizeilich gesicherten Tatort zu betreten?«

»Na ganz einfach: Wenn ich schon verdächtigt werde, mit einem Mord etwas zu tun zu haben, will ich wenigstens wissen, worum es überhaupt geht! Einfach hier reinkommen, mit Fotos und meinen Schokoladen wedeln und behaupten, ich hätte etwas mit dem Mord zu tun und dann erwarten, dass ich still daheimsitze, bis die Sache vorüber ist ... Also wirklich! Für wie dement hältst du mich denn bitteschön?«

»Paula, es hat niemand behauptet, dass du mit der Sache etwas zu tun hättest!«

»Ach nicht? Wie soll ich diese Fragerei denn bitte sonst verstehen? Ob ich das Opfer gekannt hätte. Oder den Mörder. Oder woher der Tote die Domschokolade hatte, ... Woher soll ich das denn wissen?!« Paula war über die letzten Sätze immer lauter geworden.

»Tante Paula, ich glaube, das waren die ganz normalen Standardfragen, die die Polizei allen stellt ...«

»Allen, die mit einem Mord etwas zu tun haben, genau«, grantelte Paula.

»Ich glaube, so kommen wir nicht weiter«, meinte Volker. »Also ... Wo du schon dort warst – ist dir im Dom etwas aufgefallen?«

Paula ignorierte seinen deutlich bemühten Ton. »Allerdings. Erstens hat der Bischof mit Sicherheit Dreck am Stecken und zweitens fehlt eines von den archäologischen Fundstücken.«

»Wie bitte?«, kam es wieder von Susi und Volker wie aus einem Munde.

Paula setzte sich an den kleinen Tisch, an dem Volker und Susi vorher gesessen hatten, und die beiden nahmen ihre alten Plätze daran auch wieder ein.

»Also gut, dann von vorne. Als ich in der Krypta war, fiel mir auf, dass eines der Fundstücke fehlt – Ihr wisst schon, eines von denen, die die Archäologen mit kleinen nummerierten Schildern bestücken. In der Ecke der Krypta ist ein Loch in der Wand, daneben steht ein Schild, aber es ist kein Fundstück dabei. Oben im Dom hatte ich auch einige gesehen, da steht das Schild immer genau neben den verschiedenen Funden. Knochen, Fetzen, Steine, alles beschriftete. Und in der Krypta ist nur noch die Beschriftung da.«

»Ja und?«, fragte Susi verständnislos. »Dann hat eben jemand die Wand beschriftet. Vielleicht war das Loch ja das Fundstück?«

»Sehr unwahrscheinlich, dass sie ein Loch beschriften«, bemerkte Paula. »Ich glaube eher, dass der Tote vielleicht das Fundstück entwendet hat und dabei überrascht wurde.«

Jetzt wurde Volker hellhörig. »Überrascht? Von wem?«

»Na entweder von einem von den Archäologen oder von jemand anderen. Mich hat ja der Bischof vorhin erwischt, wie ich mir gerade die Krypta näher angesehen habe. Junge, Junge, der versteht auch so richtig keinen Spaß. Und der hat mit Sicherheit etwas mit dem Mord zu schaffen, so wie der wirkte.«

»Wie wirkte er denn?«, wollte Volker wissen.

»Eiskalt. Berechnend. Suspekt. Irgendwie ... abschätzend.«

»Na gut, aber das macht ihn noch nicht zum Verbrecher. Bei den Eigenschaften kannst du auch den alten Mann in der Wohnung unter uns unter Generalverdacht stellen«, merkte Susi trocken an und Paula nickte abwägend.

»Auch wieder wahr. Aber trotzdem ... Mein Bauchgefühl sagt, der Mann führt nichts Gutes im Schilde.«

»Naja, immerhin hat er dich offenbar gleich bei der Polizei angezeigt.«

»Wenn es ihm Spaß macht ... Er war ja auch schon in meinem Laden, damals zusammen mit Herrn Wilke, um die Prototypen der Domschokolade zu begutachten. Und jetzt war ich in seinem. Nur hat ihm das so gar nicht gepasst. Erstaunlich eigentlich. Vorher schien er ein sehr netter Mann zu sein.« Paula legte die rechte Hand vor den Mund und stütze sich auf, ganz in einer Persiflage der Denkerpose versunken.

»Das heißt, der Bischof könnte hier damals auch schon die Schokolade gekauft haben?«

»Wenn du jetzt wieder mit dem Kassenbon beim Toten ankommst – ich weiß noch immer nicht, wie er an den gekommen ist!«

»Wir schon«, bemerkte Susi und Paula blieb der Mund offen stehen.

»Wie?«

»Also, wir haben so eine Vermutung«, korrigierte Susi. »Volker, du wolltest Tante Paula doch noch etwas fragen ...«

Volker kramte in seiner Manteltasche und zog schließlich ein Foto heraus. »Hast du diese Frau hier schon einmal gesehen?«

»Ja natürlich. Die war neulich hier. Warte mal, was hat sie gekauft?« Paula grübelte einen Moment.

»Hildesheimer Rose«, sagte Susi.

»Ja, stimmt. Eine Tafel. War wohl ein Probekauf, ich hatte sie vorher hier noch nicht gesehen. Machte aber auch nicht so den Eindruck, als ob sie öfters hochwertige Dinge kaufen würde.«

»Du erkennst sie also wieder«, stellte Volker fest.

»Das habe ich doch gerade gesagt.«

»Schon gut. Das ist nämlich die Ehefrau des Opfers.«

»Ach was!« Paula starrte Volker ungläubig an. »Wirklich?«

»Ja, wirklich. Ich habe gerade vorhin mit ihr gesprochen und sie schien vollkommen erschüttert zu sein.«

»Na, das wäre ich aber auch, wenn mein Mann gerade ermordet worden wäre«, stellte Paula fest. »Aber wie kommt der Kassenbon dann in seine Manteltasche, wenn sie die Schokolade hier gekauft hat?«, fragte sie schließlich.

»Das habe ich Rita Albert auch gefragt. Offenbar hebt sie Kassenbons, Visitenkarten und Flyer verschiedener Geschäfte oder Veranstaltungen, allerlei an das sie sich erinnern will, in einer flachen Schale auf der Flurkommode auf. Ich habe die Schale gesehen. Etwas unübersichtlich, aber für sie funktioniert das offenbar.«

»Ja und?«, fragte Susi.

»Ihr erinnert Euch daran, dass der Kassenbon vom Bittersweet etwas schmutzig war?«

Paula und Susi nickten zugleich.

»Offenbar hatte Rita Albert an dem Tag noch irgendetwas anderes in der Tasche, dass der Kassenbon dadurch schmutzig und etwas klebrig geworden ist. An Christian Alberts Geldbörse wurde nun derselbe klebrige Schmutz – vermutlich ein nass gewordenes Pfefferminzbonbon – gefunden. Der Zettel hat einfach nur an seiner Geldbörse geklebt. Und Rita Albert hat auch bestätigt, dass ihr Mann Schlüssel und Geldbörse oft einfach oben auf die gesammelten Papiere in der Schale gelegt hat. Das war also reiner Zufall, dass gerade dein Kassenbon mit in seine Tasche gerutscht war.«

»Na fein. Bleibt also nur noch die Domschokolade. Und da habe ich wirklich beim besten Willen keine Ahnung, wie er an die gekommen sein kann.«

»Nun ja. Nachdem er mit dem Stadtmarketing nichts zu tun hatte, aber für die Kirche gearbeitet hat, ist relativ sicher, aus welcher Richtung diese Verbindung kommen muss. Aber man soll ja nichts ausschließen, also schaue ich mir diesen Herrn – wie hieß er noch mal? Jedenfalls den Herrn vom Stadtmarketing genauer an.«

»Wilke«, erwiderte Paula.

»Wie bitte?«

»Der Mann vom Stadtmarketing. Reinhardt Wilke.«

»Ah. Danke, das war's. Und die Archäologen werden wir dann auch noch einmal genauer unter die Lupe nehmen müssen, wenn das stimmt, was du sagst.«

Paula schaute Volker sehr beleidigt an.

»Nein, ich unterstelle dir keine Lügen. Aber vielleicht hast du dich ja geirrt und nur etwas übersehen. Kann ja passieren.«

Paulas linke Augenbraue wanderte in die Höhe.

»Ist ja schon gut, du weißt, was ich meine.«

»Nein, weiß ich nicht. Nur, dass ich für heute ganz sicher genug Abenteuer hatte.« Paula stand auf und nahm ihre Handtasche. »Schließ du bitte den Laden ab«, sagte sie zu Susi. »Ich gehe jetzt nach Hause.«

19

Paula machte sich auf, nach diesem endlos scheinenden Tag endlich nach Hause zu gehen. Die Aussicht auf einen entspannten Abend mit ihrem Kater Karlo, einer heißen Schokolade und einem guten Buch, ließ Paula einen Schritt schneller gehen. Sie war völlig geschlaucht, aber der kleine Umweg über den Supermarkt musste noch sein, allein um dem vorwurfsvollen Blick aus den großen, bernsteinfarbenen Augen des Stubentigers zu entgehen. So kaufte Paula noch drei Putenfilets (eines für sich, eines für Susi und eines für Karlo), ein wenig Gemüse, einige Kräuter und schließlich Milch für eine ordentliche, heiße Schokolade; die hatte sie sich heute verdient. Eine Viertelstunde später passierte sie den kleinen Durchgang gegenüber der Jakobikirche und stand kurz darauf vor der lilafarbenen Holztür, die das alte, etwas windschiefe Fachwerkhaus von allen anderen abhob. Erschöpft trug sie sich und die Einkaufstüte die zwei Stockwerke über die knarrenden Holzstufen hinauf und war nach zwei Schlüsselumdrehungen endlich daheim. Karlo wartete bereits auf sie und strich ihr schnurrend um die Beine, während sie versuchte, die Einkaufstüte auf die kleine Küchentheke zu stellen, ohne dem Tier auf die Pfoten zu treten. »Ach Karlo. Ja, ich habe dich auch vermisst. Aber musst du grad überall im Weg stehen?«

Wie zur Antwort setzte Karlo seine rote Pelzigkeit ein weiteres Mal in Bewegung, Paulas Beine zu umkreisen. Offenbar musste er.

»Das ist wieder mal typisch. Dabei habe ich dir sogar etwas mitgebracht. Aber wenn du mich nicht in die Küche kommen lässt, wird es auch nichts mit dem Putenfilet. Für dich auch nicht.«

Bei den folgenden drei Sätzen, die der Kater brauchte, sich auf einen Stuhl beim Esstisch zu begeben, mochte man meinen, dass er ganz genau verstand, was Paula sagte. Sie glaubte ohnehin nicht daran, was sogenannte Wissenschaftler behaupteten, dass Tiere nichts verstanden. Oder keine Mimik hätten. Oder gar, dass sie keine Gefühle hätten. Karlo träumte sogar des

Öfteren – er lag, wie nahezu immer, schlafend auf der blauen Decke auf seinem Ohrensessel vor dem Fenster und fing dabei ganz unvermittelt an, mit den Pfoten zu laufen, als wäre er auf einer weiten Wiese unterwegs. Ganz beschwingt und froh gelaunt, wenn man ihm die gute Laune zugestand. Oder, bei anderen Gelegenheiten, kaute und schmatzte er beim Schlafen; offenbar träumte er vom Fressen, das zu seinen allerliebsten Beschäftigungen gehörte, wie es von einem guten Stubentiger nun einmal erwartet wurde. Und auch jetzt schaute er höchst aufmerksam die Tüte an, die Paula auf der Küchentheke abgestellt hatte, um sich erst einmal der Schnürstiefel zu entledigen, und in ihre geliebten Filzpantoffeln zu schlüpfen, die Susi ihr vor zwei Jahren zu Weihnachten selbst gestrickt und gefilzt hatte. In Lila mit einer roten Filzblume am rechten und einem grünen Blatt am linken Pantoffel. Dazu band sie noch die Schürze um, die sie noch von ihrer Mutter geerbt hatte – ein unglaublich kitschiges Stück mit Rüschen und herzförmigen, aufgesetzten Taschen aus dunkelblauem Polkadot-Stoff – und machte sich endlich daran, das Putenfilet zuzubereiten, als ihr Mobiltelefon piepste. Sie kramte es aus ihrer Tasche hervor und fand eine Nachricht von Susi, dass diese erst spät heimkommen würde, sie wäre jetzt auf dem Weg, mit Volker zum Abendessen.

»Ts! Kaum geschieden, schon klappt es auch mit dem Exmann ... Was sagst du dazu, Karlo?« Der Kater miaute. »Ja, genau. Unfassbar. Na gut, die Kinder müssen selber wissen, was sie tun.«

Sie legte eines der Filetstücke in einer Plastikdose in den Kühlschrank und machte sich daran, die verbleibenden beiden Stücke für sich und den roten Tiger zuzubereiten.

Eine dreiviertel Stunde später saß Paula mit einem dampfenden Teller, einer ebensolchen Tasse und einem glücklich schnurrenden Karlo auf ihrem Lieblingssessel beim Fenster – gleich neben Karlos eigenem Sessel, der im Moment nur die leere blaue Decke beheimatete. Eigentlich war es nicht *sein* Sessel, aber er hatte in den letzten acht Jahren ausreichend oft darauf geschlafen, dass Paula es ihm als Gewohnheitsrecht durchgehen ließ und schließlich *seine* blaue Decke darauf gelegt hatte.

Durch die alten Gitterfenster zog es leicht und Paula erinnerte sich zum gefühlten hundertsten Mal selbst daran, endlich die Fenstervorleger herauszusuchen. Sie machte sich eine mentale Notiz und schnitt in das butterweiche Filet, genoss den ersten Bissen und die herrlichen Kräuter und freute sich darüber, zumindest ab und an einmal etwas anderes genießen zu können, als Kaffee und süße Schokolade. Viele würden sofort mit ihr tauschen, aber etwas Herzhaftes war ihr – zumindest ab und an – das Allerliebste. Karlo im Übrigen auch. Das erste Mal war sie erstaunt gewesen, dass Schokolade nicht nur *süß* ergeben konnte. Nach einigen Versuchen hatte sie tatsächlich mehrere Rezepte gefunden, die eine gute Kombination der Schokoladennote mit würzigem, scharfem oder gar eher salzigem Essen ergaben. Im nächsten Jahr würde sie einmal einen Schokoladen-Kochkurs geben. Vielleicht an der Volkshochschule? Oder sie würde eine Schulküche mieten und den Kurs einfach selbst aufziehen. Im Herbst würde sie sich dann darum kümmern müssen, aber nicht mehr heute Abend.

Paula räumte schließlich ihren leer geputzten Teller in die Küche zurück, ebenso Karlos blitzeblanke Schüssel, der von Schokoladennoten nicht einmal zu träumen wagte, sondern sein Putenfleisch immer katzengerecht roh verspeiste, und machte sich eine zweite heiße Schokolade. Susi hatte schon oft versucht, sie zu überreden, sich endlich eine Mikrowelle zuzulegen, aber Paula vertraute mehr auf ihren guten alten Gasherd. Nur das Backrohr hatte sie vor einigen Jahren gegen einen Elektroofen austauschen lassen. Seither klappte es mit dem Backen gleich viel besser. Sie freute sich jetzt schon auf die Weihnachtsbäckerei, auch wenn noch nicht einmal Ostern vorbei war. Bei dem Gedanken daran, mit Susi ganze Nachmittage lang Spaß zu haben, die Küche zu verwüsten und am Ende jeweils zumindest eine Keksdose voll köstlicher Plätzchen zu haben, erfüllte sie mit Vorfreude. Die Lebkuchen nach dem uralten Rezept mit Schokolade und Mandeln, Rosinen und Zitronat als Fülle ... Bei dem Gedanken alleine lief ihr das Wasser im Munde zusammen. Das Rezept stammte von ihrer Großmutter. Es begann damit, dass man bis zu den Ellenbogen in Honig steckte und endete damit, dass einem vom achten gefüllten Lebkuchen unglaublich schlecht war. Jedes Jahr wieder.

Sie nahm die heiße Milch vom Herd, noch bevor die eine Chance hatte, aufzukochen, und steckte eine ihrer Trinkschokoladen am Stiel in die Tasse. Dann drehte sie den Herd ab, nahm die Tasse und zog auf dem Weg zurück zum Sessel ein Buch aus einem Regal an der Wand. Den Fernseher hatte sie schon vor Jahren weggegeben und lebte ohne ihn ganz wunderbar. Die Zeit nutzte sie lieber, um die über die Jahre angesammelten Bücher wirklich einmal alle zu lesen. Sie hatte es im letzten Sommer sogar schon geschafft, Anne Karenina durchzustehen, auch wenn sie sich bei der Stelle mit dem Pferd, das erst gefühlte, dreißig Seiten lang bis zum letzten Schweifhaar genau beschrieben wurde, nur um auf der einunddreißigsten Seite dann zu sterben, so aufgeregt hatte, dass Karlo maunzend die Flucht ergriffen hatte. Jetzt aber rollte er sich auf ihrem Schoß zusammen und schnurrte andächtig, während Paula gedankenverloren die heiße Schokolade rührte. So viele Pläne ... Kochkurse und Weihnachtsbäckerei. Und ein ganzer Sommer dazwischen, der sicher auch sehr spannend werden würde, jetzt mit dem Geschäft in der Stadt und Susis Marketingidee – was auch immer sie, damit im Schilde führte. Sie würde draußen ein paar kleine Tische hinstellen, wenn sie die Genehmigung bekäme und Schokoladeneis verkaufen. Ein paar interessante Rezepte hatte sie bereits gefunden und einen Geheimtipp von ihrem alten Lehrmeister erhalten, den sie unbedingt ausprobieren musste. Es tat ihr gut, immer wieder neue Herausforderungen anzugehen, das hielt sie jung. Sie konnte die Hände nicht einfach in den Schoß legen, dazu war sie einfach nicht der Typ. Sie trank einen Schluck und schüttelte etwas den Kopf, wie um sich wieder zu besinnen. Dann nahm sie noch einen Schluck und las den Klappentext des Buches, das sie noch immer in der Hand hielt. »Ohne Krimi geht die Mimi nie ins Bett«, murmelte sie. »Oder die Paula.« Sie grinste. Ein Seitenblick auf die Uhr an der Wand verriet ihr, dass es mittlerweile fast halb neun am Abend war. Es würde eine lange Nacht werden. Karlo sah zu ihr auf und sie streichelte über sein dichtes Fell.

»Weck mich morgen früh, ja?«, sagte sie.

Karlo schnurrte weiter und machte es sich wieder bequem. Paula nahm noch einen Schluck aus ihrer Tasse und schlug das Buch auf.

Gegen halb vier las sie die letzte Seite des sechshundert-Seiten-Wälzers und schlug das Buch wieder zu. Vier weitere Tassen heiße Schokolade hatten sie durch diese fremde Welt begleitet und mysteriöse Geschichten über Priester, den Papst und einen geheimen Orden, der allen ans Leder wollte, geisterten durch ihr Gehirn. Wie gut, dass es nur eine Kriminalgeschichte war. Dass geistige Vertrauensmänner derart verrucht und boshaft waren, das gab es in der normalen Welt ja zum Glück nicht. Oder vielleicht doch ... Ihre Gedanken schweiften zum Dom und zum Bischof und nach sechshundert Seiten faszinierender Spannung lief ihr nun die erste Gänsehaut des Abends über den Rücken. Sie wollte gerade das Buch wieder ins Regal stellen, als sie einen Schlüssel im Türschloss hörte; offenbar kam Susi gerade nach Hause.

»Tante Paula! Himmel, hast du mich erschreckt!«

»Du mich aber auch!«

»Du hast doch nicht etwa auf mich gewartet?«, fragte Susi skeptisch.

»Was? Nein. Ich habe gelesen. Ich gestehe hiermit meine Faszination für Kriminalliteratur.«

»Nach deinem Kirchenstunt hätte ich dir das auch geglaubt, ohne dass du mich mitten in der Nacht zu Tode erschreckst.«

»Alles ein großes Missverständnis, du hast Volker doch gehört.«

»Ja, das auch ...«

20

»Sie haben also die Domschokoladen alle dem Bischof überlassen?« Volker rührte genervt in seinem Büro-Kaffee und hoffte, dass dieser unscheinbare Mann mit seinem grauen Mantel und der alten Aktentasche nun endlich zum Punkt kommen würde.

»Ich habe die Schokoladen bei Frau Anders im Laden gesehen. Gemeinsam mit Bischof Anselm. Da waren zwei Kanten, die waren noch nicht ganz hundertprozentig, da waren noch kleine Luftbläschen ...«

»Und haben Sie dann eine oder gar mehrere der Domschokoladen mitgenommen?«

»Wieso sollte ich denn diese Mängelexemplare mitnehmen wollen?«

Volker atmete tief durch. »Herr Wilke. Es fehlen Exemplare. Eines davon wurde beim Toten gefunden. Wollen Sie mir nun endlich erzählen, wie das Treffen bei Frau Anders nun abgelaufen ist und wie es danach mit den Schokoladen weiterging? Oder soll ich Sie wegen Behinderung der Ermittlungen in einem Mordfall einsperren lassen?« Seine Geduld ging rapide dem Ende zu. Er hatte zwar nichts gegen diesen Büroschimmel in der Hand, außer, dass er bereits nach einer Viertelstunde einen Massenmord an Volkers Nerven auf sein Konto verbuchen konnte, aber sonst schien der Mann absolut clean. Ein Langweiler, Haarspalter und der Albtraum jeder Schwiegermutter – zum Glück hatte eine von denen ihn wohl noch niemals gesehen. Zumindest würde Volker das sehr wundern.

»Das versuche ich Ihnen doch gerade zu sagen. Die Prototypen entsprachen noch nicht den Erwartungen des Stadtmarketings. Nach Verordnung 1231 müssen alle Produkte, die für das Marketing der Stadt Hildesheim oder gar in ihrem Namen produziert werden, mängelfrei und ...«

»Herr Wilke, zum Punkt, bitte ...« Der Löffel schabte quietschend auf dem Tassenboden umher, als Volker sich nur mit Mühe beherrschte, ihn nicht bis in den Tisch zu drücken.

»... und von bester Qualität sein müssen. Nachdem wir uns

also die Prototypen angesehen haben, habe ich angemerkt, dass Frau Anders da noch nachbessern muss mit den zwei Kanten.«

»Und dann?«, fragte Volker gepresst.

»Dann hat Bischof Anselm noch zwei Schokoladentaler für fünfachtzig gekauft und Frau Anders um ein Ansichtsexemplar gebeten.« Herr Wilke kramte in seiner Aktentasche, fand offenbar nicht, was er eben noch so dringend gesucht hatte und hörte wieder mit dem Kramen auf.

»Und Frau Anders hat Ihnen dann das Ansichtsexemplar gegeben?«

»Nein.«

»Nein?«

»Nein. Nicht mir. Dem Bischof. Er hatte danach gefragt und war offenbar auch mit den Mängelexemplaren zufrieden.«

Volker atmete erneut tief durch und verdrängte schnell das Bild, der auf Herrn Wilkes Kopf zerschellenden Kaffeetasse. Was für ein Ekel.

»Herr Wilke. Abgesehen von den offensichtlichen Mängeln an den Prototypen« – er betonte *offensichtlich* und *Prototyp* etwas mehr als zwingend notwendig – »ist Ihnen sonst noch etwas aufgefallen?«

»Ja, die Kaffeesorten in den Behältern im Eingangsbereich sind nicht alphabetisch geordnet.«

»Wollen Sie mich verarschen?«

»Nein. Das ist mein Ernst. Sie sind nicht alphabetisch geordnet. Ich konnte es auch nicht fassen. Da findet sich ja niemand zurecht. Ich habe bereits auch schon eine Nachricht verfasst, dass wir diesen Punkt dringend bei der nächsten Besprechung mit aufnehmen müssen und bei der nächsten Begehung der einzelnen Stadtmarketing-Partner darauf hinweisen, dass alle Produkte gut und übersichtlich beschriftet gehören.«

Volker verschlug es die Sprache und er verzog die Lippen zum Fischmaul und wieder zurück, ehe ihm eine auch nur halbwegs passende Antwort auf diese Banalität einfiel. »Wie schön, dass Sie sich persönlich um die Vereinheitlichung der Produktbeschriftungen aller Stadtmarketing-Partner-Produkte kümmern. Ich dachte schon, das wäre allen völlig egal.«

»Ja sehen Sie ...«

»Herr Wilke. Ihrem detailgeschulten Auge ist doch dann sicher auch nicht entgangen, welche Prototypen Frau Anders dem Bischof mitgegeben hat?«

»Natürlich nicht.«

»Und welche waren das?«

»Sie hat zwei verschiedene Größen angefertigt. Eine große ...«

»Ja, und eine kleine. Drei kleine und zwei große, um genau zu sein, und der Aussage von Frau Anders entsprechend.«

»Sie lassen mich nie ausreden. Richtig. Zwei große und drei kleine. Und sie hat von jeder Größe eine mitgegeben. Die große in dunkel- und die kleine in hellbraun. Die Große hat 78 Prozent Kakaoanteil, die kleine nur ...«

»Und die beiden Schokoladen hat der Bischof mitgenommen, nicht Sie?«

»Die kleine nur 28 Prozent. Wie bitte?«

»Haben Sie die Schokoladen mitgenommen oder der Bischof?«

»Der Bischof natürlich. Ich habe doch bereits gesagt, dass ich diese Mängelexemplare nicht haben wollte.«

»Sie hätten sie ja auch essen können.«

»Ich esse keine Mängelexemplare.«

»Essen Sie auch keine Karotten vom Markt?«

»Nur, wenn sie der EU-Norm für Lebensmittel entsprechen.«

»So wie die korrekte Krümmung der Bananen?«

»Die Verordnung Nr. 2257/94 besagt, dass Bananen, die in die EU eingeführt werden, eine Länge von mindestens vierzehn Zentimetern und eine Dicke von mindestens siebenundzwanzig Millimetern besitzen müssen. Von einem Krümmungsgrad ist nicht die Rede. Das macht das Einkaufen allerdings wirklich deutlich einfacher.«

Volker sah den kleinen Mann mit einem Maßband und einem Rentner-Trolley in der Obst- und Gemüseabteilung vor sich und hoffte, dass er das Bild aus dem Kopf bekam, ehe er heute Abend ins Bett ging. Das würde sonst sicher Albträume geben. Wieso hatte diesen Typen eigentlich noch niemand umgebracht?

21

Pater Thomas kniete auf einer der hölzernen Bänke, die ebenfalls hölzernen Perlen seines Rosenkranzes tanzten durch seine Finger und er betete um Vergebung für alles, was er getan hatte und was er noch tun würde. Tun musste. Die Übelkeit war seit dem vermaledeiten Nachmittag im Beichtstuhl nicht mehr gewichen. Seine Gedanken kreisten noch immer um den Toten und dessen Ehefrau, um Paula und Bischof Anselm und darum, wie Paula bloß in die ganze Sache verwickelt war. Diverse Varianten und Kombinationen verschiedener *Was-Wäre-Wenns* formten wirre Geflechte im Konjunktiv. Es dauerte mehr als anderthalb Stunden, bis er endlich zu der Erkenntnis kam, dass die Realität nun einmal eine andere war. Schließlich sprach er das ihm ins Blut übergegangene Abschlussgebet – einfach weil er es immer tat –, verstaute seinen Rosenkranz in der Manteltasche, stand auf und verließ die Kirche mit einem Entschluss, den er noch vor einem Monat für vollkommen unmöglich gehalten hatte.

22

Volker versuchte seit Stunden vergeblich, den Grabungsleiter der archäologischen Ausgrabungen im Mariendom an die Strippe zu bekommen. Der Mann schien beschäftigter zu sein als der Papst. Deswegen schrak er zusammen, als sich am anderen Ende plötzlich jemand meldete.

»Hallo?«, fragte eine junge, weibliche Stimme.

»Äh ... Ich wollte Professor Schmid sprechen ... Sind Sie ...?«

»Ich? Nein!«, lachte die junge Frau. »Einen Moment, bitte.«

Volker hörte ein Rascheln, als würde die Telefonmuschel zugehalten – was ihn bei einer Mobilnummer etwas irritierte und er stellte sich vor, wie die junge Frau das untere Ende eines Handys mit zwei Fingern zuhielt. Dann hörte er sehr gedämpft, wie sie nach dem Professor rief.

Und kurz darauf eine deutlich männlichere Stimme: »Schmid«

»Schönen guten Tag, mein Name ist Müller von der Polizeiinspektion Schützenwiese. Ich hätte ein paar Fragen zu den Ausgrabungen auf dem Gelände des Mariendoms. Haben Sie etwas Zeit für mich?«

»Ja natürlich. Kommen Sie doch einfach vorbei.«

Darauf hätte Volker auch selbst kommen können.

Zwanzig Minuten später stand Volker in einem Zelt, das dem Wetter draußen trotzen sollte, am Rande einer drei Meter tiefen Grube mitten auf dem Domplatz und spähte hinunter. Die Grabungshelfer waren emsig dabei, einige offensichtlich just gefundene Knochen mit Pinseln zu bearbeiten. Eine junge Frau schaute zu ihm auf.

»Sie sind sicher der Polizist, richtig?«, rief sie ihm zu.

»Und Sie sind ...?«

»Ina. Ina Engel.« Sie kletterte über eine Leiter, die an der Grubenwand lehnte nach oben, und reichte Volker die Hand – nachdem sie sie an ihrer Hose abgewischt hatte. »Und das sind meine Kollegen Bernd Wilmers und Sebastian Grabehorst.« Sie deutete mit der Hand auf die beiden jungen Männer, die noch in der Grube beschäftigt waren. »Bernd und ich sind bei Professor Schmid im Hauptstudium Archäologie. Sebastian ist grad im zweiten Semester. Es ist seine erste Grabung.«

»Aha. Angenehm. Mein Name ist Müller. Ich wollte Herrn Professor Schmid sprechen ...«

»Das haben Sie vorhin auch schon gesagt. Er ist sicher gleich wieder da«, sprach's und machte sich auf den Weg die Leiter zurück nach unten.

Volker beobachtete noch einen Moment, wie die drei jungen Studenten an Knochen und für ihn unerkennbaren Kostbarkeiten der Weltgeschichte herumkratzten und -pinselten, bis er schließlich hinter sich Schritte hörte.

»Ah, Sie müssen Hauptkommissar Müller sein.«

»Richtig. Professor Schmid?«

»Ebenfalls richtig.«

»Sagen Sie, was genau machen Sie hier eigentlich?«

»Abgesehen von *Graben?«,* grinste der Professor.

»Ähm. Ja?«

»Nun, wir untersuchen die Frühgeschichte der Hildesheimer. Quasi. Und sind schon auf ganz unglaubliche Tatsachen gestoßen. Zum Einen, dass die Siedlung hier viel älter ist, als gemeinhin angenommen.«

»Ja, das hatte Bischof Anselm bereits erwähnt. Muss ja wirklich spannend für Sie sein.«

»Das ist es! Gerade letzte Woche haben wir eine goldene Fibel gefunden. Ganz unglaublich!«

»Im Prinzip machen wir also eigentlich dasselbe. Wir suchen beide nach Spuren«, bemerkte Volker.

»Stimmt. Wir suchen nach den Spuren der Menschheit im Ganzen, Sie nach denen einzelner Individuen.«

Die beiden Männer grinsten sich an und Volker befand den Professor für sympathisch.

»Also, wie kann ich Ihnen helfen?«, fragte letzterer. »Um mich zu fragen, was wir hier machen, sind Sie sicher nicht hergekommen. Das hätten Sie auch aus der Zeitung erfahren können.«

»Ah, Sie sind gut ...«, gab Volker zu. »Sie haben mich ertappt. Ich bin auf der Suche nach einem bestimmten Fundstück.«

Der Professor hob die Augenbrauen.

»732.«

»Woher? ...« Der Professor schaute Volker ungläubig an. »Kommen Sie mit.«

Er führte Volker rechts herum zum Westwerk, durch das Tor, in dem momentan ganz eindeutig die enormen Bernwardstüren fehlten, vorbei an einer Grube, die nahezu den gesamten Bodenbereich des Doms ausfüllte und schließlich zum Abgang in die Krypta, vor dem am Boden noch immer das polizeiliche Absperrband traurig am Boden lag. Volker schaute missmutig, als er das lose Ende überschritt. Bischof Anselm hätte es ja wenigstens wieder anbringen können. Aber er selbst hatte ja auch nicht daran gedacht, wenigstens Brunner noch einmal zu diesem Zwecke herzuschicken, also machte er sich eine mentale Notiz, das Band gleich beim Verlassen wieder an seinen Platz zu bringen. In der Krypta bog der Professor nach rechts, bis er schließlich vor der hintersten Wand stand.

»Dieses Fundstück meinen Sie?« Er deutete auf das Schildchen mit der handgeschriebenen *732* darauf.

»Ja, genau. Da ist ein Schild, aber kein Fundstück. Können Sie mir verraten, was es war?«

»Wie bitte?«

»Na, wo das Fundstück hingekommen ist, das zu dem Schild gehört!«

»Das bewegt sich ganz sicher nirgendwo hin ...«

»Was meinen Sie?«

»Das frage ich mich bei Ihnen auch? ... Ok, von vorne. Ich vermute, sie haben das Schild bei Ihren Untersuchungen vom Leichenfundort – oder wie man das so schön im Fachjargon nennt – gesehen?«

»Jemand aus meinem Team, ja«, umging Volker die Frage, wie er fand durchaus elegant.

»Ok. Und Sie meinen nun, dass hier ein Fundstück fehlt?«

»Das war die Annahme, ja. Kann es sein, dass hier etwas entwendet wurde? Und dass Sie oder jemand aus Ihrem Team deswegen ... Sagen wir mal ... sauer ist?«

»Wenn ich das richtig deute, versuchen Sie hier gerade, ein Mordmotiv aufzutun?«

Volker räusperte sich. »Nun ja ... Ja.«

Der Professor lachte. »Ich kann Ihnen versichern, das Fundstück hat sich keinen Millimeter bewegt.«

»Aber da ist kein Fundstück an dem Schild! Da ist nur das Loch in der Wand, wo das Fundstück liegen sollte.«

»Das Loch **ist** das Fundstück.«

»Wie bitte?«

»Das Fundstück ist dieses Loch in der Wand. Um genau zu sein, ist es nicht das Loch selbst, sondern das, was man darin zu sehen bekommt.« Er ging auf alle Viere. »Kommen Sie mal runter.«

Volker kniete sich neben den Professor und schaute skeptisch und aus purer Angewohnheit noch einmal nach, ob der andere sicher keine Waffen bei sich trug.

»Schauen Sie mal in das Loch hinein.« Er beugte sich vor und deutete die Richtung an.

Volker schaute. »Ich seh nichts. Da ist Mauerwerk, Erde und ein paar Wurzeln. Sonst nichts.«

»Richtig. Wurzeln.«

»Hä? ... Äh, Verzeihung. Wie bitte?«

»Na, die Wurzeln! Das sind die Wurzeln des tausend-jährigen Rosenstocks, die sich durch das Mauerwerk gegraben haben. Das ist das Fundstück!«

»Sie haben Wurzeln gefunden.« Volkers Begeisterung hielt sich in Grenzen.

»Richtig. Das Wurzelwerk des tausend-jährigen Rosenstocks. Im Dom.«

»Oh toll.«

»Ok, ich sehe, Sie teilen die Begeisterung nicht. Aber da können Sie sich direkt mit den Gärtnern der Diözese zusammentun, die waren auch wenig erfreut, als wir hier diese Wurzeln freigelegt haben.«

»Wieso das denn?«

»Sie kamen hier gleich mit Gießkannen an und waren sehr unwirsch, dass wir versuchten, den Rosenstock *auszugraben.* Sie meinten, es würde mächtig Ärger geben, wenn die Pflanze Schaden nimmt.«

»Wenn der da schon seit tausend Jahren steht, dann wird ja wohl ein freies Wurzelende nicht seinen Tod bedeuten ...«

»Das sehe ich genauso. Vierhundert Jahre sind's allerdings nur. Zumindest durchgehend derselbe Strauch.«

»Ah, richtig. Das hatte der Bischof auch erwähnt.«

»Auch schon ein stolzes Alter. Und natürlich wollen wir ihn nicht ausgraben. Das war eher ein Zufall, dass wir hier drinnen, beziehungsweise mitten in der Mauer auf seine Wurzeln gestoßen sind. Wir haben den Gärtnern also versprochen, nach den Grabungsarbeiten alles wieder zuzuschütten und bis dahin ab und an nach dem Wurzelwerk zu sehen. Aber nachdem es hier unten kühl und feucht ist, passiert da vermutlich sowieso nichts dran.«

»Das heißt, es fehlt kein Fundstück?«

»Richtig. Es sind alle Fundstücke, die wir hier ausgegraben haben, fotografiert, untersucht, mit Labeln versehen, verpackt und in die Labore gebracht worden. Alle, die noch in den Gruben liegen, haben diese Prozedur noch vor sich – außer dem Fotografieren vielleicht, das wird immer sofort gemacht.«

»Und Fundstück 732?«

»Das lässt sich nicht abtransportieren. Und nachdem die Gärtner ein besonderes *Vertrauen* in unseren grünen Daumen haben, kommen sie alle zwei Tage vorbei, um die Wurzeln zu kontrollieren, sie gelegentlich mit Wasser zu besprühen, etc...«

»Sie hassen Sie, oder?«

»Ich vermute schon, ja.« Der Professor grinste. »Ginge mir umgekehrt aber zugegeben wohl nicht anders, wenn die Gärtner gerade ihre Geranien in meiner frisch geöffneten Grabkammer anpflanzen würden, wäre ich genauso begeistert.«

»Halten Sie es für möglich, dass einer der Gärtner seine Pflegeaufgabe etwas zu ernst genommen und Christian Albert für einen aus Ihrem Team gehalten hat? Er hat ihm dann hier aufgelauert und haut ihm die Schaufel über den Schädel oder so?«

»Ganz ehrlich? Nein. Das sind sehr kompetente Menschen, die hier ihren Job machen, genau wie wir.«

»Nun ja, aber kompetent und professionell widerspricht dem jetzt noch nicht ...«

»Nein, aber ich halte keinen von denen für einen Mörder. Und schon gar nicht wegen ein paar freiliegender Wurzeln.«

23

Die Eingangstür zum *Bittersweet* schwang auf und die Messingglöckchen klingelten hektisch, als ginge es um Leben und Tod. Susi rannte die Treppe hinauf, und als auch der erste Stock menschenleer war, noch die zweite bis ins Dachgeschoss, wo ihre Tante gerade mit einer Charge neuer Schokoladen beschäftigt war. »Tante Paula« japste sie. »Tut mir leid, ich habe verschlafen ...«

»Ja, Kind, das habe ich mir gedacht. Ich war so frei, schon einmal ohne dich den Laden aufzuschließen.«

»Es tut mir so leid.« Sie schälte sich aus ihrem Mantel und warf die Tasche in eine Ecke. »Hattest du schon Frühstück?«

»Danke, ja. Aber einen Kakao würde ich noch nehmen.«

Susi trabte die Treppe wieder hinunter, sich dabei von ihrem dünnen Schal befreiend, der Sekunden später auf einer der Stuhllehnen landete. Sie kramte in dem schmalen Eckregal nach ein paar Zutaten, die sie bislang noch nicht zu neuen Kreationen verarbeitet hatte, und fand tatsächlich eine Metallschachtel, die sie bislang wohl immer ignoriert haben musste. Sie fingerte am Deckel herum, bis sie endlich aufsprang. Ein Dutzend kleiner, dunkler, etwas verschrumpelt aussehender Bällchen lag darin. »Tante Paula? Hätten die Dinger hier nicht schon entsorgt gehört?« Sie ging zur Treppe und hielt die Schachtel nach oben und Paula schaute über die Brüstung nach unten.

»Um Himmels willen, nein! Die brauchen wir noch!«

»Was zur Hölle ist das?«

»Original südamerikanische Chilis. Extrem scharf! Fass die bloß nicht an und hinterher ins Auge oder so!«

»Die kleinen Dinger? Die sind nicht mal rot. Und länglich auch nicht. Das sollen Chilis sein?«

»Du kannst mir das ruhig glauben. Das sind die schärfsten, die ich je im Leben gekostet habe.«

»Die sind nicht mal einen Zentimeter im Durchmesser ...«

»Dann probier es halt aus. Eine Achtel pro Tasse. Maximum!!!« Sie blickte aus dem Fenster, wo gerade ein ziemlich kalter Regen samt Frühjahrssturm an die Fenster des kleinen Fachwerkhauses gedrückt wurde. »Ich glaub, etwas innere Wärme könnten wir schon gebrauchen ...«

Susi starrte auf die Schrumpelbälle. »Ok, Vorschläge?«

»Klein schneiden, in Milch aufkochen und eine Vanilleschote mit dazu!«, rief Paula über die Brüstung. Warte, ich hab gerade die passende Schokolade dazu hier oben.

Susi kramte nach dem kleinen Topf und schaltete die einzelne kleine Herdplatte an, die gleich neben der Kaffeemaschine residierte. Sie zog eine Vanilleschote aus einem Glas, halbierte sie und kratze das Mark heraus. Das Messer streifte sie am Topfrand ab und warf alles zusammen mit einem Liter Milch hinein. Dann machte sie sich daran, einen der Chilibälle zu sezieren.

»Auf keinen Fall die Kerne mit reingeben!«, rief Paula, gerade noch rechtzeitig, um das Schlimmste zu verhindern – nämlich, dass sie beide den Rest des Vormittags mit einer brennenden Zunge in einem Glas Eiswasser – oder noch besser gefrorenem Joghurt – enden würden.

Susi schnitt, die Chili so klein sie konnte, und warf auch diese Fitzelchen in die langsam wärmer werdende Milch. »Was soll da noch rein?«

»Etwas Zucker, etwas Kakao und die Schokolade bringe ich gleich mit.«

Susi beförderte also noch zwei große Esslöffel Zucker in den Topf und kramte schon einmal das Kakaopulver aus der Schublade, als Paula mit einer Schale klein gehackter, dunkler Schokolade neben ihr auftauchte.

»Ja, das sieht schon mal gut aus. Aufpassen, gleich kocht sie.« Paula deutete auf die Milch.

Susi nahm den Topf von der Herdplatte, gerade als die Milch begann, langsam im Topf zu steigen, und stellte ihn auf einen Untersetzer. Sie rührte und der Milchschaum senkte sich sofort wieder. Paula gab von der Seite die Schokolade in den Topf, gefolgt vom Kakaopulver und drei Esslöffeln Honig. Susi schaute sie fragend an und Paula zwinkerte ihr zu.

»Alte Geheimwaffe für heiße Schokolade«, erklärte sie. »Genauso, wie das ...« Sie griff hinter sich ins Regal und streute noch eine Prise weißen Zeugs hinterdrein.

»Was war das jetzt?«

»Eine Prise Salz.«

»In die heiße Schoki?«

Paula nickte. »Vertrau mir, mit Schokolade kenne ich mich aus.«

Der Topf wanderte noch einmal auf die Herdplatte und noch einmal kochte die Milch auf, bis Paula schließlich zufrieden nickte und ein Sieb von der Wand nahm. »Durch das Sieb jetzt in die Tassen gießen«, wies sie Susi an. »Daheim würde ich das jetzt mit einem Pürierstab durchjagen – ohne die Vanillestange natürlich, dann ist es auch gleich schaumig, aber hier wird es jetzt auch so gehen.«

Susi tat wie ihr geheißen und Paula hielt die beiden Tassen in den Dampfstrahl der Kaffeemaschine, um den Inhalt schaumig zu bekommen. Drei Minuten später war alles soweit weggeräumt, dass der kleine Gastraum als solcher auch wieder zu erkennen war und die beiden Frauen sich mit den dampfenden Tassen wohlig am Fenster niederließen, an dessen anderer Seite noch immer ein grauer Regentag herrschte. Susi roch vorsichtig an der Tasse und merkte gleich das Kribbeln in der Nase. »Boah, die Chili merke ich ja jetzt schon!«

»Sag ich ja,« erwiderte Paula und trank einen ersten Schluck. »Hmmm, das hatte ich schon lange nicht mehr.«

Susi nippte vorsichtig und verzog das Gesicht. »Um Gottes willen, damit kannst du ja jemanden umbringen!«

Paula grinste. »Zumindest, wenn derjenige nichts Scharfes gewohnt ist«, sagte sie und zwinkerte.

Nach zwei weiteren Schlucken meinte Susi schließlich: »Es wäre zumindest ein sehr köstlicher Tod.«

24

Eine Tür schlug zu. Thomas stand starr vor Schreck im Treppenhaus eines Mietshauses, das er nur allzu gut kannte. Fünf Schritte trennten ihn noch von der Wohnungstür, hinter der er in den letzten Jahren viel Zeit verbracht hatte. Zuviel Zeit, womöglich. Aber jetzt brachte er es einfach nicht fertig, stand wie angewurzelt im Schatten der dunklen Ecke, in der ein mannshoher Ficus sein trauriges und etwas blattbefreites Dasein fristete, und rang seine Hände. Beinahe hätte er in seiner Manteltasche nach seinem Rosenkranz gekramt, doch er hielt sich gerade noch zurück. Dies war nicht der Ort für Gebete. Dies war der Ort zum Handeln. Wäre. Wenn er nur könnte. »Oh Gott, vergib mir!«

***

Regen prasselte an das bodentiefe, schmale Fenster neben der Wohnungstür, als die Türklingel schellte. Thomas hörte Schritte und ihm wurde schlecht, als die Tür geöffnet wurde.

»Was willst du denn hier?«

»Lass mich rein, wir müssen reden.«

»Willst du mir nicht erst sagen, was du zu sagen hast?«

»Ich glaube kaum, dass du das wirklich möchtest. ... Ich war neulich in dem Beichtstuhl. Ich habe deine Stimme erkannt.«

Wortlos wurde die Tür aufgezogen und Thomas machte ein paar unsichere Schritte in eine zu vertraute Umgebung, in eine zu ungewisse Zukunft.

Er setzte sich an den Küchentisch und Rita Albert goss ihm noch immer schweigend eine Tasse Tee ein. Sie stellte sie ihm hin, den Zuckerstreuer dazu und setzte sich ihm gegenüber. »Und?«, fragte sie. »Was willst du jetzt machen?«

»Jetzt will ich von dir erst mal die ganze Geschichte hören. Was ist genau passiert?«

Rita hielt sich an ihrer Tasse fest und atmete ein paarmal tief durch, bis sie endlich anfing, zu erzählen. »Ich weiß es nicht genau. Es ging alles plötzlich so schnell. Wir haben uns gestritten, weil Christian wieder einmal stundenlang nicht nach Hause gekommen ist. Du weißt ja, wie er war. Sein Leben für die Kirche.« Ritas Hände zitterten und schlossen sich fester um die dampfende Teetasse.

Wenn du wüsstest ..., dachte Thomas, ließ sich aber nichts anmerken. Stattdessen sagte er: »Ja, allerdings.«

Rita schaute durch ihn hindurch, sprach aber weiter: »Ich habe ihn mit einem Hammer bedroht. Mit einem *Hammer*! Ich! Ich habe mein Lebtag noch niemanden bedroht ... Ich weiß nicht, was über mich gekommen ist. Ich weiß nicht einmal mehr, was genau ich gesagt habe. Plötzlich ist er mir nachgejagt und dann gab es einen Krach, dass wir beide uns zu Tode erschrocken haben ...« Sie schüttelte den Kopf, als würde sie gerade zu sich kommen, und schaute Thomas an. Sie sah verängstigt aus und brauchte eine Weile, bis sie sich überwand. »Bischof Anselm stand dann plötzlich neben mir bei den Stufen zur Krypta. Himmel, ich habe mich so verjagt! Er wollte von Christian wissen, wo irgendwelche Schokoladen wären. Ich habe keine Ahnung, was er gemeint hat, aber er ließ einfach nicht locker. Wurde sogar laut und hat Christian gedroht, zur Polizei zu gehen, und Christian sagte, das würde er sich mit seinen Machenschaften sowieso nicht trauen. Dann haben sie sich gestritten und Christian wurde auch laut und ich wollte einfach nur noch weg ...« Die ersten Tränen liefen ihr über die blassen Wangen und Thomas hatte schon beinahe Mitleid mit ihr.

»Und dann?«, fragte er.

»Jemand packte meine Jacke und ich habe versucht, mich loszureißen. Aber er hielt fest. Ich war in Panik und riss wie eine Wilde. Ich wollte die Hand wegschlagen und hatte völlig vergessen, dass ich noch immer den Hammer in der Hand hatte.« Sie schluchzte. »Ich habe irgendetwas mit dem Hammer erwischt und dann ist er mir aus der Hand gefallen. Und dann … Und dann lag er da. Christian. Ich habe ihn erschlagen, Thomas. Ich habe ihn getötet. Meinen eigenen Mann!«

Sie weinte jetzt haltlos und Thomas schnürte es die Kehle zu. Das lief hier gerade gar nicht so, wie er es geplant hatte und ohnmächtige Wut stieg in ihm hoch. Er versuchte, sich zu beherrschen. »Du musst dich bei der Polizei melden.«

»Das macht ihn auch nicht wieder lebendig.«

Allerdings nicht, dachte Thomas bitter. Nein, das lief ganz und gar nicht wie geplant. Aber Rita der Polizei zu liefern war zumindest schon einmal ein Anfang.

»Ich glaube, Christian hatte eine Affäre«, sagte sie plötzlich.

Der Knoten in Thomas' Kehle zog sich noch etwas weiter zu. Wieso kam sie damit jetzt zu ihm?

»Wirklich?«

»Ja, schon. Natürlich war er ewig in der Kirche und mit den Jugendgruppen unterwegs, aber da muss noch eine andere Frau gewesen sein. Ist dir denn nichts aufgefallen? Du warst doch sein bester Freund. Ich meine, so viel kann sich ein einzelner Mensch gar nicht in oder um Kirchen aufhalten.«

Damit hatte sie leider recht und der Knoten im Hals zog sich vollends zusammen. Mit einem plötzlichen Kribbeln im Bauch platze ein über Jahre unterdrücktes Gefühl in ihm. Unbändige Wut und blanker Hass wüteten in seinem Magen, seinem Hirn. Ohne wirklich darüber nachzudenken, was er tat, stand Thomas auf, ging um den Tisch herum und streckte die Arme aus. Bereitwillig lehnte sie sich an seine Schulter und die Tränen rannen wieder heftiger. Er strich ihr über den Rücken, und als seine Hand die Haut ihres Nackens berührte, setzte sein Verstand für einen Moment aus. Seine andere Hand wanderte ebenfalls zu diesem Fleck bloßer Haut und schloss sich schließlich um ihre Kehle. Thomas drückte zu und sah einen Moment in Ritas überraschte Augen, die schnell in einen Ausdruck von Panik wechselten. Verzweifelt schlug sie um sich. Aber er war viel zu stark für sie. Der Versuch zu schreien endete in einigen kläglichen Lauten und schließlich sackte sie schlaff auf den Boden, wobei sie Thomas' Griff für den Moment entglitt und hart und mit einem deutlichen Knacken auf den Küchenfliesen aufschlug. Zwischen den blonden Haaren rannen zwei rote Rinnsale über den Boden. Thomas starrte auf sie herab, ohne recht zu begreifen, was gerade geschehen war. Er schaute auf Rita, schaute auf seine Hände und wieder zurück auf den reglosen Körper. »Mein Gott ...«

Mit drei Schritten war er auf der anderen Seite des Tischs, wo er seinen Mantel über die Stuhllehne gehängt hatte, griff danach und rannte aus der Wohnung. Unten sprang er ins Auto und ließ den Motor an.

»Oh mein Gott! ...« Er trat aufs Gaspedal und der Wagen jagte nach vorne. Zum Glück war die Parklücke vor ihm frei und Thomas schaffte es, unfallfrei in den Verkehr einzufädeln. Er fuhr bis zu seiner Wohnung, stellte den Wagen ab, lief hinauf und verschanzte sich in seinem Schlafzimmer. Mit dem Rücken an der hintersten Wand rutschte er auf den Boden und schlang die Arme um seine Beine. »Gott, was habe ich getan?« Genau das, was er vorgehabt hatte, um genau zu sein. Aber hätte er gewusst, wie es sich anfühlte, jemanden auf dem Gewissen zu haben ... Kein Wunder, dass Abraham Isaac nicht umbringen konnte. Thomas kramte nach seinem Rosenkranz, nahm ihn aus der Tasche und ließ ihn fallen. All die Sünde und der Schmutz von seinen Fingern würden ihn sicher entweihen, beschmutzen, zerstören ... So lagen die neunundfünfzig Perlen an ihrer Schnur vor ihm auf dem Boden und mahnten ihn; schrien ihn an: *Du hast dich versündigt!*

25

Volker starrte den Telefonhörer an und brauchte einen Moment, um zu begreifen, was er gerade von den Kollegen gehört hatte, die im dritten Stock eines Wohnblocks nun auf ihn warteten. Ein Nachbar hatte die Polizei alarmiert, als er lautes Poltern aus der Wohnung von Rita Albert gehört hatte, gefolgt von einem Mann, der aus dem Haus rannte und Rita danach die Türe nicht öffnete.

Als Volker vor Ort eintraf, war der Krankenwagen bereits da und die Sanitäter trugen die bewusstlose und stark bandagierte Rita aus dem Haus. Von ihr würde Volker so schnell keine Information bekommen, wer ihr das angetan hatte. Jedenfalls warf dieser Vorfall auch ein ganz neues Licht auf den Mord im Dom. Hatten die Alberts etwa ein dunkles Geheimnis? War Rita eine Mitwisserin, der ihr Wissen gerade zu gefährlich geworden war? Was war nur los mit diesen beiden? Volker rieb sich nachdenklich über den Dreitagebart.

»Ah, Hauptkommissar Müller!« Brunner kam ihm entgegen. »Wir haben hier den Nachbarn, der uns verständigt hat. Rolf Heinrich.« Er zeigte auf einen kleinen, älteren Herren, der in einer übergroßen Strickjacke und vormals wohl teuren, nun aber sehr abgewetzten Hosen neben seinem Kollegen stand.

»Danke, Brunner.« Volker ging auf den Herren zu und streckte die Hand aus. »Herr Heinrich? Mein Name ist Müller. Können Sie mir nochmals erklären, was hier geschehen ist?«

Herr Heinrich ließ sich nicht lang bitten und erklärte auch Volker noch einmal, was er bereits zweimal den Kollegen schon erzählt hatte. »Da war so ein lautes Poltern, als wäre etwas schweres zu Boden gefallen. Und kurz darauf waren da schnelle Schritte und die Wohnungstür oben schlug zu. Dann ist jemand durch das Treppenhaus nach unten gerannt. Ein Mann. Der ist weggefahren und dann bin ich hoch, und habe bei den Alberts ... Verzeihung, bei der Witwe Albert geklingelt. Sie hat aber nicht geöffnet und dann habe ich die 110 gewählt.«

»Das war sehr vernünftig und Frau Albert wird es Ihnen sicher danken. Woher wissen Sie, dass es ein Mann war, der aus der Wohnung der Alberts kam?«

»Herauskam? Getürmt ist der, Stiften gegangen. Abgehauen.« Herr Heinrich echauffierte sich über diese offenbare Dreistigkeit.

»Und woher ...«

»Na, weil ich aus dem Fenster gesehen habe. Von meinem Küchenfenster aus kann ich genau auf die Haustür schauen. Zum Glück war ich grad dort, so schnell wäre ich ja gar nicht dort hin gekommen.«

»Verstehe. Sie wohnen also genau unter Frau Albert?«

»Ja, schon seit sechsunddreißig Jahren in dieser Wohnung.«

»So alt sieht das Haus ja gar nicht aus ...«

»Das wurde vor zwei Jahren renoviert. Mit all dem Glas bis zum Fußboden auf den Gängen. Muss man wohl mögen, aber zumindest heller ist es tatsächlich.«

Volker musste schmunzeln. »Wie lange haben die Alberts hier gewohnt? Können Sie sich zufällig erinnern?«

»Sieben oder acht Jahre. Sind eingezogen, als sie gerade frisch verheiratet waren. Die letzten Jahre war er aber immer selten oder spät daheim. Bei dem Lärm heute hab ich erst gedacht, dass sie jetzt einen Freund hat, wo er nicht mehr ist. Aber als der dann gerannt ist ...«

»Können Sie den Mann zufällig beschreiben?«

»Groß war er. Groß und schlank. Mit einem langen dunklen Mantel und dunklen Haaren. Muss aber schon etwas älter gewesen sein, ganz dunkel waren sie gar nicht mehr, schon etwas meliert, oder wie man das jetzt nennt.«

Volker machte sich ein paar Notizen und hielt mitten im Schreiben inne. Diese Beschreibung kam ihm irgendwie bekannt vor. »Haben Sie gesehen, in was für ein Auto der Mann gestiegen ist?«

»Nicht genau, tut mir leid. Es war irgendetwas Dunkles. Er hat dort hinten ...« Herr Heinrich zeigte nach rechts, wo eine ganze Kolonne von Autos am Straßenrand geparkt war, »gestanden. Das habe ich vom Fenster aus, nicht genau sehen können. Nur, dass dann ein dunkler Wagen wegfuhr.«

»Danke. Herr Heinrich, Sie haben uns sehr geholfen. Wenn Ihnen noch etwas einfällt, der Kollege Brunner gibt Ihnen noch unsere Nummer im Büro.« Volker reichte ihm wieder die Hand und Herr Heinrich nickte kurz.

Volker kramte in der Manteltasche nach seinem Mobiltelefon.

»Paula? Sag, kommt dir die Beschreibung *etwas älter, hochgewachsen und schlank, melierte Haare, langer dunkler Mantel,* irgendwie bekannt vor?«

»Hallo Volker. Dir auch einen schönen Tag.«

»Paula ... Im Ernst jetzt. Kommt dir das bekannt vor?«

»Was ist los?«

»Rita Albert, die Frau des Toten aus dem Dom wurde gerade in ihrer Wohnung überfallen.«

»Was?« Paula klang erschüttert.

»Überfallen und niedergeschlagen. Sie lebt noch, ist aber schwer verletzt. Offenbar wurde sie erst gewürgt und dann hat sie noch eine ziemliche Schädelverletzung. Vielleicht vom Aufschlagen auf den Boden, vielleicht wurde ihr aber auch der Schädel eingeschlagen. Das kann ich jetzt noch nicht sagen.«

»Ach du liebe Güte. Und du denkst, Thomas könnte etwas damit zu tun haben?«

»Thomas! Das war's! Ich wusste, die Beschreibung kam mir bekannt vor! Danke Paula!« Er legte auf.

***

Paula starrte auf ihr Telefon und schluckte. *Oh verdammt.* Sie hatte das Gefühl, als hätte sie ihren Freund aus Kindertagen gerade ans Messer geliefert. Vor allem aber konnte sie sich beim besten Willen nicht vorstellen, dass er die Witwe des Mordopfers aus dem Dom überfallen und ihr eine über den Schädel gezogen haben sollte. Von Würgen ganz zu schweigen. Weder mit dem Toten im Dom noch mit dem Überfall. »Nie im Leben«, murmelte sie, während sie in ihrer Handtasche nach dem Zettel suchte, auf dem sie Thomas' Mobilnummer notiert hatte. Seine Büronummer blieb unbeantwortet, und als sie zum vierzehnten Mal nach langem Klingeln in seine Mailbox kam, fing Paula an, sich Sorgen zu machen. Er konnte damit einfach nichts zu tun haben. Oder etwa doch? Kurz überlegte sie, den

Bischof anzurufen, um sich zu erkundigen, ob Thomas heute *im Dienst* war. Dann fiel ihr ein, dass Männer der Kirche vermutlich immer im Dienst waren, holte ihren Mantel und überließ den Laden Susi.

»Susi? Ich muss weg. Sollte Dein Exmann mich suchen, ich bin nicht da.«

»Was? Wo willst du denn hin?«

»Ich muss eben was rausfinden.«

»Aber ...«

»Nein, ich klettere nicht wieder im Dom herum und lasse mich auch nicht mehr verhaften. Versprochen. Ich muss los.« Und damit eilte sie aus dem kleinen Fachwerkhaus.

Paula hatte nur ein einfaches Mobiltelefon und keine Ahnung, wo Thomas überhaupt wohnte. Also rief sie die Auskunft an und erklärte, dass sie einen Namen und eine Telefonnummer, aber keine Adresse habe, und hoffte, dass Thomas überhaupt eingetragen war. Nach ein wenig Hin und Her wurde der junge Mann bei der Auskunft fündig. Gelber Stern 8. Das war ja gleich bei ihr daheim um die Ecke! Paula konnte es nicht fassen. Also machte sie sich auf den Heimweg – nur nicht in ihr eigenes Heim.

26

Thomas wusste nicht, ob er zehn Minuten oder drei Stunden da gesessen hatte, als er sich endlich aufkämpfte und ins Bad schleppte. Er wusch sich die Hände. Wusch sie erneut. Wusch so lange, bis die gesamte Seife aufgebraucht und seine Finger völlig verschrumpelt waren. Sie waren schon weiß und aufgequollen. Und immer noch dreckig wie in dem Moment, als Rita zu Boden ging. Thomas weinte. Schluchzte laut und kauerte sich in die Ecke zwischen Waschbecken und Badewanne. „Mein Gott, warum hast Du mich verlassen?"

Seine Hand war blutverschmiert von den Schnitten, die er sich beim Umklammern der Rasierklinge zugezogen hatte. Er hatte sich mehrfach übergeben, die Tabletten wollten einfach nicht in seinem Magen bleiben. Er hatte alles genommen, was er in seiner Hausapotheke hatte finden können. Von Aspirin bis Grippostad, Antihistamine und abgelaufene Antibiotika. In den Filmen sah es immer so einfach aus. Aber wer hatte schon ausreichend Pillen im Haus, von denen jede einzelne schon ein Nilpferd einschläfern würde? Leute mit Nilpferden vielleicht ... Jetzt saß er wieder in der Ecke zwischen Waschbecken und Badewanne und versuchte, die Rasierklinge durch die Haut an seinem Unterarm zu ziehen, als es klingelte. Das war nun sicher die Polizei. Sie würden ihn jetzt verhaften und einsperren ... Er schluckte und setzte sich mühsam auf. Seine Hände fühlten sich taub an und er hatte mittlerweile alle Tränen ausgeweint. Er schlich so leise, wie er es auf den alten Dielen fertigbrachte zur Wohnungstür. Mit zitternden Händen öffnete er die Tür einen Spalt. Statt einer blauen Uniform sah er allerdings einen roten Mantel mit großen Blumen vorn dran, dunkle Haare und ein entschlossenes Gesicht. »Paula!?«

»Du hast also wirklich etwas damit zu tun ... Du siehst ja schrecklich aus. Du wirst doch wohl nicht!?!« Sie drängte sich an ihm vorbei in die Wohnung und nahm ihm im Vorbeigehen die Rasierklinge weg. Dann warf sie ihre Tasche auf einen Sessel in der Ecke. »Du solltest die Tür jetzt zumachen. Ich weiß nicht, wie lange mein nichtsnutziger Schwieger-Neffe braucht, um hier aufzuschlagen.«

Thomas starrte sie an, als wüsste er nicht, was sie überhaupt von ihm wollte. Dann fiel wohl der Groschen und ohne sie aus den Augen zu lassen, schloss er die Türe. Paula hatte mittlerweile den Mantel abgestreift, sah sich suchend um, fand die Küche und kramte kurz darauf nach einer Teekanne. Im Regal fand sie eine etwas vernachlässigt aussehende Tüte Melissentee. Perfekt. Thomas stand noch immer schweigend im Türrahmen.

»Willst du mir nicht erzählen, was passiert ist?«

Thomas schluckte heftig und versuchte, die aufsteigenden Tränen niederzukämpfen. »Ich ... Ich habe gerade eine Frau umgebracht ...« Er wunderte sich selbst, woher er jetzt noch Tränen nehmen konnte, aber sie rannen wieder in langen Bahnen über seine Wangen.

»Hast du nicht«, antwortete Paula trocken, während sie den Wasserkocher in Gang setzte.

»Doch, ich habe sie ermordet. Da war Blut und sie war schon ganz rot und blau ...«

»Ja, aber sie lebt noch. Ein Nachbar hat die Polizei verständigt. Er hat dich gesehen.«

»Oh.«

»Also es ist wenn überhaupt eine Körperverletzung. Wenn sie die Nacht übersteht.«

Betreten schaute er sie an. »Ich habe also niemanden umgebracht?«

»Bisher nicht, nein.«

Thomas schluchzte auf.

»Ach je ...«, Paula kam auf ihn zu und nahm ihn in den Arm. »Also los ... Was ist passiert?«

***

Draußen war es in der Zwischenzeit dunkel geworden und die Wohnung wurde nur schemenhaft durch die Straßenlaternen erhellt. In der Küche brannte nur die kleine Lampe, die sonst nur die Arbeitsplatte bei den Kochbüchern erhellte. Dazu das einsame Teelicht im Stövchen. Paula hatte Volker angerufen und ihm erklärt, wo sie war. Nachdem er nur eine vage Beschreibung des Täters hatte, hatte sie ihn überreden können, erst morgen auf die Idee zu kommen, dass es sich bei dem Flüchtigen um Thomas handeln könnte. Bis dahin hatte sie versprochen, bei ihm zu bleiben. Die letzte Stunde über hatte Thomas noch immer nicht viel gesagt. Schweigend hatten sie den Tee getrunken und Paula hatte ihm die Hand und die Unterarme verbunden. Jetzt war sie froh zu sehen, dass Thomas sich zusehends entspannte. Sie war außerdem froh, dass der Tee, seit der dritten Tasse nun endlich auch drinnen blieb, offenbar hatte er jetzt alles von sich gegeben, was sein Körper nicht vertrug. *Lieber Himmel,* dachte sie. *Da bin ich wohl gerade noch rechtzeitig gekommen.*

In seiner Nachttischschublade kramte Thomas eine durchsichtige Tüte mit einem schokoladenen Hildesheimer Dom darin hervor. Er betrachtete das Gebilde und die Schokolade begann bereits zwischen seinen Fingern zu schmelzen. Mit einem Gefühl, als würde er nun doch noch einen Menschen töten, öffnete er die Tüte und zog den Dom daraus hervor. Er dachte an seine Arbeit für die Gemeinde. An alle Menschen, denen er im Laufe seiner *Karriere* bereits begegnet war. Er dachte an sein altes Büro und das neue. An den Beichtstuhl. An Rita ... Er dachte an Christian, und fragte sich, wie das alles hatte geschehen können. All die Jahre – sein bester Freund. Und mehr ...

Mit dem Dom in der Hand kam er zurück in die Küche und setzte sich wieder zu Paula an den Tisch.

»**Du** hast den fehlenden Dom!«, rief Paula verblüfft.

Thomas nickte. »Ich habe ihn geschenkt bekommen.«

»Von wem? Dem Bischof?«

»Pah. Nein, von Christian.«

Paula grübelte einen Moment. »Dem Toten? Ein weiteres langsames Nicken. »Und wie ist er daran gekommen?«

»Ich habe keine Ahnung. Aber es war das letzte Geschenk, das ich von ihm bekommen habe.« Er biss die Kirchturmspitze ab und erinnerte sich daran, wie er Christian damals kennengelernt hatte.

»Es ist schon Ironie des Schicksals, dass jetzt gerade du hier bist ... Irgendwann kurz, nachdem das mit uns aus war, habe ich dann festgestellt, dass ich mich immer mehr zu anderen Jungen hingezogen fühlte.«

Paula zog die Augenbrauen hoch und in dem Moment fiel bei ihr der Groschen. Fast musste sie lächeln, wenn nicht gerade alles so tragisch gewesen wäre.

»Aber so wirklich eingestanden hab ich mir das erst während meiner Studienzeit. Damals in Heidelberg gab es viele junge Männer, ein Großteil von ihnen bekannte sich zur Homosexualität, wenn auch nicht öffentlich, aber zumindest unter den Studenten gingen sie recht offen damit um. Ich fand das faszinierend. Und eines lauen Sommerabends war es dann wohl so weit ...«

Paula sah ihn aufmunternd an und goss noch Tee nach.

»Ich hab nie an meinem Studium oder meiner Berufswahl gezweifelt. Ganz im Gegenteil. Gott hat den Menschen nach seinem Bilde geschaffen, heißt es. Also auch mich und wie ich bin. Das kann doch so verkehrt nicht sein.«

Paula schmunzelte. »Nein, sicher nicht.« Aber sie hatte auch leicht reden, sie war deutlich weniger religiös als Thomas. »Weißt du, ich glaube, du hast genau den richtigen Beruf gewählt. Über die Jahrhunderte sind immer diejenigen Söhne in die Klöster gekommen, die nicht heirateten und Familien gründeten. Die am Heiratsmarkt Unvermittelbaren. Ein paar Freaks, ein paar Buch- und Bildungsjunkies. Da passt du doch genau rein,« grinste sie. Fast musste Thomas auch grinsen und Paula brach das Dach des Doms ab und biss hinein.

»Nach dem Studium verbrachte ich zwei Jahre im Kloster in Rom. Mit päpstlichem Segen und so. Danach kam ich nach Deutschland zurück und hatte meine erste Priesterstelle in Dortmund. Da habe ich dann Leo kennengelernt. Meine erste große Liebe – nach dir!«

»Schon ok, ich hab schon verstanden, dass ich wohl nie eine Chance hatte«, neckte sie ihn.

»Paula … Ach, Paula …« Thomas versuchte, zu lächeln. »Mit Leo habe ich es sogar geschafft, gemeinsam auszugehen und – wie beste Freunde – einen Abend beim Essen oder in einer Bar zu verbringen. Das war schon toll. Ein ganzes Jahr haben wir es miteinander ausgehalten – für die Öffentlichkeit natürlich nur beste Freunde und vor der Kirche natürlich kaum einmal das. Die Gefahr, entdeckt zu werden, war ja immer da ...«

Paula nickte verständnisvoll.

»Das war dann letztlich auch der Grund, warum es dann aus war. Leo wollte, dass ich meine Berufung aufgebe. Aber das konnte ich einfach nicht.«

Paula nickte wieder und machte sich am Wasserkocher zu schaffen.

»Danach bin ich dann weiter nach Nürnberg. Dort lernte ich dann Frederick kennen. Das hielt dann immerhin schon zwei Jahre. Aber auch Nürnberg ist nur ein Dorf und bald hieß es: *Der Priester hat ein Verhältnis. Der Priester hat eine Geliebte. Der Priester hat schon vier Kinder. Der Priester hat schon bei seiner vorigen Stelle Frau und Kinder zurückgelassen. Der Priester hat in Rom schon zwei Kinder gezeugt und Frederick sei mein Sohn.* Und so weiter und so fort ... Die Geschichten, die die Leute erzählten, wurden tatsächlich noch wüster. Immerhin hat keiner die Wahrheit getroffen.« Thomas lachte auf. »Ich hab mich dann wieder versetzen lassen. Bin dann wieder in Hildesheim gelandet. 1980 war das dann.«

»So lange bist du schon wieder zurück ...«

»Ja, und so lange haben wir uns nicht gesehen ...«

»Nun ja, ich bin erst seit zwei Monaten wieder in der Stadt. Zumindest diese kleine Ausrede haben wir, solange wir die Jahre, die ich in Holle gewohnt habe, nicht mitzählen.«

Thomas lächelte traurig. »Jetzt sag noch, dass du gleich um die Ecke wohnst ...«

»Tu ich. In der Keßlerstraße.«

»Ernsthaft?«

»Ja ...«, Paula stimmte in das traurige Lächeln ein.

Thomas seufzte.

»Und wie hast du dann diesen Christian kennengelernt?«

Nun musste er kurz lächeln, als er sich erinnerte. »Das war 2008. Ich war mit Freunden im Limerick essen, du weißt schon, das Lokal heißt heute Goldmarie. Er saß am Tisch gegenüber und es war wie im schlechten Film. Unsere Blicke trafen sich über den Abend immer und immer wieder. Beim Gehen hat er mir dann unauffällig seine Telefonnummer zugeschoben, ohne dass die anderen es bemerkten. Ich bin ewig um den Zettel herumgeschlichen, bis ich dann angerufen habe. Drei Tage später haben wir uns dann getroffen.«

Thomas machte nun das Westwerk samt der Marienstatue dem Schokoladenboden gleich, stand auf und suchte im Wohnzimmer Christians Lieblings-CD, die er vor Monaten hier gelassen hatte. Ironie des Schicksals war's der Soundtrack von *Chocolat.* Er kam zurück in die Küche und legte die CD ein. »Christian fand Johnny Depp in dem Film so *köstlich,* hat er gesagt. *Schade nur, dass* er *immer einen Hetero spielen muss,* meinte er immer.«

»Na das sagt der Richtige, wenn er seiner Frau seit Jahren nicht gestehen konnte, eine schwule Affäre zu haben ... T'schuldigung«, setzte Paula gleich nach, aber Thomas ignorierte den Kommentar. »Ich fand Johnny Depp ja dann in *Charlie und die Schokoladenfabrik* zu schwul«, kommentierte Paula noch.

»Stimmt. Und deutlich zu irre. Schade eigentlich.«

Das Mittelschiff des Doms fiel Paula zum Opfer und Thomas rannen wieder Tränen über die Wangen.

»Herrgott, ich bin Priester ... Ich bin homosexuell, ich hatte einen Geliebten, der jahrelang seine Frau für mich betrogen hat und zum krönenden Abschluss habe ich diese Frau noch fast umgebracht!«

Gerade rechtzeitig war die dritte Kanne Melissentee fertig geworden und Paula schenkte noch mal nach.

»Ich habe so ziemlich alles falsch gemacht, was man in diesem Job falsch machen kann!« Er biss ins Nordparadies und fasste einen Entschluss. »Bitte fahr mich zur Polizei.«

27

Morgens, halb neun in Hildesheim. Messingglöckchen gegen Susi 27:0.

»Tante Paula?«

»Ich bin hier oben!«

Susi bahnte sich ihren Weg durch die frische Lieferung bis unters Dach und fand Paula dabei, wie sie gerade mit den just gelieferten Schokoladen-Presskuchen hantierte.

»Du siehst aus, als hättest du die Nacht durchgemacht.« Susi klang besorgt.

»Habe ich auch«, seufzte Paula und verstaute eine Schachtel mit neuen Schokoladentafelformen unter der edelstählernen Werkbank.

»Ernsthaft?«

»Ja, wirklich.«

»Ok, ich mache uns mal einen Kaffee ... Ich vermute, die Espressoröstung von vorletzter Woche sollte heute gut passen?«

»Hmm.«

Das klang zustimmend genug, also machte sich Susi auf den Weg in den ersten Stock. Sie entrang der Espressomaschine im Gastraum zwei winzige Tässchen schwarzen Goldes und stellte noch einige Kekse dazu. »Zucker und Koffein stehen bereit!«

Paula war in Rekordzeit am Tisch. »Kind, du bist ein Schatz«, seufzte sie, als sie nach der Tasse griff. Sie trank den Espresso in einem Schluck und griff nach einem der Kekse. »Wow, du wirst immer besser mit der Maschine!« Paula lächelte und kaute müde auf dem Gebäck herum.

»Danke!«, strahlte Susi. »Ich wusste, es würde sich noch auszahlen, das *lebensrettende schwarze Gold* zu perfektionieren«, grinste sie.

»Dann hoffe ich mal, dass dein Espresso hält, was du versprichst.«

»Wird er. Ich habe es schon selber ausprobiert und kann dir sagen, er hält gute vier Stunden vor.«

»Wann ... Ach. Ich erinnere mich. Neulich nachts, als ich noch gelesen hatte. Gut, so genau möchte ich es gar nicht wissen.«

Susi schaute verlegen auf ihren Keks und hoffte, dass ihre Tante die leichte Röte an ihren Wangen nicht sah. Sie versuchte es mit einem Ablenkungsmanöver: »Also, was gibt es heute zu tun?«

»Schokolade machen. Die Tafeln gehen zur Neige, wenn die Touristen so weitermachen, sind wir bis Ende der Woche ausverkauft.«

»Klingt doch gut!«

»Ja, schon. Nur bin ich heute eigentlich viel zu müde zum Schokolade machen.«

»Na, das lässt sich ändern. Und abgesehen davon, wollte ich das eh schon die ganze Zeit über lernen. Lässt du mich dir helfen?«

Paula lächelte und ihre rot geränderten Augen blitzen seicht auf. »Gerne, Kind.«

***

Susi füllte gerade die Letzten zwei der neuen Tafelformen, als im Erdgeschoss die Türe geöffnet wurde.

»Ihr werdet nicht glauben, was gerade passiert ist!« Volker stürmte die Treppe in den Dachstuhl des *Bittersweet* hinauf.

Paula und Susi schauten ihn verwirrt an.

»Wir haben den Täter!« Er schaute zu Paula und die beiden tauschten für eine Sekunde einen wissenden Blick. Paula zog es allerdings vor, zu schweigen.

Susi blinzelte, dann schien sie zu begreifen. »Den Mörder von dem Toten im Dom?«, fragte sie vorsichtig.

»Kein Mörder. Wie es aussieht, war es ein Unfall! Gut, sie wird vermutlich wegen fahrlässiger Tötung verknackt, aber immerhin ist der Fall gelöst!«

»Echt jetzt?«, fragte Susi und schaute irritiert.

»Ja, wirklich.«

»Und wie soll sich der Unfall da zugetragen haben? Ich meine, wie kann man versehentlich jemanden erschlagen?«

»Sie hat ihn bedroht. Hat ziemlich mit dem Hammer dabei gefuchtelt, aber dann hat sie ihn wohl wirklich damit erwischt.«

»Aha?« Susi klang skeptisch. »Und wo sind jetzt die Schokoladen?«

»Ach ja ... Die Schokoladen ...« Volker sank grübelnd auf einen der Stühle.

»Also doch noch nicht gelöst, was?« Paula grinste und Volker gab einen recht grantigen Laut von sich. Sie hatte keinerlei Intention ihm zu verraten, dass sie genau wusste, wo sich dic letzte Tafel befunden hatte,

»Hier, nimm erst mal einen Kaffee. Der hilft beim Denken.«

»Naja, zumindest das *fehlende Fundstück* hat sich zwischenzeitlich aufgeklärt.«

»Ach?«, fragte Paula, plötzlich wach und vor allem sehr interessiert.

»Ja, tatsächlich. Da fehlt kein Fundstück. Das Fundstück ist das Loch in der Wand, beziehungsweise das, was sich durch die Mauer hindurchschlängelt.«

»Es *schlängelt* sich etwas durch die Mauer? Volker, du solltest an deinen Metaphern arbeiten ...«

Volker schaute etwas beleidigt, sprach dann aber doch weiter. »Ja, es schlängelt. Der tausend-jährige Rosenstock nämlich.«

»Unter der Mauer? Tanzt der da Limbo oder was?«, fragte Susi spöttisch.

»Möglich, ich konnte ihn bislang noch nicht dazu vernehmen«, konterte Volker bissig.

»Also was ist denn nun mit dem Fundstück?«, unterbrach Paula die Szene.

»Fundstück 732 ist ein Büschel Wurzeln vom Rosenstock, das sich durch die Mauer bis in den Dom vorgegraben hat.«

»Das ist alles?«

»Naja, für die Archäologen war es wohl ganz spannend und die Dom-Gärtner haben jetzt einen kleineren Krieg eröffnet, aber sonst ist es alles, ja.«

»Uh, ein Krieg in der Apsis ... Das ist zumindest mal etwas Neues. Also ... Für dieses Jahrhundert«, kommentierte Susi und biss in einen Keks.

»Naja, so ganz hundertprozentig kommt mir dieser Bischof aber auch immer noch nicht vor«, murmelte Paula und Volker nickte.

»Ich habe nur leider noch keine Ahnung, was er mit der ganzen Sache zu tun hat.«

»Ich weiß es nicht. Er hat die beiden Domschokoladen mitgenommen und als nächstes lässt er mich verhaften, weil ich mich ein wenig in seinem Dom umschaue.« Paula klang beleidigt. »Deswegen so einen Aufstand zu machen? Das ist ja nun wirklich ein wenig übertrieben, oder etwa nicht?«

»Wegen ein paar Schokoladen – Prototypen hin oder her – bringt man ja nun wirklich niemanden um«, meinte Volker und Susi ergänzte: »Es sei denn, es steckt viel mehr dahinter.«

Volker schaute sie schweigend an und griff dann gedankenverloren nach einem Keks. Nach zwei Bissen meinte er: »Du hast vollkommen recht. ... Ich muss los!«

28

»Ich dachte, wir waren uns einig?« Der Bischof presste missmutig die Lippen zusammen.

»Ja. Waren wir. Wir haben vereinbart, über die ganze Sache Stillschweigen zu bewahren, um genau zu sein.«

»Und hat sich für Sie etwas daran geändert?«

»An der Sache nicht, nur an den Umständen. Ich bin nicht damit einverstanden, von der Polizei verhört zu werden. Das war nie Teil der Abmachung!«

»Weil es auch so nie geplant war. Es ist alles leider eine sehr unglückliche Verkettung der Umstände. Mit dem Tod von Christian Albert und der Schokoladenfrau, die erst auf eigene Faust recherchiert und dann in meinem Dom rumschnüffelt, konnte ja niemand rechnen. Das ist leider nun so passiert und wir müssen unser Vorgehen jetzt noch einmal überdenken.«

»Aber es war ausgemacht, dass ...«

»Es ist völlig egal, was ausgemacht war. Die Umstände haben sich geändert und wir müssen uns der neuen Situation anpassen.«

»Sie wollen also einfach von unserer Routine ablassen?«

»Das sagte ich doch gerade.«

»Sie können doch jetzt nicht einfach mit einem neuen Plan daherkommen! Es war vereinbart, dass ...«

»Jetzt vergessen Sie doch bitte einmal, was vereinbart war. Die Situation ist mittlerweile eine völlig andere! Es ist ein Mensch gestorben. Die Polizei ermittelt und Paula Anders ist uns auch bereits unerfreulich nahegekommen. Wir müssen einen neuen Plan erstellen.«

»Es ist ja schön für Sie, wenn Sie so einfach mit neuen Plänen umgehen können. Ich bin für den alten Plan. Der war gut durchdacht und es ist alles genau so wie besprochen vorbereitet und ins Rollen gebracht. Wir müssen nur noch abwarten, dass Christian Albert ...«

»Dass er die Schokoladen-Formen verschwinden lässt?«

»Ja genau, wie es vereinbart war.«

»Er könnte sich höchstens noch mit ihnen beerdigen lassen ...«

Herr Wilke schaute verdutzt.

»Er ist tot, Mann!«

Reinhard Wilke zuckte bei der erhobenen Stimme des Bischofs zusammen. »Ach ja ... Kann nicht jemand seinen Platz einnehmen, dass wir mit dem Plan ...«

»Herrgott, jetzt nerven Sie mich nicht mit dem verdammten Plan! Wie soll das denn bitte gehen?«

»Sie sind doch der Experte, wenn es um Wiederauferstehungen geht ...«

»Ich bin nur Bischof und nicht Gott. Und jetzt brauchen wir ganz dringend einen neuen Plan, wie wir die Sache nun noch in den Griff bekommen.«

29

»Oh Herr, warum hast du mich verlassen?« ... Und warum frage ich mich das nun schon zum zweiten Mal in den letzten Tagen?«

Trübes Licht fiel durch die schmutzige Scheibe vor den Gitterstäben. Der kalte Linoleumboden ließ Thomas frösteln, der barfuß vor der kahlen Wand kniete und ein Stoßgebet ums andere *gen Himmel* schickte. Von nebenan drang barsches Fluchen herein und Thomas zuckte zusammen. Ein weiteres verlorenes Individuum, das den Weg zu Gott vermutlich niemals finden würde.

»Herr, ich habe mich versündigt und suche um Gnade. Bitte erhöre mich! ... Ich habe doch niemandem wehtun wollen!«

Thomas überlegte, wie oft er dies bereits aus unzähligen Sündermündern hatte hören müssen. Kein Wort hatte er ihnen geglaubt. Und nun war er selbst in dieser Situation. Er hatte niemanden verletzen wollen und doch war eine Frau seinethalben im Krankenhaus gelandet. Zumindest war sie nicht tot – entgegen seiner Intention in dem Moment, in dem er ihr an die Gurgel gegangen war, doch das war im Nachhinein betrachtet auch besser so. Wie hatte er sich nur so vergessen können? Bei allem, was er sein Leben lang durchgestanden hatte, weil das Priesteramt ihn dazu gezwungen hatte, all seine Lieben und Leidenschaften aufzugeben oder zumindest geheim zu halten, und doch hatte er sich nie von seiner Berufung freisprechen können. Immer hatte es ihm mehr gegolten als alles andere auf der Welt. Doch jetzt? Es hatte ihn einfach überkommen ... Er hatte keine Chance gehabt ... Er hatte ja niemandem wehtun wollen ... Er kannte alle Ausreden. Er hatte sie alle gehört. Und keine davon jemals geglaubt.

Mit schmerzenden Knien rutschte er ein Stück weiter auf dem kalten Boden, den ersten Sonnenstrahlen nach, die keine Wärme brachten; nur Schatten trübseliger Gitter. Er schaute zu dem einsamen Tisch mit der Bibel darauf. Mühsam stand er auf, nahm das Buch, das ihn sein Leben lang begleitet und geleitet hatte und suchte nach der Stelle, die ihn bislang aus allen Notlagen geführt hatte.

»Des Nachts auf meinem Lager suchte ich ihn, / den meine Seele liebt. / Ich suchte ihn und fand ihn nicht. Aufstehen will ich, die Stadt durchstreifen, / die Gassen und Plätze, / ihn suchen, den meine Seele liebt. Ich suchte ihn und fand ihn nicht. Mich fanden die Wächter / bei ihrer Runde durch die Stadt. Habt ihr ihn gesehen, / den meine Seele liebt?«

Leise weinend sank er gegen die nackte Wand, die Schatten glitten langsam über seine Füße und die Tränen durchtränkten sein Hemd, als plötzlich das Telefon klingelte. Müde drehte er den Kopf und sah den alten, grünen Achtzigerjahre-Wählscheiben-Apparat auf dem Schreibtisch beim Klingeln vibrieren. Auf allen Vieren kroch er zur Telefondose und zog das Kabel heraus.

Stunden später erwachte er auf dem Boden seines Leih-Büros. Die strahlende Frühlingssonne stach ihm bitter in die Augen und er starrte auf das Kabelende in seiner Hand. Kurz überlegte er, wie lange es wohl dauern würde, bis ihn der Tod beim Erhängen endlich erlösen würde ... Mit einem wütenden Schrei schmiss er das Kabel an die Wand. Selbst **das** konnte er nicht. Schon die Tabletten hatten ihn in der vergangenen Nacht nicht erlöst und auch hatte er es nicht fertiggebracht, die Rasierklingen tief genug durch seine Unterarme zu ziehen. Er starrte auf seine bandagierten Arme, versuchte, die rechte Hand in ihrem Verband zu bewegen. Sie schmerzte. Ein Wunder, dass die linke Hand nicht genauso malträtiert aussah. Wie gerädert fühlte er sich, schwach und kalt. Er schaute auf das ziselierte Fenstergitter und verfluchte den blauen, wolkenlosen Himmel. Ein Himmel, den er vermutlich nun nie kennenlernen würde. Zumindest würde ihm in der Hölle nicht mehr kalt sein. Warum nur hatte Paula die Kaution für ihn gestellt? Genützt hatte es nichts, er war ein Gefangener seiner selbst.

30

»Tante Paula?!« Susis Stimme hallte fast durch das kleine Fachwerkhaus und Paula schreckte aus ihrem Halbschlaf auf, in dem sie gerade die letzte Fuhre *Hildesheimer Rose* in die vorbereiteten Schachteln steckte.

»Ja, Kind?«

»Die Kaffeebohnen sind alle eingeräumt. Brauchst du mich hier heute noch oder kommst du den Rest des Nachmittags alleine zurecht?«

»Nein, schon ok. Ich komme gleich runter. Die letzten zwei Stunden schaffe ich schon.«

»Danke, Tante Paula!«

Die Glöckchen klirrten und Susi war aus der Türe, noch bevor sie den Mantel fertig zugeknöpft hatte. Offenbar hatte sie es eilig. Paula vermutete, dass sie sich wieder mit Volker treffen wollte und schmunzelte. Diese Jugend!

Susi lief über den Marktplatz, links am Rathaus und der Hildesheimer Elle vorbei bis zur Lilie, wo Volker sie bereits erwartete.

»Hey, was machst du so früh außerhalb deines Büros?«, rief sie ihm entgegen. »Mit deiner SMS hatte ich wirklich nicht gerechnet.«

»Ich war grad beim Stadtmarketing.«

»Braucht die Polizei jetzt schon ein Marketing?«

»Nein. Aber die Stadt. Offenbar.«

»Da könntest du recht haben.« Susi schaute verdrossen auf die Rückseite des Rathauses. »Und? Was gab es da Spannendes?«

»Ein paar Kreative und einige Beamte, wie auch immer die es dorthin geschafft haben mögen. Überbleibsel von irgendwo …«

»Also nichts Spannendes.«

»Wie man's nimmt. Ich habe da so eine Vermutung, dass der Typ vom Stadtmarketing irgendwie in der Schokoladensache mit drinhängt. Ich weiß nur noch nicht, wie.«

»Dieser Wilde? Oder wie der hieß?«

»Wilke. Wild wird der nur, wenn man ihm den Taschenrechner wegnimmt«, murmelte Volker.

»Auch recht. Und wieso glaubst du das? Dass er mit drinhängt, meine ich.«

»Es ist so ein Gefühl. Und seine Aussagen passen irgendwie nicht so recht zusammen. Ich habe da noch nichts Konkretes.«

»Ach naja, das wirst du schon noch finden, wie ich dich kenne. Also ... Verfrühtes Abendessen?«

»Chapeau oder Amtshaus?«

»Chapeau. Wir sind ja eh schon da.«

Die beiden gingen die restlichen zehn Meter bis in das alte Studentenlokal und fanden einen Platz, der etwas versteckt zwischen voll gehängten Garderoben und Zeitungen rechts vom Eingang lag.

»Übrigens ...«, begann Volker, nachdem beide ihre Getränke bestellt hatten und mit der Speisekarte um eine Entscheidung rangen.

»Ja?«

»Ich hatte ja gehofft, dass bei den Fußabdrücken etwas Brauchbares herauskommen würde.«

»Aber es gibt zu viele?«

»Genau. Keine Chance, bei den zig Fußspuren die des Mörders auszumachen. Wir haben zwar die aufgenommen, die direkt im Umfeld der Leiche waren, aber ich glaube kaum, dass wir mit denen wirklich weiterkommen. Und Schuhgröße zweiundvierzig ist jetzt auch nicht so ungewöhnlich – nicht einmal mehr für Frauen.«

»Hm. Da könntest du recht haben.«

»Ja, genau. Lass mich doch auch mal recht haben. Jetzt, wo wir nicht mehr verheiratet sind ...« Volker hatte es als Scherz gemeint, aber Susi schaute betreten.

»Warum sitzen wir eigentlich hier?«, fragte sie.

»Wie meinst du das?«

»Naja, wir sind nicht mehr verheiratet. Wieso sitzen wir gemeinsam hier und bestellen etwas zu Essen?«

»Weil wir hungrig sind?«

»Volker ...«

»Ja, ich weiß ja, was du meinst. Aber ich vermute, die Antwort bleibt dieselbe. Auf andere Art.«

»So poetisch hab ich dich gar nicht in Erinnerung!«

»Ich hatte jetzt eher auf das Wort *weise* gehofft, aber *poetisch* nehme ich auch.«

Susi musste grinsen. »Und jetzt?«

»Jetzt essen wir erst einmal und dann sehen wir weiter.«

Susi nickte zustimmend. Was auch immer das gerade war oder wurde, es war nicht unangenehm. Es war, was es war. Und das war auch gut so.

***

Sie hatten gerade ihr Essen bestellt, als Volker plötzlich aufhorchte.

»Was ist?«, fragte Susi.

»Die Stimme kenne ich doch.« Volker richtete sich etwas auf und lehnte sich in die Richtung, aus der die Stimme kam.

»Wer ist es?«

»Moment.« Volker lauschte einige Sekunden angestrengt. »Das wirst du jetzt nicht glauben. Der Bischof!«, wisperte er. Vorsichtig schaute er zwischen zwei aufgehängten Jacken hindurch, um sich zu vergewissern. Und tatsächlich saß dort Bischof Anselm und sprach hektisch in sein Mobiltelefon.

»Ach was«, sagte Susi etwas gekränkt. »Und?«

»Ich bin einfach nur neugierig, was er so in seiner Freizeit zu sagen hat.«

»Ach, na dann.« Susi war neugierig genug, um ebenfalls herausfinden zu wollen, was dieser Mensch im Schilde führte. Und wenn er sich nur mit einem Freund treffen wollte, um sich über Fußball zu unterhalten, war ihr das auch recht. Aber was, wenn ...

»Die Suppen«, tönte es plötzlich neben ihnen und Susi schrak zusammen. Schnell räumte sie ihren Schal beiseite und hatte Sekunden später eine kleine Schüssel voll duftender, dampfender Suppe vor sich. Auch Volker sah sehr zufrieden aus und beide löffelten so leise als möglich, um die nächsten Worte des Bischofs nicht zu verpassen.

»Was soll das heißen, Sie haben das Geld nicht bekommen? ... Das sollten wir doch besser persönlich besprechen. ... Ja, am üblichen Ort.« Er legte auf und Susi zog die Augen zusammen. Misstrauisch beäugte sie zwischen den Jacken hindurch die Silhouette des Bischofs, der aufstand, einen Fünfeuroschein auf den Tisch legte und ging.

Volker nickte langsam. »Ich glaube, das wird jetzt ein Job für Brunner. Nach allem, was passiert ist und was wir bereits wissen, ist der Bischof tatverdächtiger Nummer eins. Was wir nicht wissen ist, was der *übliche Ort* ist.«

»Oder die Zeit ...«, warf Susi ein.

»Stimmt. Ich rufe eben Brunner an, sie sollen den Bischof beschatten lassen.«

»Kann dein Kollege das denn nicht gleich selber machen?«

»Können schon, aber den kennt der Bischof ja bereits seit dem Leichenfund. Da macht es mehr Sinn ein kleines Team drauf anzusetzen. Alles Leute, die er nie gesehen hat.«

»Ah, verstehe. Gewieft!«

Volker grinste. »Ja, ganz blöd sind wir bei der Polizei nun auch wieder nicht!«

Susi grinste ebenfalls. »Ich glaube, mich hat er noch nicht gesehen, oder?«

Volker verging das Grinsen sofort wieder. »Was hast du vor?«

»Na, schauen, was der Herr Bischof macht, bis deine Jungs in Stellung sind.« Sie stand auf und griff nach ihrem Mantel. »Du zahlst heute. Ruf mich an, wenn Brunner und Co. bereit sind.«

»Aber ...« Doch Susi war schon aus der Tür und Volker beeilte sich, seine Kollegen an die Strippe zu kriegen. Wenn der Bischof tatsächlich der Mörder war, war mit ihm nicht zu spaßen.

31

Der Bischof verließ das Chapeau und steuerte entschlossenen Schrittes auf das Rathaus zu, überquerte den Marktplatz, bog links ab und stand schließlich vor dem Bronzemodell der historischen Stadt. Von dort aus schaute er die übrigen dreißig Meter zum Zuckerhut und versuchte auszumachen, wo sich wohl diese Hexe in ihrem Zuckerhaus verstecken mochte. Er glaubte, sie im Erdgeschoss gesehen zu haben und tatsächlich kamen kurz darauf mehrere Touristen aus dem kleinen Haus, alle mit den braunen Papiertüten beladen, die den Aufdruck des Bittersweet trugen. Und schemenhaft erkannte er Paula Anders durch die großen Glasfenster, wie sie im Zuckerhut die Treppe in den ersten Stock erklomm. Sie tat so nett und wohlwollend mit ihren Schokoladen und dem Kaffee. Mit all den Köstlichkeiten, mit denen sie der Welt den Kopf verdrehte. Aber er hatte sie durchschaut. Dieses raffinierte Biest hatte dummerweise zuerst ihn durchschaut und eine eindeutige Warnung für ihn hinterlassen. Als was sonst sollte er es auffassen, dass sie die Marienstatue auf die Domschokoladen hatte bringen lassen. In weißer Schokolade! Plakativer ging es ja gar nicht mehr. Ganz so, wie es auf den Plänen für die neue Domfassade dargestellt war. Offenbar wollte sie ihn wissen lassen, dass sie ihm auf die Schliche gekommen war. Sicher würde sie direkt damit zur Polizei gehen. Wobei sie ja nicht weit zu gehen hatte, machte sie doch mit diesem Müller gemeinsame Sache. Der hielt sich ohnehin zu oft hier bei ihr auf. Sie steckten garantiert unter einer Decke. Der Schnüffler und die Hexe. Er würde etwas unternehmen müssen, wenn er aus der Sache noch irgendwie herauskommen wollte. Bald. Sehr bald.

Er machte zwei Schritte rückwärts und lief dabei fast ein Kind um, das auf den Schreck seine angebissene Waffel fallen ließ. Das plötzliche Gebrüll jagte dem Bischof einen Schrecken in die Knochen. Er entschuldigte sich schnell bei der wütend dreinschauenden Mutter und rannte beinahe los. Nur nicht am

Zuckerhut vorbei, sondern den Hohen Weg hinauf Richtung Huckup. Vor diesem blieb er allerdings wie angewurzelt stehen.

»Junge, lat dei Appels stahn,
süs packet deck dei Huckup an.
Dei Huckup is en starken Wicht,
hölt mit dei Stehldeifs bös Gericht.«

Kalt lief es ihm den Rücken herunter und er fühlte förmlich, wie sein eigener Huckup ihm im Nacken saß. Im marmor-weißen Gewand der Jungfrau Maria. Und an allem war nur diese Hexe schuld!

***

Susi beobachtete die Szene aus einiger Entfernung und fragte sich, was nur in den sonst doch ganz gestanden wirkenden Mann gefahren war. Erst stand er ewig an der Ecke zum Andreasplatz und starrte auf das Bittersweet. Dann rannte er fast ein Kind um und erschrak darüber offenbar derart, dass er fluchtartig die Fußgängerzone hinauf lief. Offenbar wollte er nicht am Bittersweet vorbei, obwohl das doch der direkteste Weg zurück zum Dom gewesen wäre. Außer, er wollte gar nicht zum Dom zurück ... Susi zuckte leicht, als ihr Telefon summte. Es war Volker, der fragte, wo sie, und vor allem, wo Bischof Anselm war.

»Er steht vor dem Huckup und sieht aus, als hätte er einen Geist gesehen.«

»Vor dem ...? Egal. Brunner hat drei Leute, die die Überwachung übernehmen. Bleib bitte dran und gib Bescheid, wenn er weitergeht.«

»Und was soll ich dir so lange erzählen?«

»Keine Ahnung. Von mir aus lies mir deine Einkaufsliste vor ...«

»Eier, Milch, Butter ... Das ist albern.«

»Na gut, dann erzähl mir eben, warum du vorhin im Chapeau so eingeschnappt reagiert hast, als ich den Bischof beobachten wollte.«

Susi überlegte einen Moment. »Muss ich dir das jetzt wirklich sagen?«

»Nein, aber es wäre eine willkommene Alternative zum betretenen Schweigen, bis die Kollegen da sind ...«

»Ich hatte gehofft, du hättest an mir mehr Interesse.« So. Jetzt war es heraus und Susi verfluchte sich im nächsten Moment dafür. Durch das Schweigen am anderen Ende wurde das Gefühl auch nicht besser. Zum Glück setzte sich der Bischof genau jetzt wieder in Bewegung. »Er geht weiter«, sagte sie hastig.

»In welche Richtung?«

»Nach links. Er ist auf der Schuhstraße Richtung Hindenburgplatz.«

»Warte einen Moment, der erste Kollege müsste gleich da sein.« Einige Sekunden herrschte Schweigen, dann tockte es in der Leitung. »Susi, das ist der Kollege. Bleib bitte noch kurz dran.«

Einen Moment war es sehr still und Susi versuchte, so unauffällig wie möglich dem Bischof zu folgen. Dann klickte es und Volker war wieder dran.

»Ist er noch immer auf dem Weg zum PVH? Linke Straßenseite? Schwarzer Mantel?«

»Ja, alles davon.«

»Moment.« Wieder sekundenlange Stille. »Ok, der Kollege hat ihn. Er hängt sich jetzt dran. Und du gehst jetzt bitte zurück zum Bittersweet. Ich möchte nicht, dass deine Tante in nächster Zeit irgendwie alleine ist. ... Und du auch nicht.« Die letzten Worte kamen etwas zaghaft und Susi verstand sie nur mit Mühe. Doch ehe sie etwas antworten konnte, war die Leitung bereits tot.

***

Paula saß sinnierend mit den beiden Plastikformen der Domschokoladen in den Händen im Bittersweet, als Susi hereinkam. Sie trottete in den ersten Stock hinauf und ließ sich langsam auf dem Stuhl gegenüber ihrer Tante nieder.

»Kind, was ist denn los? Du schaust ja aus wie sieben Tage Regenwetter!«

»Ach, Tante Paula ... Ich glaube, ich liebe ihn.«

»Aber das ist doch nichts Schlechtes. Gut, für die Erkenntnis hättest du dich nicht scheiden lassen brauchen …«

»Aber er liebt seine Arbeit«, fiel ihr Susi ins Wort. »Er ist nie zu Hause, ständig klingelt sein Arbeitstelefon und mitten in der Nacht muss er raus. Das hat sich ja nicht geändert. Deswegen haben wir uns ja scheiden lassen ...«

Paula stand auf und kramte die gute, geraspelte Trinkschokolade aus dem Schrank.

32

Rita schlug die Augen auf. Vornehmend sah sie weiß, alles war verschwommen und das Licht tat ihr in den Augen weh. Sie versuchte, sich aufzusetzen, aber ein brennender Schmerz tröpfelte durch ihren Arm. Also blieb sie still liegen, bis ihre Umgebung klarer wurde. Nach einer ganzen Weile wurde ihr klar, dass sie in einem Bett mit Geländer lag. Offenbar nicht ihr eigenes Bett. Als sie den Schlauch erkannte, der in einer Nadel in ihrer Armbeuge endete, begriff sie.

Eine Krankenschwester kam herein und machte sich an dem Infusionsständer mit den zwei Beuteln mit durchsichtiger Flüssigkeit zu schaffen. »Ah, Sie sind wach. Na wunderbar. Wie geht es Ihnen?«

Rita krächzte; ihr Hals war ganz trocken.

»Ich hole Ihnen mal etwas zu trinken. Bin gleich wieder da.«

Die Schwester verließ den Raum und kam einen Moment später mit einer Schnabeltasse zurück. Rita hob die Augenbrauen. Aber sie war durstig genug, dass es ihr eigentlich egal war, woraus sie trank.

»Nein, bleiben Sie liegen. Sie haben eine schwere Schädelverletzung. Lassen Sie es langsam angehen.«

Rita nahm zittrig die Tasse und versuchte, den Schnabel an den Mund zu bekommen. Beim dritten Versuch klappte es und sie schluckte langsam, damit ihre Kehle ihren staubtrockenen Zustand ablegte. Sie hustete leicht und räusperte sich. Nach ein paar weiteren Schlucken fand sie endlich ihre Sprache wieder. »Danke.« Ihre Stimme klang noch sehr kratzig, aber immerhin war sie in der Lage, sich zu verständigen. Der Tag wurde besser.

»Bitte gerne. Also, wie geht es Ihnen?«

»Ich bin nicht sicher, was passiert ist ... Und mein Arm tut mir weh.«

»Ihr Arm?« Die Schwester schaute sich beide Arme an, dann schlussfolgerte sie: »Sie haben versucht, sich aufzusetzen, richtig? Ich vermute, Sie haben sich nur die Infusionsnadel etwas weiter eingedrückt. Können Sie wohl auch weiterhin mit der Schnabeltasse trinken?«

Rita nickte.

»Ok, dann kann der Tropf ab. Das eine ist nur Kochsalzlösung, damit Sie uns hier nicht dehydrieren. Das andere ist ein Schmerzmittel, aber das muss ohnehin der Herr Doktor entscheiden, was Sie jetzt bekommen, wo Sie jetzt wach sind.« Die Schwester entfernte die Nadel aus Ritas Arm. »Besser?«

Rita nickte erneut und die Schwester drückte einen Tupfer auf die winzige Einstichöffnung in Ritas Arm und bedeutete ihr, damit weiterzumachen, während sie ein Pflaster holte. Als sie wieder da war, fragte Rita: »Und was genau ist passiert?«

»Sie wurden vor vier Tagen mit einer schweren Schädelverletzung eingeliefert. Können Sie sich an irgendetwas erinnern?« Die Würgemale an Ritas Hals ließ die Schwester vorerst aus. Erfahrungsgemäß brachte es nichts Gutes, Patienten, die mit Gedächtnisverlust aufwachten, auch noch in Panik zu versetzen.

Rita kramte in ihrer Erinnerung. Sie war daheim gewesen, hatte Tee gekocht, es klingelte an der Tür, ... und dann kamen die Schatten. Bedrückt schüttelte sie den Kopf.

»Na gut, das ist ganz normal. Sie haben, wie gesagt, eine schwere Kopfverletzung. Die Erinnerungen werden sicher wiederkommen. Und jetzt ruhen Sie sich noch etwas aus. Noch wirken die Schmerzmittel aus dem Tropf. Ich schicke aber gleich den Herrn Doktor zu Ihnen, dass er sich Ihren Kopf gleich noch einmal ansieht.«

»Danke. Darf ich noch etwas Wasser haben?«

»Aber natürlich.«

»Und ... Welcher Tag ist heute eigentlich?«

»Donnerstag. Es ist Donnerstag.«

***

Rita hatte mittlerweile das Fenster samt dem dahinterliegenden Regenwetter ausgemacht und starrte hinaus, ohne recht etwas zu sehen, als schließlich der Arzt ins Zimmer kam.

»Frau Albert. Wie geht es Ihnen?«

»Herr Doktor ... Ich ... Ich weiß nicht recht. Ich fühle mich etwas benommen. Und ich weiß nicht, was passiert ist.«

»Ja gut, das ist in Ihrem Zustand auch ganz normal, da müssen Sie sich keine Sorgen machen.«

Rita lief es kalt den Rücken hinunter. Jedes Mal, wenn jemand sagte, man müsse sich keine Sorgen machen, war das üblicherweise der Zeitpunkt, wo man sich ganz sicher Sorgen machen sollte. »Was ist denn nun passiert?«

»Sie wurden am Sonntagabend hier mit einem Schädeltrauma und einer großen Platzwunde eingeliefert. Beim Röntgen wurde dann eine seitliche Fraktur des Schädels festgestellt, aber nichts Schlimmes, es ist alles noch da, wo es sein sollte. Es wird nur eine Weile dauern und noch einmal sollten Sie in nächster Zeit nicht auf den Kopf fallen. Also mal eine Weile kein Fahrradfahren, kein Kampfsport, keine Inlineskater und so weiter. Aber erst einmal müssen Sie wieder so weit fit werden, dass sie hier auf Ihren eigenen zwei Beinen rausgehen können. Dann sehen wir weiter.«

Rita schaute den Arzt fragend an. Sie hatte wirklich keine Ahnung, wie sie sich den Kopf hatte derart anhauen können, dass sie sich den Schädel gebrochen hatte.

»Ich weiß leider auch nicht mehr. Aber ein Herr Müller von der Polizei war zweimal hier und hat nach Ihnen gefragt.«

Rita wurde etwas blasser als sie ohnehin schon war. »Die Polizei war hier?« *... Oh mein Gott, sie haben mich gefunden,* dachte Rita und sie spürte, wie ihr Puls in die Höhe ging und ihr schwindelig wurde. *Jetzt ist alles aus. Ich gehe ins Gefängnis ...*

»Ja, er hat sich offenbar Sorgen um Sie gemacht. Leider hat er mir auch nicht gesagt, was zu Ihrer Verletzung geführt hat. Tut mir leid. Aber ich gehe davon aus, dass Sie sich in ein paar Tagen von ganz alleine daran erinnern werden. Das geschieht oft genug, dass die Erinnerung bei weniger schweren Verletzungen wiederkehrt.« Er stand auf und ging zur Tür. »Ach ja, eine Weile werden Sie vermutlich noch Schmerzmittel nötig haben. Aber da wird es auch ein Präparat zum Einnehmen tun. Sie müssen also nicht mehr an den Tropf.«

Rita lächelte schmal.

***

Volkers Mobiltelefon schrillte los und er war froh, dass er nicht die Überwachung des Bischofs übernommen hatte, sonst wäre er spätestens jetzt aufgeflogen. Dafür hatte er einfach kein Talent. Er kramte in seiner Manteltasche nach dem Gerät und meldete sich schließlich. »Müller?«

»Ja, hier Doktor Franzens vom Bernward-Krankenhaus. Frau Albert ist wach.«

»Wirklich? Das ist ja hervorragend. Kann sie sich an irgendetwas erinnern?«

»Momentan leider nicht. Zumindest sagt sie das. Allerdings war sie sehr beunruhigt, als ich Sie erwähnte.«

»So? Nun ja, ich vermute, jeder ist beunruhigt, wenn die Polizei vor der Tür steht. Wie auch immer. Herzlichen Dank für den Anruf, ich mache mich gleich auf den Weg zu Ihnen.«

Ohne eine Antwort abzuwarten legte er auf und wählte sofort Brunners Nummer, um einen weiteren Kollegen anzufordern, der im Krankenhaus auf Rita Albert aufpassen sollte – sowohl darauf, dass sie nicht stiften ging, als auch, dass sie dem Mörder ihres Mannes nicht in die Finger kam. Momentan waren hier einfach zu viele mögliche Täter unterwegs. Entweder sie selbst, der Bischof, der Wilke vom Stadtmarketing oder doch noch jemand ganz anderer?

***

Rita versuchte, sich endlich aufzusetzen. Ihr hehres Ziel: abhauen. Aber ihr Kopf explodierte fast, als sie sich endlich in eine sitzende Position gestemmt hatte und ihr wurde schrecklich schlecht. Alleine beim Gedanken daran, ihre Füße über die Bettkante zu bringen, musste sie würgen. Vor allem war auf der linken Seite noch der ausgeklappte Nachttisch im Weg und auf der rechten war noch immer das Geländer hochgeklappt, sodass sie nicht herausfallen – oder auch nur einfach aus dem Bett steigen konnte. Sie versuchte, den Nachttisch wegzuschieben, und scheiterte. Schließlich gestand sie sich ein, dass sie momentan viel zu schwach war, um davonzulaufen. Sie wüsste ja zugegebenermaßen nicht einmal, wohin. Langsam ließ sie sich wieder auf ihr Kissen nieder. Fast sofort hörte die Welt auf, sich zu drehen, und die Übelkeit ließ nach. Zittrig fingerte sie nach der Schnabeltasse auf dem Nachttisch und nahm einige Schlucke Wasser. Als sie gerade dabei war, die Tasse zurückzustellen, ging die Tür auf und Volker kam ins Zimmer.

»Frau Albert, ich bin froh, dass es Ihnen besser geht. Das tut es doch, oder?«

»Wieso fragen mich das alle? Ich liege mit einem gebrochenen Schädel im Krankenhaus und trinke Wasser aus einer Schnabeltasse. Wie soll es mir da gehen?«

»Offenbar gut genug, dass sie immerhin selbst aus der Tasse trinken und sich darüber beschweren können«, konterte Volker und Rita war für einen Moment sprachlos. »Können Sie mir verraten, was passiert ist, ehe Sie hierher gebracht wurden?«

»Sie meinen, ob ich weiß, was passiert ist und wer mir eine übergezogen hat?«

»So in etwa.«

»Nein, tut mir leid. Ehrlich gesagt, wüsste ich das ja selber gerne.«

Volker nickte und war sich nicht so sicher, ob sie das wirklich wissen wollte. Offenbar hatte man ihr hier auch schon ihren ziemlich mitgenommen aussehenden Hals verschwiegen. Er hoffte, dass es noch einige Tage dauern würde, ehe sie zu einem Spiegel gehen konnte. Dann schätzte er kurz ab, ob Rita für die folgende Frage wohl fit genug wäre und einigte sich mit sich selbst auf *ja*.

»Frau Albert, sagt Ihnen der Name *Pater Thomas* etwas?«

Rita wurde blass und Volker war auf ihre Reaktion absolut nicht vorbereitet gewesen.

***

In Ritas Kopf schien ein irres Kaleidoskop mit Bildern der letzten Stunden, Monate und Jahre zu zerbersten. Obwohl sie flach im Bett lag, schien es ihr, als würde sie wanken. Taumelnd stieß sie gegen Thomas, wie er – der beste Freund – mit Christian ein Bier trank. Wie die Kugel in einem Flipperautomaten schoss sie weiter zu einer Erinnerung, wie sie alle drei zusammen in ihrer Wohnung *Nightmare on Elmstreet* sahen. Wieder weiter.

Sie drei gemeinsam beim Spazierengehen am Galgenberg. Und weiter. Thomas an ihrem Tisch, wie er Tee trank. Sie schlingerte weiter zu einem Erinnerungsfetzen seiner langen Hände, die sich um ihren Hals schlossen. Und weiter, wie er über ihr stand, das Gesicht verzerrt zu einer Fratze ... Rita übergab sich. Es kam nur Wasser. Und Tränen.

Volker stürzte zum Summer, um eine Schwester zu holen. Er drückte mehrfach, ließ den Summer fallen, lief zur Tür und rief nach Doktor Franzens. Er brüllte fast die ganze Station zusammen, bis endlich jemand kam. Rita wurde aufgesetzt, eine Schwester hielt sie fest, bis die Würgekrämpfe endlich abebbten.

Doktor Franzens schaute Volker wütend an. »Was haben Sie ihr gesagt?«

»Nichts. Wirklich. Ich habe sie nur gefragt, ob sie einen bestimmten Namen kennt. Ich deute ihre Reaktion als *ja.*«

»Möglich. Aber es kann auch Zufall gewesen sein. Ich würde mich jetzt nicht darauf verlassen, dass das ein eindeutiges Zeichen ist.«

»Das wären mir dann eindeutig zu viele Zufälle. Aber Sie haben schon recht. Außerdem wäre es auch sehr verwunderlich, wenn sie den Pfarrer aus der Kirche, für die ihr Mann gearbeitet hat, nicht kennen würde.«

»Ah, der Bischof Anselm? Der war auch bereits mehrfach hier und hat sich nach ihr erkundigt.«

Jetzt war es an Volker, die Gesichtsfarbe zu wechseln.

***

»Brunner! Wo bleibt ihr Mann für die Bewachung von Rita Albert?!«, brüllte er nur zwei Minuten später in sein Mobiltelefon, so lange hatte es gedauert, aus dem Zimmer und dann vor den Eingang des Krankenhauses zu rennen. Volker war aufgebracht. Womöglich waren Menschenleben in Gefahr.

33

Brunner legte den Hörer auf. Sein Mann an der Front hatte berichtet, dass nichts Außergewöhnliches vorgefallen sei. Der Bischof war nach Hause gegangen und dort geblieben. Zwischendrin hatte er mit seinem Mobiltelefon am Ohr aus dem Fenster gesehen, leider hatte bislang allerdings niemand die Genehmigung gegeben, seine Telefonate abzuhören. Brunner lehnte sich zurück und grübelte einen Moment. Schließlich rief er Volker an.

***

Paula wunderte sich über eine Ansammlung von Einsatzwagen vor der Andreaskirche, als sie am Morgen nach einem Umweg über die Bank zwecks Wechselgeld beim Zuckerhut eintraf. Susi hockte völlig verstört auf den Stufen zum ersten Stock und wühlte mit den Händen in ihren Haaren. Oben waren zwei Männer der Spurensicherung zugange, einer im ersten Stock bei den Tischen, der andere im zweiten beim Röster und der Werkbank. Kommissar Brunner stand in der Tür und telefonierte und eine Reihe weiterer Beamter suchten den Andreasplatz und die schmale Straße zum Hohen Weg ab.

»Was ist denn hier los?!« Paula war zwischen Entsetzen und Entrüstung hin- und hergerissen. Schon beim Reinkommen sah Paula, dass hier etwas ganz und gar nicht stimmte. Der Platz hinter dem kleinen Verkaufstresen gleich gegenüber der Eingangstür sah aus, als hätte eine Bombe eingeschlagen. Der Inhalt des Schränkchens unter der Tischplatte – Papierrollen für die Kasse, Stifte, Stempel, Papier- und Cellophantüten, Geschenkpapier, Klebeband, Logo-Aufkleber, allerhand Visitenkarten von Menschen aus aller Welt und diverses Kleinzeug, das sich in den letzten Monaten hier angesammelt hatte, lag am Boden verstreut. Die Schokoladen waren aus den Regalen verräumt, ein ganzes Teil lag am Boden. Ganz offenbar hatte jemand hier etwas gesucht.

»Es wurde eingebrochen«, erklärte Susi, die am Rande ihrer Nerven angekommen war.

»Wozu das denn? Ich habe Schokolade und Kaffee und keine fünfzig Euro in der Kasse, die leere ich doch abends immer aus und bringe das Geld gleich zur Bank.« Paula verstand die Welt nicht mehr.

Just in dem Moment rief der Beamte aus dem zweiten Stock: »Ich habe hier etwas!«

»Ich komme hoch!«, riefen Paula und Brunner zugleich und beide schauten sich an.

»Nach Ihnen,« ließ er Paula den Vortritt. »Aber fassen Sie das Geländer nicht an, da haben die Kollegen gerade erst frisch gepinselt.«

Paula erinnerte sich an das eklige Staubzeug, mit dem die Polizei Fingerabdrücke suchte und sicherstellte, und steckte die Hände tief in ihre Manteltaschen.

Im ersten Stock sah es nicht besser aus. Der Unterschrank unter der Kaffeemaschine war ausgeräumt worden, einige Tassen waren dabei zu Bruch gegangen und sämtliche Dosen und Schachteln lagen geöffnet herum. Auch die kleinen Regale an den Wänden waren leer und Schokoladen und Dekorationen lagen, wo immer sie der Schwerkraft erlegen waren.

Im zweiten Stock angekommen sah sie sofort, dass auch hier jemand gewütet hatte. Die Kaffeebohnensäcke waren umgeschmissen und wohl auch durchwühlt worden. Die beiden Trockenständer mit den zig Einschüben für die Bleche, auf denen die gefüllten Schokoladengussformen zum Aushärten normalerweise ruhten, waren hervorgezogen und sämtliche Bleche auf die Werkbank geworfen worden. Zum Glück hatte Paula es am Tag zuvor nicht mehr geschafft, Schokolade zu machen, sonst wäre die gesamte Tagesproduktion dahin gewesen. Aber dann sah Paula, was der Beamte hier oben wohl gemeint hatte: Der Schrank unter der Edelstahlwerkbank war aufgebrochen worden. Schlagartig begriff sie. »Die Domschokoladen!«

»Ah, Sie wissen also schon, was weggekommen ist?«

»Oh ja. So langsam wird das aber schon skurril. Bitte wer bricht ein für drei Tafeln Schokolade? Ich meine, da war doch nichts weiter ... Oh.«

»Was war noch in dem Schrank«, fragte Brunner.

»All meine Gussformen. Also ... Fast alle.« Sie kramte in ihrer Handtasche, die noch immer über ihrer Schulter hing, und zog die beiden Domformen hervor.

»Sie meinen die für die Schokolade, richtig?«

»Ja, genau.«

Volker war gerade im Dachgeschoss angekommen und stellte sich zu Paula. Auch er schaute auf die Schranktür, die traurig in den Angeln hing. »Waren da die Domschokoladen drin?«

»Allerdings.«

»Aber genau die beiden Formen hatten Sie bei sich?« Brunners Stimme klang skeptisch.

»Die habe ich gestern Abend in meine Handtasche gepackt. Ich hatte beide herausgenommen und bis nach Feierabend darüber nachgegrübelt, wo das Problem an den Schokoladen ist. Die noch nicht ganz perfekten Kanten können es ja kaum sein.«

»Und wieso hattest du sie bei dir?«

»Ich wollte einfach nicht mehr hochgehen und hier unten liegen lassen wollte ich sie auch nicht bei all dem Wirbel.«

»Oh Gott, Tante Paula! Was, wenn wer auch immer hier eingebrochen hat, dich gesehen hätte, wie du sie einsteckst!« Susi war den beiden ins Dachgeschoss gefolgt.

Paula biss sich auf die Lippen und auch Volker schaute etwas betreten drein. Dann schüttelte Paula entschlossen den Kopf.

»Ach quatsch. Nur weil jemand einbricht, muss er nicht auch jemanden überfallen.« Sie gab sich alle Mühe, an das zu glauben, was sie sagte.

»Ok, es reicht. Ihr bekommt hier jetzt Polizeischutz«, konstatierte Volker.

»Ach, so ein Blödsinn. Erstens haben sie schon alles mitgenommen und zweitens, wo wollen sich deine Kollegen denn hier verstecken? Soll ich immer einen oben im Gastraum sitzen haben? Tag und Nacht?«

»Bis auf die Domformen ...«, kommentierte Susi kleinlaut.

»Gut, die gibst du jetzt am besten einfach mir. Ich schließe sie bei uns in die Asservatenkammer ein, bis dieser Spuk hier vorüber ist.«

Paula schaute die beiden milchig-weißen Plastikteile noch

einmal an, legte sie übereinander und gab sie Volker, der sich vom Kollegen der Spurensicherung eine Plastiktüte dafür geben ließ. Gut verpackt wanderten sie dann in die Innentasche seiner Jacke.

»Und ich möchte trotzdem, dass die Kollegen euch im Auge behalten. Das wird hier langsam gefährlich bei euch. Wer weiß, was als nächstes passiert!?«

»Ist ja gut. Ich wollte schon immer mal meinen halben Gastraum voll Polizisten haben.«

»Da passen doch eh nur vier Leute rein.«

»Ja eben.«

»Tante Paula?«

»Was denn, mein Kind?«

»Gestern sind doch noch eine ganze Menge *Hildesheimer Rosen‹* und auch fast alle von den Sondertafeln weggekommen ...«

»Ja, aber die Einnahmen hab ich doch eh in den Nachttresor gebracht. So wie jeden Abend.«

»Ja, das schon. Aber ... Was mit den ausgestellten Schokoladen passiert ist, siehst du ja. Wir brauchen neue Schokoladen, sonst ist an einem Tag der Laden leer.«

»Ach du liebe Güte! Du hast ja vollkommen recht!«

»Und jetzt?«

»Jetzt werden wir uns etwas einfallen lassen.«

Paula ging vor zum Treppengeländer und rief dem Beamten im Gastraum zu: »Sind Sie schon fertig mit Ihren Spuren?«

»Fast. Warum?«

»Ok, anders gefragt: Sind Sie mit der Kaffeemaschine schon durch?«

Volker musste grinsen. Einige Dinge änderten sich auch in Krisensituationen nie.

***

Zwei Stunden später hatte die Polizei alles protokolliert, was es zu protokollieren gab und die Versicherung hatte bereits alle Unterlagen bekommen. Ärgerlicher Papierkram, aber so ohne Gussformen Schokolade machen, war eine noch ganz andere

Herausforderung. Susi hatte alle heruntergefallenen Schokoladen kontrolliert. Einige waren mit neuen Schachteln zu retten, andere waren gebrochen. Susi hatte vorgeschlagen, einen Abverkaufsständer herzurichten, damit sie die Schokoladen wenigstens nicht wegwerfen mussten; schlimm genug, dass die Säcke mit den Kaffeebohnen vermutlich entsorgt werden mussten. Schließlich konnten sie gerade ja nicht sicher sein, dass nicht noch jemand Gift hineingeworfen hatte. Volker hatte Willi Brandt angerufen und ihn um einen Gefallen gebeten, die Bohnen zu untersuchen. Aber danach würde Paula sie wohl nicht mehr verwenden dürfen. Zumindest die bereits gerösteten nicht. Eine Schande! Den Sachschaden würde schon die Versicherung zahlen. Aber es kostete einfach Zeit, den Laden wieder zu bestücken. Für heute jedenfalls war das Bittersweet geschlossen. Susi telefonierte sämtliche Lieferanten durch um Nachschub zu bestellen, etikettierte die Schokoladen für den Abverkaufsständer mit neuen Preisen und räumte, so gut es ging, alles wieder dort hin, wo es hergekommen war.

Paula suchte sich derweil in der Haushalts- und Backwarenabteilung des nahe gelegenen Kaufhauses alles zusammen, was sie an kleinen Formen fand. Je zwei Pralinen- und Eiswürfelformen aus Silikon, eine Blätterform, die eigentlich für Marzipan oder Zuckerguss gedacht war und eine Ansammlung kleiner Schüsseln und sonstiger Gefäße, die den Eindruck vermittelten, dass sie der Schokolade eine nette Form verpassen und sie nach dem Aushärten auch unbeschadet wieder freigeben würden. Dazu eine Ansammlung verschiedener bunter Bänder und Cellophantüten. Jetzt war Kreativität gefragt.

34

Reinhardt Wilke legte auf. Er hatte klare Anweisungen bekommen, was zu tun sei. Diese widersprachen zwar dem üblichen Vorgehen – was ihm schon aus Prinzip missfiel – aber immerhin wusste er nun wieder, was zu tun war. Er konnte es gar nicht leiden, wenn sich Dinge änderten. Das brachte die Ordnung jedes Mal völlig durcheinander. Normalerweise hätte er jetzt, wie jedes Mal, wenn ein Auftrag hereinkam, eine Auftragsbestätigung geschrieben. Heute waren es Werbeflyer für den Domshop, der auch trotz der Renovierungsarbeiten weiterhin geöffnet hatte. Zehntausend Stück waren geordert worden. Normalerweise hieß das, dass er eine Rechnung über diese Anzahl schreiben würde, gefolgt von einem Auftrag für die Druckerei über fünftausend Stück. Den Betrag für die georderten zehntausend Flyer hatte er, wie immer am Morgen bereits in bar erhalten. So würde er auch die Druckerei bezahlen, einen Teil für sich behalten und den Rest in einem Umschlag zurückgeben, wenn die Flyer abgeholt würden. Eine Hand wäscht die andere, hieß das. Das System hatte sich bewährt, mit diesem Vorgehen kannte er sich aus. Und warum der Bischof ständig so viel Bargeld bei sich hatte, hatte Herr Wilke vor einer Weile einmal in Erfahrung gebracht. Aber er hatte es dem Bischof nicht auf die Nase gebunden. Bis vor ein paar Wochen ... Für ihn zählte nur, was am Ende dabei herumkam: Am Monatsende der ein oder andere Waggon für seine H0-Eisenbahn, die seine ganze freie Zeit einnahm. Vor einer Weile hatte er damit angefangen, elektronische Steuerungen einzubauen. Digirail sei Dank, hatten die zwei Zimmer seiner Wohnung, die er sonst nie nutzte, seit Kurzem ein strombetriebenes Eigenleben bekommen. Jetzt machte es auch wieder Sinn, ab und an in das Gästezimmer oder sogar das Wohnzimmer zu schauen. Herr Wilke lächelte beim Gedanken an die kleinen Schranken, die sich schlossen und die Weichen, die sich stellten, sobald er die Wohnungstür öffnete. Wenn er seine Schuhe auszog, fuhr pünktlich der Zug mit seiner Lesebrille los und erwartete ihn bereits, wenn er an seinem Basteltisch ankam. So war die Welt in Ordnung. Genau getaktet und berechenbar. Uhren hätte er noch sammeln können, aber es machte ihn nervös, wenn eine Uhr falsch ging. In seiner Welt – Größe H0 – war die einzige Katastrophe ein Stromausfall. Aber er hatte vorgesorgt und sich im letzten Winter ein Notstromaggregat zugelegt. Bislang hatte er es noch nie gebraucht und er war sich auch nicht so sicher, wo er das Gerät vor seiner Wohnung unauffällig platzieren könnte, aber ihm würde schon etwas einfallen, wenn es sein musste.

Momentan musste allerdings etwas anderes sein und er verlor sein Lächeln gleich wieder, als er den ersten *korrekten* Auftrag seit Jahren an die Druckerei schickte. Zehntausend Flyer. Offenbar hatte der Bischof die Hosen voll, mit seiner Leiche im Keller nun auch noch dabei erwischt zu werden, wie er Kirchgeld in seine eigene Tasche beförderte. Aber die Polizei würde sicher bald den Mörder finden und dann konnte er, Reinhardt Wilke, endlich wieder auf die nächste Lok sparen. Und im Zweifelsfall wäre ein weiteres kleines Schweigegeld sicher auch noch eine Option. Es war alles nur eine Sache der ordentlichen Planung.

35

Thomas saß in die Luft starrend auf der Bettkante. Er hatte seit Tagen nicht geduscht und der Bart kratzte. Das Telefon hatte er rausgezogen und sein Handy abgeschaltet, die Post ignoriert, ebenso wie die Türklingel. Er hatte keine Ahnung, wer wie oft versucht hatte, ihn zu erreichen und es war ihm auch herzlich egal. Sein Leben war vorbei. Seine Karriere sowieso. Wieso genau schaffte er es noch nicht mal, sich einfach selbst der Ewigkeit zu überantworten? Wenn er es sich eingestehen wollte, dann deshalb, weil er eine Höllenangst hatte – im Wortsinn. Früher hatte er nie Angst gehabt vor dem Tod. Vor dem Sterben vielleicht, aber er war sich immer sicher gewesen, bei Gott einen sicheren Platz für die Ewigkeit zu bekommen. Also ... fast sicher. Nach so mancher kurzen Nacht in Christians Armen war er am Morgen doch ins Grübeln geraten, ob ein Mensch mit seinen Neigungen tatsächlich vor der Himmelspforte verstoßen würde. Aber so ergeben er der Kirche auch sonst war, in dem Punkt galt ihm sein persönlicher Glaube mehr als die Dogmen, die der Papst vertrat. Aber jetzt? Mittlerweile hatte er die über die Jahrhunderte so sauber zusammengestellte Liste an Todsünden und Verfehlungen nahezu minutiös abgearbeitet. Da konnte Gott auch noch so gütig sein, den verlorenen Sohn noch so oft wieder zurückkommen lassen. Jetzt glaubte Thomas nicht mehr daran, noch irgendwie bei Gott willkommen zu sein. Nach dessen Bilde erschaffen hin oder her. Was sollte er nur mit seinem Leben anstellen? Er hatte keinen Plan B für eine Berufswahl, hatte nie einen gehabt. Thomas stand auf, ging ins Bad und ließ das Wasser laufen. Wenn er schon nicht sterben konnte, dann musste er wohl oder übel leben und seinen Tod Gott und der Welt überlassen.

Nach dem Duschen und einer ausgiebigen Rasur fühlte er sich bedeutend besser. Er traute sich sogar bis zur Tür, schloss sie auf und nutzte den Anflug von Mut, um auch den Postkasten zu leeren. Ein Dutzend Briefe und eine ganze Menge mehr an

Werbeprospekten und Zeitungen quollen ihm entgegen. Ganz oben auf die neueste Tageszeitung. Auf dem Titelblatt prangte ein Foto des Zuckerhuts und daneben die Schlagzeile: *Einbruch im süßesten Fachwerkhaus der Welt. Beute: die Schokoladenformen. In der Nacht zum Dienstag wurde in den im Umgestülpten Zuckerhut residierenden Feinkostladen* ***Bittersweet*** *eingebrochen. Die unbekannten Täter hinterließen außer großem Chaos und zig zerschlagenen Schokoladen keine verwertbaren Spuren. Offenbar waren Profis am Werk, die es ausschließlich auf die Gussformen der Schokoladenmanufaktur abgesehen hatten. Ein Coup, der sich im* ***Formgebung,*** *einem Kleinbetrieb für Gussformen in Sarstedt in derselben Nacht wiederholte. Auch hier fehlt von den Einbrechern jede Spur. Die Polizei bittet um Ihre Mithilfe ...«*

Thomas begriff sofort und der ganze Stapel Papier fiel ihm aus der Hand.

36

»Ja genau. Vorsichtig weiterrühren.« Paula sah Susi über die Schulter, die gerade das Kokosfett zergehen ließ. »So hat unsere Mutter damals Schokolade gemacht. Es gab ja nichts nach dem Krieg. Wir haben gefroren, hatten kratzige Wollsocken, aber Schokolade gab es immer, auch wenn es sonst nichts gab. Am besten schmeckt sie mit Kokosfett, finde ich. Keine Ahnung, wo sie das damals aufgetrieben hat, aber sie war da recht erfinderisch, was sie, mit wem tauschen musste, um an die guten Sachen zu kommen. Und jetzt den Puderzucker hineinsieben.«

Susi nahm den Puderzucker und siebte los.

»Und zwischendrin immer wieder gleich einrühren, damit es nicht klumpt.«

»Jawohl.« Susi grinste und rührte.

»Ja, das reicht erst mal. Jetzt den Kakao und dann sehen wir, ob wir noch mehr Zucker brauchen. Im Zweifelsfall ist weniger mehr.«

Susi siebte den Kakao in den Schmelztopf, rührte um und siebte weiter. Die Masse unter ihrem Löffel wurde langsam dicker und dunkler. Paula steckte einen kleinen Löffel hinein und probierte.

»Ein klein bisschen mehr Kakao noch. Zucker brauchen wir keinen mehr.«

Susi siebte abermals und rührte die staubig-matte Oberfläche gleich darauf wieder um.

Paula stecke erneut einen Löffel in die dunkel-glänzende Masse, probierte und nickte schließlich.

»Passt. Gleich in die Blätterformen damit. Und dann machen wir noch Trinkschokoladen am Stiel und ein paar Tafeln.«

Als sie gerade die letzte Form in den Trockenständer schoben, schepperten an der Eingangstür die Messingglocken und gleich darauf wieder, als die Tür mit einem lauten Krachen wieder zuschlug. Paula und Susi erstarrten und der Zivilbeamte im ersten

Stock sprang auf und der Stuhl, auf dem er gesessen hatte, fiel polternd nach hinten um. Er versuchte, den Mann zu packen, der soeben an ihm vorüber hastete.

»Halt, Polizei! Bleiben Sie stehen! Wer sind Sie überhaupt?«

»Lassen Sie mich los!«

Paula horchte auf. Die Stimme kannte sie. »Thomas!«

»Sie kennen den Mann?«, fragte der Beamte vorsichtig.

»Ja! Ja, natürlich. Lassen Sie ihn bitte los.«

Misstrauisch musterte der Beamte Thomas, der ohne seinen Kragen in Jeans und Hemd wie jedermann aussah. Also auch wie ein potenzieller Einbrecher. Schließlich ließ er ihn gehen und Thomas eilte die nächsten Stufen hinauf ins Dachgeschoss.

»Paula! Dem Himmel sei Dank, es geht dir gut!«

»Ja aber sicher. Warum sollte es mir nicht gut gehen?« Sie sah ihn verwirrt an.

Thomas zog den Zeitungsartikel aus der Manteltasche. »Deswegen?«

»Ach so, ja. Das ist ja schon wieder ewig her ...«

»Tante Paula, du verharmlost das schon wieder. Immerhin ...«

»Immerhin sind laut dem Artikel sämtliche Gussformen gestohlen worden!«, ergänzte Thomas.

»Richtig. Und die letzten Domschokoladen sind auch weg.«

»Ich wusste es!«

Susi stutzte. Woher wusste der Mann von den Schokoladen? »Sagen Sie mal ...« Sie musterte ihn von oben bis unten. »Thomas?«

»Ja richtig. Ihre Tante und ich, wir kennen uns schon sehr lange.«

»Aber Sie tragen ja gar keinen Kragen?«

»Ich bin ...«

»Er ist momentan offenbar nicht im Dienst«, warf Paula ein im Versuch, die Situation zu retten.

»Sind Priester nicht immer im Dienst?«

»Papperlapapp, Ärzte tragen auch nicht vierundzwanzig Stunden am Tag einen Kittel«, sagte Paula in einem Ton, der anzeigte, dass das Thema damit erledigt war.

Susi schaute den Mann noch einmal an, dann ging sie ein Stockwerk tiefer und entrang der Maschine vier Espressi. Das musste sie noch einmal genauer wissen, aber das würde erst etwas werden, wenn ihre Tante sich etwas entspannte.

»Wo warst du die letzten Tage denn bloß?« Paula sprach hektisch und sehr leise, als sie mit Thomas alleine im Dachgeschoss zurückblieb.

»Zu Hause.« Und auf Paulas skeptischen Blick fügte er hinzu: »Ehrlich. Ich habe im Bett gelegen und die Wand angestarrt. Ja, ich weiß, dass das ein mieses Alibi ist. Keines, um genau zu sein. Aber es ist die nackte Wahrheit.«

Paula erkannte in seiner Miene den Freund aus Kindertagen wieder und wusste, dass er die Wahrheit sagte. Sie nickte. »Ich habe mir Sorgen gemacht.«

»Ich ... Es tut mir leid. Du hast für mich gebürgt und ich habe mich noch nicht einmal bei dir bedankt.«

»Ach so ein Blödsinn«, wehrte Paula ab. »Erzähl mir lieber, was mit deinem Kragen passiert ist.«

»Nichts. Ich werde nur wohl nach allem, was passiert ist, meinen Beruf an den Nagel hängen können. Da kann ich schon einmal damit anfangen, die *Uniform* nicht mehr zu tragen.«

Paula zog die Augenbrauen hoch. »Darüber reden wir noch einmal.«

»Von mir aus. Aber jetzt reden wir mal über das, was hier geschieht. Du weißt schon, dass du hier nicht sicher bist, oder?«

»Ein Stockwerk tiefer sitzt ein Polizist. Das Haus ist von außen durch die großen Glasflächen gut einsehbar. Es steht mitten in der Stadt in der Fußgängerzone und Susis Exmann ist der ermittelnde Kommissar. Was bitte soll mir denn hier passieren?«

»Im Zweifelsfall dasselbe, was Christian zugestoßen ist«, murmelte Thomas mit einem Anflug von Resignation in der Stimme.

»Ja, aber warum denn bitte?«

»Weil du zu viel weißt.«

»Was weiß ich denn bitteschön? Außer das von dir und deinem Privatleben, das aber niemanden etwas angeht?«

»Und dass ich eine Frau fast umgebracht hätte ...«

»Fast. Hast du aber nicht, sie lebt noch. Volker hat gesagt, sie kommt heute wieder nach Hause.«

»Das freut mich sehr und mir fällt ein enormer Stein vom Herzen. Aber ich bin nicht beruhigt, ehe du hier außer Gefahr bist!«

»Ich bin nicht in Gefahr. Ich weiß ja nichts!«

»Im Zweifelsfall reicht es, dass jemand offensichtlich glaubt, dass du etwas weißt!«

Paula wurde etwas blass um die Nase. »Und was bitte soll ich wissen?«

»Du hast selbst recherchiert, wie der neue Dom dann aussehen soll. Und daraufhin hast du die Formen in Auftrag gegeben. Im Zeitungsartikel steht, dass ein Formenmacher in Sarstedt in derselben Nacht ausgeraubt wurde. Sag schon, das ist derselbe, der für dich die Domformen gemacht hat, oder?«

Paula starrte ihn mit offenem Mund an. Das hatte Volker ihr nicht verraten. Vielleicht sollte sie doch öfter die Zeitung lesen.

»Also?«

»Ja. Ich habe eine ganze Reihe meiner Formen aus Sarstedt.«

»Paula, was ist an der neuen Domfassade anders?«

»An sich nichts ... Das Dach bleibt gleich, die Uhr bleibt gleich ... Die Bernwardtüren! Die schauen wieder nach außen ...«

»Für *nichts* wird hier nicht eingebrochen. Und die Bernwardtüren? Ich weiß nicht ...«

Susi stand plötzlich mit drei kleinen Tassen bei ihnen, die Vierte hatte sie gleich bei dem Zivilbeamten gelassen.

»Die Statue. Die ist anders«, warf sie ein.

Thomas und Paula sahen sich an. Einige Sekunden herrschte Schweigen, nur das Geräusch von Porzellan auf Porzellan klang in die Stille, als der Zivilbeamte seine Tasse abstellte.

»Oh mein Gott ...«, entfuhr es Thomas. »Ich muss los.« Er hatte sich bereits umgedreht und war auf dem Weg, die Treppe hinunter, doch Paula war schon wieder bei ihm.

»Ich komme mit.«

»Nichts da, du bleibst hier.«

»Ja, genau, Tante Paula. Du bleibst hier. Ich werde mitgehen«, mischte Susi sich ein.

»Aber ...«, sagten Paula und Thomas wie aus einem Munde.

»Kein Aber. Tante Paula bleibt hier. Einer muss ja hier sein und die Kunden bedienen. Hier ist auch der Zivilpolizist, also wird Tante Paula hier nichts geschehen. Und ich komme mit. Wenn Sie recht haben und ich glaube, wir denken gerade dasselbe, dann wird das gleich sehr interessant.«

Thomas seufzte. »Von mir aus.«

Paula blieb nichts anderes übrig, als völlig überrumpelt auf der Treppe zu stehen und den beiden nachzusehen, wie sie aus der Tür Richtung Dom verschwanden.

37

»Und? Wo sind Sie jetzt?« Brunner saß angespannt an seinem Schreibtisch und machte ein paar Notizen auf einem bereits sehr vollgekritzelten Stück Papier, das zuvor wohl einmal ein Briefumschlag gewesen sein mochte. »... Wirklich nicht? Ich meine, was tut er denn seit Stunden daheim? ... Ja, wir haben die Überwachung der Telefonleitung bereits angemeldet. Ich hoffe, die Kollegen haben die Aktivierung bald durch. ... Ja, bitte melden Sie sich wieder, sobald sich etwas tut. Danke.«

Er legte auf und wandte sich zu Volker um, den er durch die nächste Zimmertür genau im Blickfeld hatte, solange die Tür offen stand.

»Er ist noch immer zu Hause!«, rief er hinüber und Volker seufzte.

»Danke. ... Und jetzt?«

»Irgendwann muss er ja das Haus verlassen.«

»Außer, er hat sich bei all dem Trubel schon selbst erhängt ...«, murmelte Volker.

»Malen Sie den Teufel jetzt nicht noch an die Wand!«

»Jaja, noch ein Toter hätte uns jetzt gerade noch gefehlt. Aber trotzdem. Ich glaube bald nicht mehr, dass er wirklich noch drin ist. Haben Sie das Haus auch wirklich überprüfen lassen? Hat es keine weiteren Ausgänge mehr?«

»Den Vorderausgang und eine Tür, die zum Keller führt. Sonst nichts ...«

Volker schüttelte den Kopf und tippte nervös mit den Fingern seiner linken Hand auf dem Schreibtisch herum. Dieses Warten zermürbte ihn. Gerade als er schon bei dem Gedanken angekommen war, die Bürokaffeemaschine zu entkalken, klingelte Brunners Telefon erneut und er fuchtelte hektisch, bedeutete ihm, dass es offenbar Neuigkeiten gab.

»Er ist wieder unterwegs!«, sagte er schließlich, als er auflegte. »Offenbar nimmt er gerade den Bus.«

***

Von Bischof Anselm unbemerkt stieg ein junger Mann nach ihm aus dem Bus, der bis zur nächsten Ecke in die andere Richtung ging, dann hinter einer halbhohen Mauer stehen blieb und beobachtete, wie ersterer an einem der Wohnhäuser stehen blieb und die Reihe der Klingelschilder musterte. Offenbar hatte er gefunden, wonach er gesucht hatte, denn einen Moment später drückte er einen der glänzenden Knöpfe an der gläsernen Fassade. Der junge Mann hatte sein Telefon aus der Tasche gekramt und machte ein schnelles Foto. Dann betätigte er die Wahlwiederholung.

38

Thomas und Susi schlichen um die Ecke des Westwerks und an der Südseite des Doms entlang bis zur Sakristei, wo sie durch die schwere Holztür in den Dom gelangten, die auch Volker schon zu Gesicht bekommen hatte. Zu ihrer Linken führte eine Tür in den Dom, an der Rechten ging es durch einen schmalen Verbindungsgang in die angrenzende Antoniuskirche. Ein ganzes Bataillon an Figuren stand dort drinnen aufgereiht, alle mit Tüchern und Plastikplanen darüber abgedeckt, immer zwei oder drei am Stück. Thomas zog die Planen und Tücher herunter. Einige seiner Lieblingsfiguren fand er nicht, doch von der Tintenfassmadonna wusste er, dass diese bei einem Restaurator in Bad Salzdethfurth sein sollte. Ebenso mehrere Kruzifixe. Die metallenen Stücke waren alle zusammen mit dem Heziloleuchter in dieselbe Werkstatt gebracht worden, die auf derlei Restaurationen spezialisiert war. Thomas zermarterte sich das Hirn, wie viele Statuen für die Dauer der Renovierungsarbeiten weggeschafft worden waren, und wie viele noch hier sein sollten. In jedem Fall kamen ihm die hier eingelagerten Figuren deutlich zu wenig vor.

»Und?«, fragte Susi.

Thomas erschrak, für einen Moment hatte er sie völlig vergessen. »Sie ist nicht hier.«

»Die Figur auf der Schokolade?«

»Ja, genau. Die marmorne Madonna. Sie stand schon vor der Renovierung hier. Es sind ja einige zur Restauration gekommen, aber die Statue, die ich meine, hätte eigentlich nicht restauriert werden müssen. Sie war weder bemalt noch beschädigt, noch hatte sie irgendwelche Ablagerungen oder sonst etwas. Sie ist aus solidem Marmor, da passiert so schnell nichts dran. Gut, etwas staubig war sie, aber das wäre mit einer normalen Reinigung vermutlich erledigt gewesen. Ich meine, ich bin ja kein Experte ...«

»Was fehlt noch?«, unterbrach ihn Susi.

»Ich bin mir nicht sicher. Ich brauche die Listen von den Restauratoren, um sicher zu sein. Wir haben ja beim Ausräumen des Doms und der Antoniuskirche allerlei Dinge gefunden, von denen vorher nicht einmal jemand wusste, dass sie hier waren. Nach dem Krieg ist alles ziemlich durcheinander gegangen, da waren die Hildesheimer froh über alles, was da war. Also stellten sie alles, was ihnen lieb und heilig war, hier ab. So wie auch in vielen der anderen Kirchen.«

»Ja, verstehe. Es ist also nicht ganz klar, was alles hier war, also weiß auch keiner, was eventuell weg sein könnte. Außer den Sachen, die direkt im Dom standen und somit von jedem gesehen wurden, der hineinging.«

»Genau.«

Susi machte mit ihrem Telefon einige Bilder von den vorhandenen Figuren, hob die Tücher und Planen wieder auf und deckte alles wieder ab. Thomas staunte. Daran hatte er nicht einmal gedacht.

»34 Statuen sind noch hier, ich hab grad durchgezählt.«

»Also? Suchen wir die Listen?«, fragte Susi.

Nur ein paar Minuten später quietschte die schwere Gittertür vor dem Eingang und Susi schaute sich um, ob auch wirklich niemand sonst in der Nähe war. Thomas, der den Dom und jeden Stein im Umkreis kannte wie seinen Rosenkranz, schob die Türe auf, schlüpfte hindurch und zog sie hinter sich her.

»Ich muss dem Hausmeister sagen, dass er die Tür mal wieder ölen muss.«

»Na, Sie haben Sorgen ...«

»Wir. Momentan haben *wir* diese Sorgen. Außerdem habe ich Sie nicht gebeten ...« Er stockte. »Ach verdammt. Ich kann doch Paulas Nichte nicht siezen.« Er schüttelte den Kopf und reichte Susi im Weitergehen die Hand. »Ich bin Thomas.«

»Na wunderbar. Wir spionieren einem möglichen Mörder nach, werden eventuell in Kürze sterben, falls er uns erwischt, und ich duze einen Priester. Ich gebe zu, einen besseren Zeitpunkt wird es vermutlich nie wieder geben«, gab sie zu und erwiderte schließlich: »Susi.«

Thomas grinste. »Ich glaube ich weiß, von welcher Seite der Familie du deine spitze Zunge her hast.«

Susi tat entrüstet, musste aber ebenfalls grinsen.

Derweil machte sich Thomas neben der Eingangstür an einem großen Blumentopf, der zu dieser Jahreszeit nur zwei winzige grüne Punkte beherbergte, zu schaffen. Die späteren Hyazinthen würde ihm die kleine Störung hoffentlich nicht übel nehmen, aber irgendwo darin musste der Ersatzschlüssel sein. Thomas hatte den Bischof mehrfach dabei gesehen, wie er es auf diese Art und Weise doch noch ins Haus geschafft hatte, auch wenn der Schlüssel mal wieder irgendwo liegen geblieben war. Und tatsächlich fand er den Schlüssel, schloss auf, packte ihn zurück in den Blumentopf und schob Susi in den Hauseingang. Nach sich schloss er die Tür, blieb ganz stillstehen und bedeutete Susi, dasselbe zu tun. Als er volle zwei Minuten keinen Mucks im Haus gehört hatte, kam er zu dem Schluss, dass die Haushaltshilfe wohl gerade unterwegs sein musste. Er bog links von der Tür in einen schmalen Gang ein, dessen Kürze voll und ganz mit Büchern vollgestopft war. Am Ende versperrte eine weitere Tür den Weg ins Arbeitszimmer des Bischofs. Susi drückte die Klinke hinunter; sie war verschlossen.

»Und nun?«, fragte sie unsicher.

»Moment. Ich versuche, mich zu erinnern ...« Thomas ließ den Blick über die Buchreihen schweifen. Sein Blick blieb an einem evangelischen Gesangbuch hängen. »Welches ist anders als die anderen? Welches passt nicht dazu?« Mit einem Sesamstraßen-Singsang zog er das Buch vor und war bereits darauf vorbereitet, dass er nun das Buch durchsuchen müsste nach einem Schlüssel, der einfach irgendwo zwischen die Seiten geklebt war, doch da fiel ihm der Schlüssel auch schon entgegen. Offenbar hatte er nur unter dem Buch gelegen. Thomas schaute verdutzt auf den Schlüssel, zuckte mit den Schultern und öffnete die Tür.

»Du nimmst den Schreibtisch, ich das Regal?«, schlug Susi vor.

»Alles klar. Dann wollen wir mal.«

»Moment!« Susi zückte ihr Mobiltelefon und machte Fotos von allen Papierstapeln und Gegenständen. »Damit wir hinterher alles wieder an seinen vorherigen Platz stellen können«, erklärte sie.

Als sie fertig war, fing Thomas an, systematisch die Papierstapel auf dem Schreibtisch durchzugehen und Susi machte sich daran, das Regal zu durchkämmen. Erster Blick: überall Staub. Miese Putzfrau, aber das kam ihr gerade recht. So ließ sich viel einfacher sehen, welche der Bücher in letzter Zeit mal aus dem Regal genommen worden waren. Sie zog sich einen Stuhl heran, stieg hinauf und untersuchte auch die oberen Regalreihen. Alles gleichmäßig staubig. Insgesamt konnte sie fünf Bücher ausmachen, die weniger grau waren als ihre Artgenossen und die so etwas wie *Schleifspuren* im Staub auf dem Regal vor ihnen hinterlassen hatten.

Sie zog die fünf Bücher hervor und blätterte vorsichtig durch jedes einzelne davon. Die ersten vier waren eine illustrierte Bibelausgabe, ein älterer Jahresband theologischer Fachzeitschriften, eine etwas ramponierte Goethe-Sammlung und etwas, das Susi mit ihren paar Brocken Latein, die sie während des Studiums aufgeschnappt hatte, nicht entziffern konnte. Das Letzte war ein altes, sehr abgewetztes Gesangbuch. Sie blätterte es vorsichtig von hinten nach vorne durch. Treffer auf Seite 317: Ein grünes Post-it klebte darin. Darauf stand: *Wendhausener Forst, Mittwoch 22 Uhr.*

»Thomas, ich glaub, ich hab was.« Sie machte auch von diesem Post-it ein Foto und steckte das Telefon zurück in die Tasche.

Thomas zog die Augenbraue hoch. »Datum steht keins dabei?«

»Nein, aber heute ist Mittwoch. Wir könnten es einfach versuchen. Weil, was soll bitte nachts im Wendhausener Forst los sein. Ein Meeting mit anderen Bischöfen wird es vermutlich nicht sein.«

»Wohl wahr. Und die Wohnwagen sind um diese Zeit auch nicht mehr besetzt.«

Susi schaute Thomas entgeistert an. »Du meinst diese Puff-Wagen?«

»Ja, genau. Die sind nachts nicht besetzt.«

»Und woher weißt du das? Ich meine ...«

Thomas seufzte. »Nein, nicht aus eigener Erfahrung.« Er rollte mit den Augen. »Schau lieber hier, ich hab die Verträge mit den Restauratoren gefunden. Es ist von zwanzig Holzfiguren die Rede. Keine einzige Marmorstatue. Und noch drei Kruzifixe, offenbar auch aus Holz.«

Susi zog abermals ihr Telefon aus der Tasche und reichte es ihm. Thomas verstand und sicherte auch diese Beweise, während Susi die Bücher zurück ins Regal schob. Dabei fiel ihr Blick auf einen kleinen Stapel Fotos, der halb unter einem Briefumschlag auf der Kommode lag. »Wer lässt heute noch Fotos ausarbeiten?« Sie nahm sie vorsichtig am Rand und schaute sich die vordersten Motive an. »Thomas? Kommen dir die irgendwie bekannt vor?«

Thomas schaute und zog die Augenbrauen hoch. »Nur zwei davon. Das kleine Kruzifix und dieses Reliquiengefäß. Die anderen Sachen habe ich noch nie gesehen.«

»Und woher kennst du die zwei?« Susi zeigte auf die beiden Bilder zwischen den anderen, die sie aufgefächert in der Hand hielt.

»Das sind Teile des Hildesheimer Domschatzes.«

»Echt? Ich dachte, der ist komplett im Museum zu sehen.«

»Im Museum schon, aber nicht komplett. Einige sind an andere Museen verliehen und ein Teil ist im Archiv. Also quasi im Keller ...«

»Und ein anderer Teil davon ist jetzt irgendwo in der Weltgeschichte, wenn ich recht habe mit dem, was ich mir gerade denke ...«

»Du meinst, er hat die ganzen Teile hier auf den Bildern verkauft?«

Susi nickte. »Die bringen sicher alle einen guten Schwarzmarktwert. Schau, hier ist auch ein Foto von der marmornen Madonna.«

Thomas schluckte. Dann nahm er Susis Telefon und dokumentierte alle Fotos.

»Achtzehn. Es sind achtzehn verschiedene Teile.«

»Und keine Garantie, dass das alles ist ...«

»Andererseits auch noch kein Hinweis, dass er wirklich all diese Teile verkauft hat. Oder auch nur eines davon.«

»Na gut, fair enough«, erwiderte Susi.

»Ok, lass uns hier verschwinden.«

»Ich würde ja zu gerne noch in seinen Rechner schauen ...«, wandte Susi ein.

»Zu gefährlich, wir sind eh schon viel zu lange hier.«

Susi seufzte und nickte schließlich. »Na gut, schauen wir eben mal, was heute Abend um 22 Uhr im Wald los ist.«

Sie legten mit Hilfe der Handyfotos alles wieder genauso hin, wie es vorher gestanden und gelegen hatte, und verließen den Raum. Thomas schloss ab und legte den Schlüssel zurück unter das evangelische Gesangbuch und dann waren sie auch schon aus dem Haus.

39

Paula trug mittlerweile das achte Tablett mit *Notschokoladen* in den Verkaufsraum hinunter. Besonders die in Zimt gewälzten Trüffel gingen weg wie die warmen ... Trüffel eben. Sie konnte es selbst kaum glauben, dass gerade die Schokoladen, die sie noch so eben aus dem Hut gezaubert hatten, sich verkauften wie nichts. Vermutlich, weil Not eben erfinderisch macht und sie mit Susi gemeinsam so ziemlich alles aufgebraucht hatte, was sie im Zuckerhut und ihrer eigenen kleinen Küche daheim noch hatten finden können. Nicht, dass sie nicht auch einfach zum Großmarkt hätten fahren können, aber gerade dieses gemeinsame in der Küche Stehen, war es gewesen, was den Zauber des Moments wohl ausgemacht hatte. Und offenbar hatte er magische Köstlichkeiten mit sich gebracht. Sehr zum Leidwesen der Messingglöckchen, die seit dem Zeitungsbericht über den Einbruch und vermutlich nicht zuletzt auch dank der vier großen, handgemalten Plakate, die Susi am Vortag noch gemacht hatte und die den Sonderverkauf im Bittersweet nun von jeder Seite her bewarben, aus dem Scheppern nicht mehr herauskamen. Das kleine Fachwerkhaus war gesteckt voll bis unters Dach mit neugierigen Menschen, die sich allesamt davon überzeugen wollten, dass das Haus noch stand und natürlich auch, was es mit dieser Chocolaterie darin auf sich hatte. Kurz: Der Laden brummte. Paula wirbelte zwischen Obergeschoss, wo die kleinen Tische zwischen all den Besuchern, die sich darum drängten, fast nicht mehr zu sehen waren, und dem kleinen Verkaufsraum im Erdgeschoss hin und her. Schließlich schnappte sie sich den Zivilpolizisten, der bis dahin nur still in einer Ecke gesessen hatte, und zeigte ihm, wie man einen Espresso zapfte. »Das machen Sie jetzt zwanzig Mal. Ich bin dann gleich wieder da. Falls Wasser fehlt, da vorn steht ein Kanister.«

Und schon war sie wieder am Weg nach unten, mittlerweile das neunte Tablett in die Hüfte gestemmt. Der Beamte sah ihr verdutzt nach.

»Wo bleibt meine Wiener Melange?«, quäkte es von einem

der Tische und er starrte die Maschine ratlos an. Dann fasste er sich ein Herz, schaffte es, ihr unfallfrei einen Espresso zu entlocken und nachdem er keine Ahnung hatte, was eine Wiener Melange war aber vermutete, dass es etwas mit Milch zu tun haben müsste, stellte er der Dame einfach ein Kännchen heiße Milch daneben zum Selbermachen. Sie schaute ihn irritiert an, und nachdem er mit Zurückschauen nicht weiterkam, zuckte er nur mit den Schultern und machte sich daran, den nächsten Espresso zu brühen.

Zwei Stunden später hatte er die Maschine nahezu im Griff. Er hatte mittlerweile sogar die Dampfdüse für den heißen Milchschaum zu bedienen gelernt – einer Steuerrechtsgehilfin sei Dank, die im Büro eine Espressomaschine mit Milchaufschäumer hatte – und kannte den Unterschied zwischen Espresso (das, was aus der Maschine kam, wenn er alles so machte, wie Paula es ihm gezeigt hatte) und Café Latte (Espresso mit viel geschäumter Milch). Cappuccino war offenbar dasselbe, nur mit weniger Milch. Aber was wusste er schon, er musste nur darauf achten, dass Paula Anders nichts passierte. Und Kaffee aus der Maschine holen. Offenbar. Wenn er das am Abend seiner Frau erzählte!

Paula sah völlig abgekämpft aus, als sie sich endlich an einen, der mittlerweile wieder leeren Tische im ersten Stock setzte. »Du lieber Himmel. Dass ein Einbruch einem so viel Publicity bringt? Und genau jetzt war Susi unterwegs. Wie spät ist es eigentlich mittlerweile?«

»Halb sieben durch«, sprach der Aushilfs-Barista-Beamte und Paula starrte ihn entsetzt an.

»Was?! Wir hätten schon vor einer halben Stunde zugemacht ... An einem normalen Tag zumindest.«

»Heute ist also kein normaler Tag?«

»Alles andere als das ... Wo ist eigentlich Volker? Und sollte Susi nicht schon seit Stunden zurück sein?«

Der Polizist schaute ausdruckslos auf sein Mobiltelefon. Offenbar waren ihm keine Anrufe entgangen. Er sah hoch und blickte in Paulas gleichermaßen angespannte wie müde Augen.

Also wandte er den Blick wieder dem Telefon zu, suchte nach der Nummer, atmete einmal tief durch und ließ es klingeln. Nach einer gefühlten Ewigkeit meldete sich jemand. Er reichte Paula das Telefon und Paula stützte ihre Stirn auf die freie Hand, als sie begann, langsam zu sprechen.

»Hallo Volker. Hast du etwas von Susi gehört?«

40

Thomas und Susi hatten alle drei Abstellplätze abgesucht und sich dann für den ersten von Hildesheim aus entschieden. Der mittlere war zu offensichtlich, weil von der Straße her komplett überschaubar und der am anderen Ende nach Heersum raus war zu klein, um noch zwei Autos unterzubringen. Immerhin hatten sie Glück und der Bischof hatte den Treffpunkt nicht auf einem der abgelegeneren Feldwege ausgemacht. Also hockten sie nun hinter einem Stapel Baumstämme am hinteren Ende und Susi hatte ihr Telefon in den Flugmodus geschaltet und es weiter vorn beim Wohnwagen versteckt. Auf der Fahrt hatte sie es extra noch mal an das Autoladekabel angesteckt um sicherzugehen, dass der Akku auch halten würde. Es nahm jetzt alles auf, was gesagt wurde.

»Dein Telefon ist eh aus, oder?«, fragte sie noch, gerade als ein Wagen zu ihnen auf den Abstellplatz einbog und sich vor den Wohnwagen setzte.

Als kurz darauf der nächste Wagen kam, stieg der Bischof aus seinem Auto aus.

»Herr Anselm«, begrüßte ihn der Fremde im dunklen Mantel mit Brille und dem Bischof entging die weltliche Anrede keinesfalls.

»Begrüße Sie.«

»Also, womit kann ich Ihnen helfen. Am Telefon klangen Sie etwas ... kryptisch.«

»Es geht um Christian Albert.«

»Ja, ich habe in der Zeitung gelesen, dass er leider von uns gegangen ist. Ich versichere Ihnen, ich habe nichts damit zu tun.«

Der Bischof nickte. »Das hatte ich auch nicht angenommen.«

Thomas rührte sich und Susi schaute zu ihm hinüber. Zum Glück hatten die beiden Männer vorn am Wohnwagen nichts gehört, oder es zumindest auf ein verirrtes Tier geschoben.

»So? Ich bin verwundert. Weshalb wollten Sie sich dann mit mir treffen?«

»Wegen der letzten Zahlung.«

»Die ist ganz genauso abgelaufen, wie die anderen davor auch.«

»Können Sie das beweisen?«

»Herr Anselm, ich bitte Sie.«

»Christian Albert hatte den Betrag neulich Nacht nicht bei sich und ich frage mich natürlich, warum. Hat er es überhaupt erhalten?«

»Also bitte. Ich denke, über das Vertrauensfindungsstadium sind wir doch nun wirklich hinaus. Nach über zwanzig Deals sollten Sie wissen, dass ich zuverlässig zahle. Und überaus angemessen. Christian hat mir die Madonna wie gewohnt pünktlich zum vereinbarten Treffpunkt gebracht, ich habe sie begutachtet und ihm die fünfzigtausend Euro in bar gegeben.«

Jetzt fiel Susi die Kinnlade herunter. Das war ja der Hammer!

»Und was dann? Haben Sie etwa einen ihrer Männer darauf angesetzt, das Geld zurückzuholen?«

»Glauben Sie etwa, ich hätte so etwas nötig?«

Im fahlen Licht sah Susi, wie die Augenbrauen des Bischofs nach oben schnellten und er gab einen unzufriedenen Laut von sich.

»Spätestens beim Gründungsreliquiar sollte doch klar gewesen sein, dass ich keine Kosten und Mühen scheue. Oder ist die Replik, die ich Ihnen für das Museum zur Verfügung gestellt habe, etwa aufgefallen?«

»Nein, nein. Das Stück steht im Museum und es ist noch niemandem aufgefallen, dass das Original fehlt.«

»Was also ist Ihr Problem? Offenbar hat sich Christian das Geld für eine Lieferung einbehalten. Ich würde ja jetzt vorschlagen, dass Sie ihn das fragen, aber ich vermute, bis zur Auferstehung am Jüngsten Tag wird es noch eine Weile dauern?«

Susi bemerkte den sarkastischen Tonfall des Mannes und stutzte. Er kaufte da offenbar für eine Menge Geld massenhaft christliche Sakralgegenstände und glaubte aber selbst nicht an die Auferstehung? Oder wie war das zu verstehen?

»Hören Sie, das Geld für die Madonna ist bei mir nie angekommen. Ich habe bei Ihnen also noch etwas gut.«

»Nein, nein. Ich habe gezahlt und wenn etwas auf dem Weg

zu Ihnen abhandenkommt, dann ist das ganz bestimmt nicht mein Problem. Fragen Sie Christian Albert im Grab, seine Witwe oder den Priester, mit dem er was hatte, aber ich bin da raus.« Er wandte sich zum Gehen.

Das Gesicht des Bischofs war nicht zu erkennen, aber Thomas schuckelte unruhig auf seinem Platz hin und her und Susi dämmerte es. Sie schaute Thomas in die Augen und er schaute betreten zu Boden. Also wirklich!

»Ich glaube, Sie haben Christian Albert selbst um die Ecke gebracht, ohne ihn vorher nach dem Geld zu fragen und wissen jetzt nicht, wo es hin ist. Sehen Sie lieber zu, dass Sie mir die nächsten zwei Gegenstände auf der Liste beschaffen, wie es ausgemacht ist.«

»Ich steige aus. Mir wird die Sache zu heiß.«

»Sie können nicht aussteigen.«

»Wieso nicht?«

»Weil sonst einer meiner Männer einen anonymen Tipp bei der Polizei abgeben wird.«

Der Bischof schwieg.

»Beschaffen Sie mir die Sachen. Das Scheibenkreuz als nächstes.«

»Und wie soll das laufen ohne Christian Albert?«

»Sie bringen es mir einfach selbst. Drei Tage vor dem Übergabetermin werden Sie wieder eine Replik für das Museum erhalten und dann erwarte ich Sie zur gewohnten Zeit am verabredeten Ort.« Damit drehte er sich um, stieg in seinen Wagen und fuhr in Richtung Heersum davon.

Der Bischof lehnte sich an sein Auto und ließ den Kopf in den Nacken fallen. Schließlich stieg auch er ein und fuhr los.

Susi wartete noch eine Minute, dann kam sie hinter den Baumstämmen hervor und suchte ihr Telefon im modrigen Laub am Rande des Abstellplatzes. Sie beendete die Aufnahme und speicherte sie gleich ab. Sie hörte, wie Thomas sich bewegte, sah ihn aber nicht. Sie schaute zurück zu den Baumstämmen, wo er mit dem Rücken an die Stämme gelehnt dasaß und weinte.

»Hey, was ist denn los?«

»Verarsch mich nicht, du kannst es dir doch eh schon denken, nach dem, was du gerade gehört hast, oder?«

»Dass du was mit Christian Albert hattest? Ja. Und?«

»Wie *und?*

»Ja, und? War's gut?«

»Wie bitte?«

»Hat es sich wenigstens gelohnt, dass du gegen dein Gelübde verstoßen hast?«

Thomas schwieg verblüfft. »Wo bleiben die Vorwürfe?«

»Wozu? Erstens kenne ich dich nicht wirklich und zweitens wäre es dafür jetzt eh zu spät, oder? Außerdem sind wir alle nur Menschen. Den Punkt können wir jetzt also gerne als abgehakt betrachten. Viel interessanter ist: Wusste der Bischof schon davon? Oder hat er das auch gerade erst erfahren? Und wer ist dieser mysteriöse Käufer?«

»Mich würde ja vielmehr interessieren, wie Christian da hineingeraten ist ...«

»Ich vermute, es begann mit einem kleinen Gefallen und endete mit Geld ...«, kommentierte Susi. »Und wenn du nicht bald aufstehst, holst du dir noch was weg.«

Thomas wischte sich mit beiden Handflächen über das Gesicht, dann rappelte er sich auf.

»Wenn der Bischof die marmorne Madonna tatsächlich verkauft hat, hatte ich recht mit dem, was die Typen jetzt von Paula wollen!«

Susi schaute ihn einen Moment fragend an, dann begriff sie. »Die Schokoladen! Da ist die Madonna mit drauf!«

»Genau!«

»Und das macht sie zu einer Mitwisserin ...

»Aber sie weiß doch gar nichts davon, dass die Statue weg ist.«

»Ja, aber ich glaube, Bischof Anselm denkt, sie wüsste es.«

»Oh verdammt, ich glaube, du hast recht. Wir müssen sie sofort warnen.«

***

Als Susi den Empfang ihres Telefons wieder aktivierte, hatte sie achtundzwanzig Anrufe in Abwesenheit. Zwei von ihrer Tante, den Rest von Volker.

»Ich glaube, sie haben uns vermisst«, sagte sie, als sie Volkers Nummer wählte.

Thomas fuhr in gebührendem Abstand hinter allen Autos, die um die Uhrzeit noch auf der Bundesstraße unterwegs waren, um sicherzugehen, dass sie nicht am Ende noch dem Bischof begegneten.

»Volker? Ich bin's. ... Lange Geschichte. Wo bist du gerade? ... Ok. Ist irgendwer bei Tante Paula? ... Nicht? ... Dann fahr bitte zu ihr. ... Ja, ist mir klar, dass sie protestieren wird. Sag ihr liebe Grüße von mir, ich erkläre alles, wenn wir bei Euch sind. ... Ja, ich bin bei Thomas. ... Genau. Der Priester. ... Ja, mache ich. Bis gleich. ... Ah, und Volker? ... Bring bitte deinen Laptop mit.«

»Ok, direkt zu Tante Paula, bitte. Sie wohnt in der Keßlerstraße.«

41

Thomas ließ Susi vor der lila Tür aussteigen, fuhr nach Hause und parkte sein Auto vor seiner eigenen Tür, um keinen Verdacht zu erregen. Wer weiß, wer hier mittlerweile alles wen beobachtete. Dann ging er zu Fuß die fünf Minuten zurück und klingelte. Susi kam zur Tür und ließ ihn herein, dann gingen sie gemeinsam in den ersten Stock und Susi schloss die Wohnungstür hinter ihnen ab. »Entschuldige. Man weiß ja nie momentan ...«

Thomas nickte, dann schaute er sich in Paulas Wohnung um und musste lächeln. Immer noch die alte Paula. Bei einer gepressten Margerite, die eingerahmt zwischen Bildern von Freunden und Familie an einer Wand hing, musste er schlucken.

Volker und Paula saßen im kleinen Wohnzimmer und schauten beide auf, als Susi mit Thomas hereinkam. Auf dem Tisch stand ein großer Krug, der verräterisch nach heißer Schokolade roch. Zwei leere Becher standen noch daneben, zwei weitere waren bereits vor Volker und Paula abgestellt. Susi nahm den Krug und füllte die Becher. Einen drückte sie Thomas in die Hand und bedeutete ihm, sich zu setzen. Er nahm auf dem Sofa Platz und hatte nur Sekunden später einen sehr aufdringlichen Kater auf dem Schoß.

»Huch!«

»Thomas, das ist Karlo, Karlo, Thomas«, kam es trocken aus Paulas Ohrensessel. »Karlo mag Fremde nicht sonderlich. Aber ich glaube, er weiß, dass wir uns schon länger kennen.«

»Etwas länger, ja.«

»Na fein, wo wir jetzt alle da sind ... Könntet ihr mir bitte erklären, was hier los ist?«, fragte Volker und schaute fragend von Susi zu Thomas und wieder zurück.

»Gib mal deinen Laptop«, forderte Susi ihn auf.

Volker machte eine kapitulierende Geste, zog das Gerät aus der Tasche, die an seinem Sessel lehnte, und gab es ihr. Sie stand auf, holte ein Kabel und hängte ihr Mobiltelefon an das

Notebook, dann suchte sie nach den letzten Audio-Dateien und kopierte sie auf Volkers Notebook.

»Wir haben glaub' ich die Lösung des ganzen Schlamassels«, begann sie schließlich, als der Kopiervorgang endlich gestartet war.

»Welchen Schlamassels?«

»Des Ganzen. Der Dom, der Bischof, Christian Albert und was Tante Paula mit der ganzen Sache zu tun hat.«

»Ach was?« Paulas Stimme klang plötzlich deutlich wacher. »Erzählt schon!«

Thomas und Susi schauten sich an, dann begann Thomas die Erklärung.

»Wir waren eben gerade Zeuge einer höchst interessanten Unterhaltung.«

»Wie es scheint, hat der Bischof ein bisschen was auf dem Kerbholz«, fiel Susi in die Erklärung ein.

»Richtig. Offenbar verkauft er sakrale Kunstschätze auf dem Schwarzmarkt.«

»Wir waren eben gerade selbst bei einem Treffen zwischen ihm und einem seiner Käufer dabei.«

»Oder dem Käufer, wir wissen nicht, wie viele er hat.«

»Jedenfalls war Christian Albert wohl sein Mittelsmann, hat die ganzen Geschäfte abgewickelt und wohl auch ein Stückchen mitgeschnitten beim Gewinn.«

Paula schaute Thomas an und er schaute traurig zu Boden. Paula verstand.

»Ok, ok. Gibt es irgendwelche Beweise?«

»Die kommen gerade auf dein Laptop«, grinste Susi und Volker zog eine Schnute. »Wir haben das komplette Gespräch aufgezeichnet.«

»Außerdem gibt es Fotos der Gegenstände, die vermutlich die Besitzer gewechselt haben. Die bekommst du auch gleich noch.«

»Und wo habt Ihr die her?«

»Aus dem Büro des Bischofs, beziehungsweise aus dem Dom«, antwortete Thomas. »Und nein, es war nicht Susis Idee, sie ist nur mitgekommen. Ich bin dort eingebrochen.«

»Das habe ich jetzt überhört«, kommentierte Volker.

»Jedenfalls gehen da ziemlich krumme Sachen vor sich. Wenn ich das richtig verstanden habe, hat der Bischof Teile des Domschatzes verkauft und im Museum und im Archiv stehen jetzt nur noch Repliken.«

»Wie bitte?«

»Ja, ist auch auf dem Tonband ... also in der Audio-Datei zu hören«, bestätigte Susi. »Und um jetzt mal zum für uns ausschlaggebenden Punkt zu kommen: Zwischen den Sachen, die der Bischof verscherbelt hat, ist auch eine Marmorstatue. Blöderweise offenbar die, die der Architekt in den Plänen für den neuen Domplatz vorgesehen hatte. Und nachdem Tante Paula die Formen für die Domschokoladen nach diesen Plänen hat anfertigen lassen ...«

»... ist da auch die Madonna drauf!«, komplettierte Paula den Satz und warf die Hände in die Höhe. »Nein, ich fasse es nicht!«

Volker schlug sich mit der Hand vor die Stirn. »Ach, du liebe Güte. Das konnte natürlich der Bischof nicht wissen, dass Paula die Formen nach den neuen Plänen hat machen lassen.«

»Und ich habe mich schon gewundert, warum der Typ vom Stadtmarketing mit dem alten Kupferstich ankam!«

»Aber dann muss der ja auch mit da drin hängen«, bemerkte Susi.

»Naja, genug Kohle zum Mitschneiden gibt es ja. Für die Madonna hat er ja fünfzigtausend Euro kassiert«, warf Thomas ein.

Paula verschluckte sich an ihrer heißen Schokolade und hustete und Volker riss die Augen auf.

»Ja, ist auch auf dem Tonband«, versicherte Thomas.

»Ach du Scheiße ... Da geht ja so richtig die Post ab ...«

»Und ich dachte, ich tu Ihnen was Gutes, wenn ich gleich das neue Aussehen des Doms und des Domplatzes machen lasse ...« Paula schüttelte den Kopf.

»Ich glaube, das eigentliche Problem dürfte wohl sein, dass der Bischof vermutlich denkt, Paula wüsste Bescheid. Dass sie die Schokoladen absichtlich mit der Madonna gemacht hat, um den Bischof zu verpfeifen«, kam Thomas schließlich zum Punkt.

»Wieso sollte ich die Madonna absichtlich in die Schokoladen eingebaut haben?«

»Weil du mich kennst«, antwortete Thomas. »Und weil ich

Christian kannte. Ich glaube, er hat wirklich vorher schon gewusst, was zwischen mir und Christian war. Keine Ahnung woher, aber vielleicht hat er uns mal zusammen irgendwo gesehen. Nachts im Dom kommt ja sonst keiner mehr rein außer ihm. Wer weiß ...«

Volker starrte Thomas irritiert an und blinzelte schließlich. Dieser Aspekt war offenbar bislang an ihm vorübergegangen.

»Nachts im Dom?« Susi grinste breit, hörte aber bei Paulas Blick sofort wieder damit auf. »Tschuldigung.«

»Ich glaube, er wusste eben Bescheid. Auch wenn ich keine Ahnung habe, wie er Christian dazu gebracht hat, für ihn die Geschäfte abzuwickeln.«

»Meine Theorie war, dass es mit einem kleinen Gefallen anfing und mit einer Menge Kohle endete«, warf Susi ein und Volker nickte abwägend.

»Jedenfalls wäre der Gedankengang dann wohl der, dass Christian mir etwas verraten hätte, was er im Übrigen nicht hat. Ich habe heute Abend davon erfahren, dass er offenbar mit in der Sache drinsteckte. Und ich hätte es dann dir gesteckt und du hättest dann absichtlich die Madonna in die Schokoladen eingebaut. Aber das ist alles nur eine graue Theorie. In jedem Fall halte ich Bischof Anselm mittlerweile für gefährlich und du solltest zusehen, dass du nicht mehr irgendwo alleine bist, bis die Sache vorbei ist.«

»Zumindest da sind wir uns schon mal einig«, kommentierte Volker. »Ok, aber um ihn dingfest zu machen, brauchen wir noch ein bisschen mehr. Wer dieser Käufer ist, mit dem er sich da getroffen hat, wisst Ihr nicht zufällig?«, fragte Volker.

»Nein, leider. Es war dunkel und mit den ganzen Schatten im Wald wurde die Sicht leider nicht besser. Außerdem war mein Telefon vorn versteckt zum Tonaufnehmen, da konnte ich auch keine Fotos von ihm machen.«

»Was? Das war im Wald? Und du hast dein Telefon ...« Volker raufte sich die Haare. »Seid Ihr denn wahnsinnig?! Was da alles hätte passieren können!«

»Ja, wissen wir. Ist es aber nicht.«

Volker atmete tief durch. »Ok, fein. Sind die Bilder jetzt auch schon da?«

Susi schaute auf den Laptop, nahm das Telefon und startete den nächsten Kopiervorgang. »Gleich.«

»Aber wir könnten ihn beschreiben, den Käufer«, wandte Thomas ein.

»Stimmt, das könnten wir. Also zumindest das, was wir im Dunkeln haben ausmachen können.«

»Recht groß, vielleicht einsneunzig. Eher kräftig gebaut, dunkle Haare, dunkler Mantel.«

»Und eine Brille.«

»Na gut, bei der Größe ist es zumindest etwas, womit wir was anfangen können«, seufzte Volker.

***

Es war weit nach Mitternacht, als Thomas und Volker die beiden Frauen alleine ließen. Susi brachte die beiden nach unten und Thomas verabschiedete sich gähnend. »Wenn du noch einmal so einen Blödsinn machst, dann kannst du was erleben!«

»Was genau? Deinen Fall lösen?«

Volker seufzte. »Das auch. Nein, im Wald möglichen Mördern auflauern!«

»Ach bitte. Es ist ja nichts passiert.«

»Es hätte aber, was passieren können. Und so ein lieber Kerl der Thomas auch ist, aber ich glaube nicht, dass er es mit einem Gewalttäter aufnehmen könnte. Um ehrlich zu sein, macht er den Eindruck, als könnte er nicht einmal einer Fliege etwas zuleide tun.«

»Muss ich dich jetzt an die Frau seines Geliebten erinnern?«

Volker fiel nichts ein, was er darauf hätte sagen können, also schaute er sie nur böse an.

»Ja, ich weiß. Und ich finde es auch sehr nett, dass du dir Sorgen machst, aber ich bin schon groß. Ich kann auf mich selber aufpassen. Ehrlich.«

»Das ist es nicht.«

»Aber?«

»Ich will nicht, dass dir etwas passiert.«

»Wir drehen uns im Kreis.«

»Tut mir leid, aber ich ... Ach, vergiss es.«

Er drehte sich zur Tür und war schon fast aus dem Haus, als Susi leise sagte: »Es tut mir leid.«

Volker drehte sich um. »Wie bitte?«

»Es tut mir leid. Ich hätte mich vorher bei dir melden sollen. Aber ich wollte genau diese Situation jetzt hier vermeiden.«

»Susi ... Auch wenn wir nicht mehr miteinander verheiratet sind – wozu es wirklich viele gute Gründe gibt – mache ich mir immer Sorgen um dich. Das bringt der Job eben auch mit sich. Ich bereue jetzt schon, dass wir uns haben scheiden lassen.«

»Ich auch«, gab Susi kleinlaut zu.

Volker horchte auf. »Ernsthaft?«

Susi nickte und er kam mit drei schnellen Schritten auf sie zu und drückte sie fest an sich. »Ach Susi ...«

42

Es klingelte und Rita schrak zusammen. Sie lag zusammengekrümmt in ihrem Schlafanzug unter einer Wolldecke und wollte die Welt einfach nur vergessen. Dummerweise kannte die Welt offenbar keine Gnade für Mörder, denn jeder einzelne Gedanke, jeder Handgriff und jeder Gegenstand erinnerte sie an Christian. Sogar ihr eigener Schlafanzug roch noch nach ihm, dort an der Stelle, wo sie nachts immer aneinander gekuschelt lagen. Rita war am Ende ihrer Kräfte angelangt. Sie hatte nichts mehr gegessen oder getrunken, seit sie aus dem Krankenhaus entlassen worden war. Ihr Schädel dröhnte trotz aller Schmerzmittel noch immer und am liebsten wäre es ihr, wenn sie sterben würde. Einfach so. Ohne viel Brimbamborium, einfach einschlafen und nicht mehr sein. Stattdessen klingelte es an der Haustür und Rita sah sich vor der unendlich schweren Aufgabe, jetzt mit der Welt zu kommunizieren. Oder es auch einfach nicht zu tun. »Mach nie die Tür auf, lass keinen rein ...« Der Song aus den Achtzigern klingelte höhnisch in ihrem Kopf. Aber sie hatte die kleine Chance, dass es wieder jemand war, der sie umbringen wollte. Oder vielleicht war's auch die Polizei, die sie verhaften wollte, was zumindest fast genauso gut war.

Beim dritten Klingeln kniff Rita die Augen zu, atmete aus und biss sich auf die Lippen, als sie den Kopf vom Kissen hob. Sie schleppte sich zur Tür und drückte, ohne zu fragen, wer davor stand, den Türöffner. Sie legte ihren Kopf an den kühlen Türrahmen und wartete. Lange, schmerzhafte Sekunden vergingen, während Schritte sich durchs Treppenhaus näherten und in Rita die Hoffnung auf ein rasches Ende wuchs. Schließlich hörte sie eine ihr zu bekannte Stimme, die durch die angelehnte Tür mit ihr sprach.

»Frau Albert? ... Geht es Ihnen gut?«

Rita wusste genau, zu wem die Stimme gehörte und begann, am ganzen Leib zu zittern. Ihrem Fluchtreflex nachgebend verschanzte sie sich wieder auf ihrem Sofa, zog sich die Decke bis zur Nase und drückte sich mit dem Rücken bereits in die hinterste Ecke, die das Möbelstück hergab, als Bischof Anselm ins Zimmer kam.

»Frau Albert?« Er schaute sich suchend um, bis er sie schließlich erkannte, wie sie mit rotgeränderten Augen und ungekämmten Haaren auf ihrem Sofa kauerte. Wie ein wildes Tier in einer Ecke schaute sie drein und langsam begriff er, dass er womöglich einen Fehler gemacht hatte, damit hier herzukommen. So verängstigt, wie sie aussah, hatte sie vermutlich bereits die Polizei gerufen. Und die konnte er gerade wirklich nicht gebrauchen.

»Jetzt beruhigen Sie sich erst einmal.«

»Was ... Was wollen Sie?« Ritas Stimme überschlug sich fast.

»Ich will nur mit Ihnen reden. Über Ihren Mann.«

»Sie wissen sehr genau, dass er tot ist.«

»Ja, und das ist auch sehr tragisch. Aber ich wollte mit Ihnen über das reden, was vor seinem Tod passiert ist.«

Rita kroch noch etwas weiter nach hinten. »Und?« Sie konnte es nicht fassen, dass der Bischof zu ihr kam, um sie nach Christian zu fragen. Immerhin war er dabei, wie sie ihn mit eigenen Händen und einem fremden Hammer... »Was gibt es da zu reden? Sie haben ihn schließlich öfter gesehen, als ich.«

»Das mag sein, aber Sie waren mit ihm verheiratet.« Wie konnte das Weib nur so schwer von Begriff sein? Es war ja nicht möglich, dass sie wirklich nichts gewusst haben sollte.

»War. Sie sagen es.« Sie biss sich auf die Lippen. Konnte der Mann nicht einfach wieder verschwinden? Warum hatte sie überhaupt die Tür geöffnet?

»Wissen Sie, was Ihr Mann alles für uns getan hat?«, kam er nun langsam zum Punkt.

»Na, die Jugendgruppen betreut. Und auf der Baustelle geholfen.«

Der Bischof wartete noch einen Moment, ob da nun noch mehr kommen würde, doch offenbar war ihre Aufzählung der Tätigkeiten bereits an ihrem Ende angekommen.

»Hat er Ihnen sonst nichts weiter erzählt?«

»Was soll das heißen *sonst nichts?* Das klingt ja, als hätte er mir noch etwas erzählen sollen!«

»Nein, nein.« Sollen war auch das falsche Wort ...

»Um genau zu sein, hätte ich gern gewusst, was er immer so lange in der Kirche gemacht hat. Aber er hat immer nur gesagt, er hätte gearbeitet.«

Das war einfach zu schön, um wahr zu sein. Aber irgendetwas musste sie ja wissen, womit sie ihn am Ende direkt hinter schwedische Gardinen befördern könnte – und vermutlich sogar würde, wenn er so über die Situation nachdachte.

»Ja, das hat er auch. Das kann ich Ihnen versichern. Es ist nur ...« Er überlegte, wie er nun noch elegant die Kurve kriegen konnte. »Es ist nur, dass wir bei einigen Dingen, an denen Ihr Mann gearbeitet hatte, jetzt ohne ihn nicht mehr weiterkommen. Ich hatte gehofft, er hätte Ihnen vielleicht etwas erzählt.« Der Bischof seufzte theatralisch und fügte hinzu: »Aber offenbar können Sie mir auch nicht weiterhelfen.«

Rita entspannte sich etwas in ihrer Sofaecke und überlegte einen Moment. »Nein, tut mir leid, er hat wirklich nie etwas von der Arbeit erzählt. Oder nur sehr selten einmal von der Jugendgruppe, wenn es mal Probleme gab. Aber auch nur sehr allgemein. Man hätte meinen können, er hätte für sie irgendwelche krummen Dinger gedreht und deshalb hätte für ihn auch das Beichtgeheimnis gegolten.« Sie lachte bitter.

Der Bischof presste die Lippen aufeinander und Rita blieb das Lachen im Hals stecken. Ihr war mit einem Mal eiskalt.

»Er hat doch keine krummen Dinger gedreht?«

Bischof Anselm antwortete nicht. Es war wirklich ein Fehler gewesen, hierher zu kommen.

»Nun sagen Sie schon. Jetzt ist es ja wohl auch schon egal, oder? Immerhin ist er tot und kann Sie nicht mehr reinreiten.« Als der Bischof weiter schwieg, fiel bei Rita der Groschen. »Ach ... Sie haben ihn dazu angestiftet? Sie haben ihn benutzt! Was hat er für Sie gemacht?« Sie lehnte sich immer weiter aus ihrer Ecke hervor und kam nun auf den Bischof zu. »Wegen Ihnen war er immer ewig unterwegs! Und ich habe schon gedacht, er hätte eine Affäre gehabt! Sie sind also an allem Schuld!« Ritas Stimme hatte mittlerweile eine Lautstärke angenommen, dass der Bischof etwas schmerzverzerrt drein sah. Rita stand auf und kam auf den Bischof zu. »Sie sind an allem Schuld. Wegen

Ihnen ist mein Mann jetzt tot!?« Sie brüllte ihn an und er wich gegen seinen Willen zwei Schritte zurück.

»Jetzt seien Sie doch vernünftig. Auch wenn sie jetzt auf mich losgehen, wird Ihr Mann davon auch nicht mehr lebendig.«

»Schon. Aber was hab ich noch zu verlieren? Und ohne Sie wäre das alles nicht passiert! Sie ...« In dem Moment klickte es in Ritas angeschlagenem Kopf. »SIE haben mir den Hammer aus der Hand genommen. Sie hatten den Hammer und haben noch einmal zugeschlagen. SIE haben Christian umgebracht!« Sie schaute sich suchend um und fand in Reichweite eine Bleikristallvase auf dem Tisch. Sie griff danach und kam damit weiter auf den Bischof zu. In seinen Augen sah sie etwas, dass sie dort nie vermutet hätte: Angst flackerte auf. »Also los, sagen Sie schon. Was hat Christian für Sie machen dürfen? ... Na los!«

»Botengänge.« Die Stimme des Bischofs klang gepresst, während er immer weiter vor Rita zurückwich.

»Was für Botengänge denn bitteschön? Frisches Weihwasser holen kann ja wohl kaum bis nach Mitternacht dauern!«

»Alles Mögliche.« Er stieß mit dem Rücken gegen die Wohnzimmerwand und verfluchte sich in dem Moment selbst, dass er überhaupt hierher gekommen war.

»Soll heißen?« Rita hob drohend die schwere Vase.

»Er hat für mich Dinge zu anderen Leuten gebracht.«

»Ja, das heißt wohl das Wort *Botengänge.* Ich bin nicht blöd! Was hat er zu anderen Leuten bringen sollen? Den Segen Gottes ja wohl kaum!«

»Verschiedene Sakralgegenstände«, rückte der Bischof nun langsam mit der Sprache heraus.

»Und zwar?«

»Einige Gegenstände, die bei der Renovierung jetzt *über waren.*«

Und Rita verstand. »Sie haben den Domschatz verscherbelt!«

Der Bischof legte den Kopf zur Seite und breitete die Hände aus in einer Geste, die des Patens würdig gewesen wäre. »Nur ein paar geringere Gegenstände. Vor allem einiges, von dem keiner mehr wusste, dass es überhaupt da war.«

»Das macht die Sache nicht wirklich besser. Und wie haben Sie Christian dazu gebracht, dass er bei dieser miesen Tour mitmacht?«

»Gewinnbeteiligung nennt man das wohl.«

»Das ist ja mal interessant.« Rita ließ die Vase von einer Hand in die andere wandern. »Ich habe nie etwas von einer *Gewinnbeteiligung* mitbekommen. Ich vermute, Sie haben ihm seinen Anteil jeweils in bar gegeben?«

»Halten Sie mich bitte nicht für völlig dement. Natürlich hat er das Geld in bar erhalten.« Der Bischof schüttelte den Kopf und verdrehte die Augen.

»Und wie viel war das so? Üblicherweise?«

»Je nachdem ...«

»Wie viel?« Sie hob wieder die Vase.

»Zwischen ein paar Hundert und ein paar Tausend Euro.«

»Was??? Mein Mann war reich und ich wusste nichts davon?«

»Nun ja, reich ...«

»Wie viele *Botengänge* hat er denn bitteschön für Sie gemacht?«

»Fünfzehn? Zwanzig? Ich weiß es nicht genau.«

»Sie wissen es nicht genau? Mein Mann hat von Ihnen ein kleines Vermögen bekommen, aber Sie wissen nicht, wie viel. Ich glaube Ihnen kein Wort.« Wieder hob sie die Vase und diesmal versuchte der Bischof, zu fliehen. Offenbar war ihm aufgegangen, dass Rita nicht nur nichts mehr zu verlieren hatte, sondern auch ihr Wille zum Geld ihres Mannes erwacht war. Jetzt wo er schon tot war, wollte sie wenigstens auch etwas davon haben, wie es schien. Er stieß sich von der Wand ab und rannte Rita fast um, die die Vase genau in dem Moment niederschmettern ließ. Sie traf den Bischof im Rücken und er schrie auf, fasste sich ans Kreuz und sackte auf die Knie. Rita hob erneut die Vase und er sah nur noch eine Chance, hier wieder heil hinauszukommen. Er sprang auf und rammte seine ausgestreckten Fäuste in Ritas Magengrube. Sie keuchte, ließ die Vase los und krümmte sich nach vorn. Sekundenbruchteile später schlug die Vase auf ihrem Schädel auf, fiel weiter zu Boden und zerschellte mit einem ohrenbetäubenden Knall. Kurz darauf traf Rita auf dem Boden auf.

»Hände nach oben und umdrehen!«

Der Bischof stand wie angewurzelt im Raum als Brunner und seine Kollegen hereinplatzten. Der junge Beamte, der die Beschattung des Bischofs übernommen hatte, hatte Brunner angerufen, als der Bischof ins Haus gegangen war, und war ihm dann hinein gefolgt. Unvorsichtigerweise hatte Bischof Anselm die Wohnungstür nicht ins Schloss gedrückt, sodass der junge Mann die ganze Zeit über vor der angelehnten Tür alles hatte mit anhören können. Brunner war mit zwei Streifenbeamten eingetroffen, gerade als in der Wohnung ein lauter Knall zu hören gewesen war und sofort hatten sie eingegriffen. Doch wie es aussah, waren sie zu spät.

Brunner zückte ein paar Handschellen und machte zu aller erst den Bischof dingfest, während sich der junge Beamte zu Rita beugte, um nach ihrem Puls zu fühlen.

»Sie ist tot«, war das Ergebnis seiner Suche nach Lebenszeichen.

»Es war ein Unfall, sie hat mich bedroht«, erklärte der Bischof.

»Ja sicher«, kommentierte Brunner. »Ich habe zwar keine Ahnung, was hier passiert ist, aber nehmen Sie es mir nicht übel, wenn ich das gerade nicht glauben kann.«

»Es war wirklich, wie ich sage. Es war ein Unfall.«

»Das können Sie dann alles gern Hauptkommissar Müller erzählen, der freut sich schon auf Sie.«

Der Bischof seufzte und ließ sich von den beiden Beamten zum Einsatzwagen bringen. Als sie draußen waren, fragte Brunner: »Ist sie wirklich tot?«

»Sieht ganz so aus. Der Krankenwagen sollte gleich da sein, aber ich glaube nicht, dass sie noch viel machen können.« Der junge Mann setzte sich auf den Boden neben Rita.

»Alles in Ordnung?«

»Jaja ... Es ist nur ... Es ist nur meine erste Leiche.«

»Ach so. Ja, das vergeht wieder. Soll ich Ihnen ein Glas Wasser bringen?«

»Nein, nein, geht schon.«

Im nächsten Moment wurde der Beamte sehr fahl im Gesicht und Brunner schaute sich schnell um und zeigte auf eine Tür im Flur, die vermutlich zum Badezimmer führte. Anhand der Geräuschkulisse, die zehn Sekunden später die Wohnung füllte, hoffte Brunner inständig, auf das richtige Zimmer gedeutet zu haben.

43

Paula schloss die Tür des Bittersweet hinter sich ab, drehte sich zur Andreaskirche um, gerade als die Kirchturmuhr ein Mal schlug. Viertel nach sechs. Sie atmete tief durch; endlich lag Frühling in der Luft. Mittlerweile war es sogar warm genug, dass sie den Mantel offen tragen konnte. Sie steckte den Schlüsselbund in die Manteltasche, atmete abermals durch und machte sich auf den Weg, schließlich war sie in einer Viertelstunde mit Thomas verabredet. Ihre Aussprache stand ja seit einundfünfzig Jahren aus. Und jetzt war endlich die Zeit dafür. Thomas hatte ein kleines Weinlokal bei der Dammstraße vorgeschlagen, das Paula zwar nur vom Vorbeifahren kannte, aber für den Zweck war das wohl genau das Richtige. Neutraler Boden und keine Bekannten, die sie womöglich unterbrechen könnten. Sie durchquerte die Andreaspassage und wandte sich am anderen Ende dem Kolpinghaus zu. Bei Grün überquerte sie die Ampel und bewunderte beim Hindurchgehen den Torbogen und die Stadtmauerreste, die Hildesheim einst vor den großen Übeln von außen geschützt hatte. Ihr nächster Blick fiel auf die linke Straßenseite, wo parallel die Mauer der Domstadt trutzte. In dem Moment wurde sie von den Beinen gerissen. Jemand packte sie von hinten bei den Schultern, eine Hand wurde ihr aufs Gesicht gedrückt und Paula spürte, wie sie hinter die alte Stadtmauer geschleift wurde. Sie schüttelte heftig den Kopf und schrie auf, als sie es schaffte, sich für einen Moment von der Hand zu befreien. Im nächsten Moment lag sie hinter dem Brunnen auf dem Boden und keuchte unter dem Gewicht des Angreifers, der seinen Unterarm auf ihren Brustkorb drückte. Ihr rechter Arm klemmte unter seinem Knie und der linke steckte im verdreht unter ihr eingeklemmten Mantel, sodass sie ihn kaum nach oben bewegen konnte. Sie fuchtelte mit links hilflos in der Luft in dem Versuch, dem Mann die Sturmhaube vom Kopf zu ziehen, die so überhaupt nicht zu dem karierten Jackett darunter passte. Dann schlossen sich seine Hände um ihre Kehle und der nächste Schrei blieb ihr im Halse stecken. Ihr Herz begann zu rasen und Panik durchlief sie. Paula kämpfte dagegen an und zugleich versuchte sie, sich unter dem Angreifer hervorzuwinden. Er drückte fester zu. Kalter Schweiß lief ihr über die Stirn und Paula sah nur noch verschwommene Formen. Das Dunkel rollte vom Blickfeldrand herein. Sie suchte mit ihrer freien Hand nach irgendetwas, um damit zu schlagen, kratzte über die rauen Pflastersteine und spürte nur entfernt, wie ihre Nägel brachen und Blut aus ihren Fingerspitzen und aus dem Handballen sickerte. Ihre blutverschmierten Finger berührten ihren Mantel und sie hatte eine Eingebung: der Schlüsselbund. Sie musste nur ihre Manteltasche finden. Das Dunkel schloss sich langsam um sie und sie sah bunte Punkte um sich tanzen. Sie schabte verzweifelt weiter mit der Hand über den Boden und wurde sich gewahr, dass sie auf dem Mantel samt dem rettenden Schlüssel lag. Als das Dunkel sie ganz umhüllte und sie spürte, wie die Kraft aus ihren Gliedern wich, war ihr letzter Gedanke: Verdammter Mantel. Verdammter Frühling. Dann hörte sie nur noch einen Schrei.

***

Thomas warf den Stein auf den Boden und schob den Mann zur Seite, der vorn über auf Paula gestürzt war. Die schwarze Haube war am Hinterkopf aufgerissen, wo der Stein ihn getroffen hatte. Doch das kümmerte Thomas gerade wenig. Er war sich nur sicher, dass der Mann vorerst keine Gefahr mehr darstellte. Also beugte er sich herunter und suchte an Paulas Hand einen Puls, dann ihren Atem. Er fand zu seiner Erleichterung beides, wenn auch schwach und unregelmäßig, aber so weit, so gut. Nur bei Bewusstsein war sie nicht. Thomas setzte sich neben sie auf den Boden und zog sie an sich. Er legte ihren Kopf in seinen Schoß und kramte mit der freien Hand in der Jackentasche nach seinem Telefon, um zwei Anrufe zu erledigen. Danach zog er das freie Bein an sich, stützte den Ellenbogen auf das Knie und ließ den Kopf in die Hand sinken. Er atmete tief durch. Paula, die noch immer bewusstlos auf seinem ausgestreckten Bein ruhte, roch nach Schokolade und Thomas musste trotz allem lächeln. Er konnte sein Glück kaum fassen, dass er tatsächlich gerade zum richtigen Zeitpunkt die Straße überquert und ihren Schrei gehört hatte. Er blinzelte einige Male, um die Tränen aus den Augen zu bekommen. Es gab also doch einen Gott, der glückliche Fügungen erlaubte. Thomas hatte das Gefühl, mit der Rettung Paulas zumindest ein klein wenig seiner Schuld wieder gut gemacht zu haben. Er nahm den Kopf nach oben und wischte sich mit der Hand über das tränennasse Gesicht. Ohne es recht zu merken, kramte er in seiner Jackentasche nach dem Rosenkranz, umklammerte ihn und zog mit dem anderen Arm Paula etwas näher an sich.

***

Paula schlug die Augen auf, als die Sanitäter gerade den Mann im karierten Jackett auf die Trage legten. Offenbar hatten sie ihm die Sturmhaube abgenommen und so sah sie nun auch sein Gesicht. Sie schnappte nach Luft und ihre Kehle brannte. Mit einem Schlag wurde ihr die ganze Situation bewusst. Sie starrte den Bewusstlosen an. »Herr Wilke!«, krächzte sie. Erst dann bemerkte sie, dass ihr Kopf auf etwas Weichem lag und sie drehte ihn vorsichtig. Direkt über ihr entdeckte sie Thomas und ihre Blicke trafen sich. Er sah fürchterlich mitgenommen aus. Dunkle Ringe hingen unter den glanzlosen Augen und seine Haut wirkte im Scheinwerferlicht fahl. »Thomas ...«

»Es ist alles gut.«

»Gar nichts ist gut. Ich wurde fast erwürgt! ... Ich ...« Paulas Stimme versagte und sie fühlte, wie sich ihre Augen mit Tränen füllten. Sie versuchte, wie immer, wenn die Tränen kamen, diese zurückzuhalten. *Ein Indianer kennt keinen Schmerz,* hatte ihr Vater immer gesagt. Das hatte ihr bislang in allen Lebenslagen geholfen, stark zu bleiben. Oder wenigstens so auszusehen.

Thomas sagte nichts. Er nahm sie einfach nur in den Arm. Beugte sich weiter zu ihr herunter und umschlang sie, drückte sie fest an sich. Sein Hemd war in Sekunden durchnässt, wo Paula ihr Gesicht an seine Brust presste, und versuchte, das Schluchzen zu unterdrücken. Dann gab sie auf.

44

Volker saß in seinem Büro als Lisa vom Empfang herein wehte. »Die Kollegen haben einen Herrn Anselm für Sie hier.«

»Ah, wunderbar. Sollen alle reinkommen.«

Lisa wehte wieder hinaus und kurz darauf kamen zwei Beamte ins Zimmer, die Bischof Anselm hereinführten.

»Wollen Sie sich nicht setzen? Ich glaube, wir haben ein bisschen was zu besprechen«, sagte Volker und der Bischof nahm auf der anderen Seite von Volkers Schreibtisch Platz, schwieg aber und verzog keine Miene.

»Möchten Sie einen Kaffee oder ein Glas Wasser?«

Weiteres Schweigen.

»Das waren noch nicht die schweren Fragen, das wissen Sie schon, oder?«

Volker goss sich selbst ein Glas Wasser ein, nahm ein zweites von einem kleinen Tischchen an der Seite, füllte es und stelle es vor seinem Gegenüber ab, der das Glas nicht einmal ansah, sondern weiter mit kalter Miene geradeaus schaute. Ein Pokerface, wie es im Verhörbuch stand.

»Also, dann wollen wir mal. Wollen Sie mir vielleicht erzählen, was nun wirklich in der Nacht geschehen ist, in der Christian Albert zu Tode kam?«

Der Bischof schwieg. Nicht der kleinste Muskel in seinem Gesicht gab preis, was er dachte oder was er nicht zu sagen versuchte. Volker war beeindruckt.

»Sie sagen, Rita Albert wäre durch einen Unfall gestorben. Wie bitte soll das passiert sein?«

Eisiges Schweigen.

»Na gut, dann ein anderes Thema. Wir haben eine ganze Reihe Beweise, dass Sie Besitztümer der katholischen Kirche an private Sammler verkauft haben. Eine *erdrückende Beweislast,* wie es so schön heißt. Das heißt, es wird sehr sicher zu einer Verurteilung kommen, wenn die Kirche eine Strafanzeige gegen Sie stellt. Sie haben jetzt die Chance, ein Geständnis abzulegen und damit das Strafmaß zu mildern. Sind Sie sich dessen bewusst?«

Nun blickte der Bischof ihm direkt in die Augen und es lief Volker kalt den Rücken hinunter. Die sprichwörtlichen Fenster zur Seele spiegelten nur ein großes, kaltes Nichts. So wie auch das beharrliche Schweigen des Beschuldigten und der unlesbare Gesichtsausdruck.

Nach anderthalb Stunden gab Volker auf. Der Bischof – falls er denn noch Bischof war, so genau kannte sich Volker mit den Gepflogenheiten innerhalb der Kirche bei Straftaten nicht aus – würde nicht reden. Und die erstaunlich spartanische Mimik reichte nicht für einwandfreie Rückschlüsse aus. Zumindest für ihn nicht. Da müsste wohl ein Vernehmungsexperte ran. Aber nachdem es zwei Tote zu betrauern gab und Herr Martin Anselm bei zumindest einem der beiden Todesfälle von den Kollegen vor Ort aufgefunden wurde, griff hier die weltliche Justiz so weit, dass seine nächste Station nun die Untersuchungshaft war.

***

Nach der Vernehmung war Volker fix und fertig. Er hasste es, wenn er pausenlos gegen eine Wand redete. Wobei jede tatsächliche Wand kommunikativer gewesen wäre, die hätte immerhin ein leises Echo von sich gegeben. Aber alles, was er dem Bischof entgegengebracht hatte, versandete einfach so, wie in einem schwarzen Loch. Das Gespräch – oder besser *der Monolog* – waren unglaublich anstrengend gewesen. Es war, als würde ihm sein Gegenüber zusammen mit allem Gesprochenen auch noch sämtliche Energie mit absaugen. Ein scheußlicher Mensch.

Mit der Stirn in beiden Händen, die Ellenbogen auf dem Schreibtisch abgestützt, atmete Volker ein paarmal tief durch. Er hatte das Fenster weit aufgerissen und von draußen roch es nach Frühling.
Lisa stand plötzlich in der Tür. »Herr Müller, die Kollegen haben noch einen Herrn Wilke für Sie da ...«
Volker drehte ihr sein Gesicht zu, ohne den Kopf von den

Händen zu nehmen. »Ach Gott, den hab' ich ganz vergessen. Ja, von mir aus. Der Tag ist sowieso schon im Eimer ...«

Lisa nahm dies wohl als Aufforderung, Herrn Wilke hereinbringen zu lassen und verschwand. Volker seufzte und hoffte einfach nur noch darauf, dass der Tag bald zu Ende, ging. Er schaute auf das unangetastete Wasserglas des Bischofs auf der anderen Seite des Tischs, beschloss, dass dies für Herrn Wilke reichen musste, und schenkte sich nach. Gerade als er das Fenster auf kipp gestellt hatte, kamen die Kollegen herein, Herrn Wilke im Schlepptau. Er sah blass aus, hatte einen Verband am Kopf und dasselbe karierte Jackett, das er beim Überfall auf Paula getragen hatte. Volker wünschte sich auf sein Sofa, einen ordentlichen Single Malt in den Händen und ruhige Stille um ihn herum. Schließlich riss er sich zusammen.

»Bitte«, sagte er und deutete mit einem Kopfnicken auf den leeren Stuhl vor seinem Schreibtisch.

Herr Wilke setzte sich und schaute Volker aufmerksam an. Volker war überrascht, nach so viel schwarzem Loch zuvor jetzt wieder auf Interaktion zu stoßen.

»Herr Wilke, um gleich zum Punkt zu kommen: Warum haben Sie Frau Anders überfallen?« Volker wusste, dass diese Frage auch schiefgehen, und sein Gegenüber völlig zumachen könnte. Aber bei dem Gedanken, sich die Ausführungen des Beamten über diverse kleine Aufwärm-Fragen anhören zu müssen, deuteten sich Schmerzen in seinen Schläfen an.

»Um sie umzubringen, natürlich.«

Volker war baff. »Wie bitte?«

»Ich wollte Paula Anders umbringen.«

Volkers Augenbrauen schossen nach oben. Das war ein astreines Geständnis im ersten Satz. »Aber warum?

»Na weil sie mir sonst auf die Schliche gekommen wäre. Das Weib hat einfach überall rumgeschnüffelt. Schlimm genug, dass sie mir den Druckerei-Deal mit dem Bischof vermasselt hat. Das war ein wunderbares Nebeneinkommen. Am Ende hätte sie noch rausgekriegt, dass ich Christian Albert die Fünfzigtausend von der Statue abgenommen habe.«

Volker blinzelte ein paarmal. Er traute seinen Ohren nicht.

Was hatte er denn jetzt mit dem Kunst-Deal zu tun? »Und wie haben Sie das zuwege gebracht?«, fragte er, um Wilke am Reden zu halten. Das könnte jetzt interessant werden.

»Wissen Sie, ich wollte immer ein großes Haus haben. Für mich und meine Eisenbahn. Nichts Besonderes, aber größer als die Wohnung, die ich jetzt habe ...«

Volkers Gesichtsausdruck spiegelte Verwirrung, aber er ließ Herrn Wilke weiter reden.

»... mit einem kleinen Garten, wo ich dann eine schöne 5-Zoll-Bahn bauen könnte ...«

Die beiden Beamten, die hinter Herrn Wilke an der Wand saßen, schauten sich fragend an.

»Aber von dem bescheidenen Gehalt, das die Stadt zahlt, komme ich als Alleinstehender ja nie zu einem Haus. Da kam mir der Deal mit dem Bischof gerade recht, da ließ sich schon 'nen Euro mitmachen. Eine Rechnung über zehntausend Druckstücke schreiben, einen Auftrag über fünftausend rausgeben und den Differenzbetrag zur Seite schaffen, das war schon was. Das Geld wollte der Bischof natürlich wieder haben ...«

Bei Volker fiel der Groschen. Das war Geldwäsche! Die Kohle, die er mit den verkauften Kunstgegenständen gemacht hatte, ging zum Teil dann ganz unauffällig in die Gemeindekasse und der Rest blieb bei ihm. Mit ein paar Einbußen am Weg. Bearbeitungsgebühr, quasi.

»... aber bei jeder Bestellung zumindest etwas mitschneiden, das läppert sich über die Zeit. Da waren dann zumindest ein paar schöne Waggons drin und die eine oder andere Dampflokomotive.« Herrn Wilkes Augen hatten einen ganz verträumten Blick angenommen und Volker hatte Angst, sich gleich im erzählten Loko-Wunderland wiederzufinden.

»Und wie sind Sie dann an Christian Albert gekommen?«

»Der hat ja oft genug die Bestellungen vom Bischof bei mir abgeholt. Er war ja unser dritter Mann. Also der fürs Grobe. Der Bischof war der mit dem Geld und ich habe mich um die Planung und korrekte Ausführung gekümmert. Irgendwann hat Christian Albert mal gesagt, dass er jetzt schnell weiter muss, weil er ja noch eine andere Fahrt zu machen hätte, für den Bischof und da wurde ich hellhörig. Es kann ja nie schaden zu wissen, was sonst noch alles so passiert. Und da hab ich dann ein wenig nachgefragt und mir dann so meinen Teil gedacht. Ich war aber ganz schön erstaunt, um was für Summen es dabei gegangen ist. Das war ja wirklich ... kriminell!«

Ja ach ..., dachte Volker und machte eine entsprechende Geste mit den Händen. Aber Geldwäschegeschäfte waren nicht kriminell? Interessante Ansichten im Beamten- und Kirchenstaat.

»Naja, ich hab dann mal angemerkt, dass ich Bescheid wüsste und dass es doch nett wäre, wenn sie mich beteiligen könnten – so des lieben Friedens willen. Es muss ja schließlich alles seine Ordnung haben. Wer involviert ist, der muss auch bezahlt werden.«

Ja, so konnte man *Schweigegeld* auch umschreiben. Volker war bass erstaunt, aber für den Beamten schien es wirklich Sinn zu machen. »Und wie sind Sie dann an die fünfzigtausend Euro gekommen?«, versuchte Volker, die Schilderungen zu beschleunigen, ohne an noch drei weiteren Bahnübergängen hängen zu bleiben.

«Indem ich neulich nach Feierabend einen Ausflug gemacht habe.»

»Sie sind Christian Albert gefolgt ...«

»Richtig. Ich habe den Deal beobachtet und alles aufgezeichnet. Eine kleine Absicherung, Sie verstehen. Dafür habe ich mir sogar so ein neues Mobiltelefon gekauft. Diese Dinger mit großem Bildschirm und so. Die auch Videos aufzeichnen können. Und als Herr Albert wieder zurückfuhr und gerade auf dem Weg zum Bischof ins Büro war, wollte ich ihn zur Seite nehmen und meinen Anteil einfordern.«

Aha. Erpressung also auch noch ... Und eins reiht sich ans andere, dachte Volker resignierend.

»Wann war das?«

»An dem Abend, bevor er getötet wurde. Aber ehe ich ihn ansprechen konnte, kam dieser Priester daher. Sie werden nicht glauben, was dann passiert ist.«

Volker schwante Übles.

»Sie sind gemeinsam in den Dom gegangen. Und ich bin ihnen natürlich gefolgt, ich wollte schließlich ja noch meinen Anteil einfordern. Und da hab ich es gesehen. Unfassbar. Sittenlos!«

Herr Wilke echauffierte sich zusehends und Volker wurde etwas mulmig.

»Sie haben sich geküsst. Zwei Männer! Können Sie sich das vorstellen?«

Oh Scheiße ..., dachte Volker, aber seine entsetzte Miene schien Herrn Wilke zumindest zu motivieren, weiterzuerzählen.

»Ja, wirklich. Ich war auch geschockt. Aber ich hatte ja mein neues Telefon und habe auch das auf Video aufgenommen. Und alles, was danach noch passiert ist. Er war ... Es war ...«

»Danke, ich glaube, das müssen Sie nicht im Detail berichten. Ich vermute, Sie haben das Video noch und wir können es uns bei Bedarf anschauen. ... Wenn es sein muss.«

»Es war wirklich widerlich. Unnatürlich. Jeder normale Mann hätte eine Frau dafür bezahlt.«

»Herr Wilke, bitte.«

»Ist doch wahr. Das wäre doch das natürlichste auf der Welt. Aber ***das*** war eindeutig nicht natürlich.«

»Und was haben Sie dann gemacht?«

»Der Priester ist dann irgendwann gegangen, Christian Albert hatte wohl noch hinten bei den Statuen zu tun – im Durchgang zur Antoniuskirche. Ich bin ihm gefolgt und habe ihm beide Videos gezeigt. Also nicht in voller Länge. Aber es hat gereicht, dass er mir den Umschlag mit dem Geld gegeben hat.«

»Und dann?«

»Dann bin ich nach Hause gefahren und habe die Unterwäsche gewechselt.«

Volker kniff die Augen zusammen.

45

»Wie lange haben wir jetzt hierfür gebraucht?«

»Einundfünfzig Jahre, zehn Monate, ein paar Tage, einen Mord, einen angeblichen Unfall, einen versuchten Mord und zweimal Leben retten.« Paula schaute in ihr Glas. Die kunstvolle Lampe aus Weinflaschen spiegelte sich im tiefroten Wein und das Licht warf diffuse Schatten. Mit einer Bewegung schwenkte sie den Inhalt. Gern hätte sie jetzt die Zukunft lesen können. Ein junger Kellner riss sie aus ihrer mystischen Starre und sie bemerkte, wie Thomas sie ansah. Sie bestellten noch eine Flasche und schwiegen, bis der junge Mann die Flasche gebracht hatte und sie in ihrer Nische im hinteren Eck wieder allein waren.

»Paula, es tut mir alles schrecklich leid.«

»Was denn? Du hast ja nichts getan?«

»Ja eben. Ich hätte aber womöglich tun sollen. Mich bei dir verabschieden beispielsweise, als ich nach Heidelberg gegangen bin.«

»Was? Das weißt du sogar noch?«

»Wissen? Ich habe seit damals ein schlechtes Gewissen deswegen!«

Paula lachte auf. »Um Himmels willen.« Sie schüttelte den Kopf und brachte ein dünnes Lächeln hervor. »Aber ja, damit fing wohl alles an ... Entschuldigung angenommen.«

»Ich glaube, eigentlich hat alles schon viel früher angefangen. Und der Nachmittag im Park war dann der Anfang vom Ende.«

»Ach, daran erinnerst du dich auch ...«

»Ich erinnere mich an so vieles ...«

»Und die Margeriten auf dem Schuttberg?«

»An die am allerbesten. ... Wie alt waren wir da?«

»Fünf? Vielleicht sechs? Ich glaube, in dem Sommer sind wir dann in die Schule gekommen ...«

»Du hast immer neben mir gesessen.«

»Und du immer abgeschrieben!«

»Gar nicht wahr!«, protestierte Thomas.

»Ohne mich hättest du es gar nicht bis zur Uni geschafft!«

Thomas schwieg einen Moment. Dann sagte er leise: »Ohne dich hätte ich es überhaupt nirgendwohin geschafft«, und seine Stimme klang unendlich traurig.

»Ach so ein Blödsinn. Du warst dafür an der Tafel immer viel besser als ich.«

»Das meine ich nicht.«

Paula schaute aus ihrem Glas auf. Ihre Blicke trafen sich und beide schwiegen bis Thomas endlich Worte dafür fand, was er jahrzehntelang nie gesagt hatte.

»Paula ... Ich ... Ich verdanke dir mein Leben.«

»Ja, aber wenn du noch mal so einen Blödsinn machst wie neulich ...«

»Nein, mein ganzes Leben. Alles davon.«

Sie schaute ihn fragend an.

»Es gibt niemanden auf der Welt, der mich so gut kennt wie du. Wir haben zusammen gelacht, haben Margeriten auf dem Schuttberg gepflückt und uns ein Pausenbrot geteilt. Du hast mich so oft mit deinen Hausaufgaben rausgehauen ... Du warst immer für mich da. Und ich habe dich einfach hier zurückgelassen. Es tut mir so leid ...« Tränen stiegen ihm in die Augen

»Ich bin wunderbar allein zurechtgekommen,« schnappte sie, aber biss sich gleich wieder auf die Lippe und versuchte, den Kloß im Hals herunterzuschlucken.

»Weißt du eigentlich, wie sehr ich mir damals gewünscht habe, dass du mich endlich küssen würdest?«

Paula schnaubte leicht und zog eine Augenbraue in die Höhe. »Dafür warst du dann aber erstaunlich schnell weg hinterher.«

»Es tut mir leid. Es muss unglaublich schlimm gewirkt haben.«

»Ja, ich weiß, ich habe schon verstanden, dass du einfach nicht auf Frauen stehst. Das erklärt natürlich alles.«

»Es erklärt es wohl, aber es macht's nicht besser. Ich liebe dich, Paula. Ich stehe nicht auf Frauen, aber ich steh' auf dich ... Es ist nur … Ich habe mir mein Leben lang gewünscht, es wäre im Park mehr passiert. Bei mir mehr passiert. Ich habe jahrelang geglaubt, es sei etwas mit mir nicht in Ordnung. Weißt du, wie viele Nächte ich durchgeweint habe?«

»Vermutlich in etwa so viele wie ich ...«

»Ach Gott, Paula. Mach es mir doch nicht noch schwerer.«

»Ach, Thomas bitte. Das ist doch alles Schnee von gestern.«

»Ja, aber unser Schnee. Bereust du denn gar nichts?«

Paula lächelte bitter. »Oh und wie ... Ich bereue, dass ich nie gefragt habe. Ich bereue, dass ich mich nie getraut habe, dich um eine Erklärung zu bitten. Ich bereue, dass ich dich einfach habe gehen lassen. Ich bereue, dass ich nicht gekämpft habe. Und ich bereue, dass ich keine Therapie gemacht habe, um dieses Gespenst von dir, das mich mein Leben lang verfolgt hat, endlich auszutreiben. Ich bereue, dass ich Konrad nicht geheiratet und auch nie Kinder bekommen habe. Und ich bereue, dass ich keine Aspirin bei mir habe.«

»Aber du hattest andere Männer in deinem Leben.«

»Ja sicher. Du ja auch.«

Thomas ignorierte den Seitenhieb. »Aber?«

»Aber sie waren alle nicht du. Ich war so blöd, sie alle an dir zu messen. Weil ich immer dachte, Männer müssten so sein wie du. **Das** bereue ich übrigens auch.«

»Und ich bereue, dass ich einfach so gegangen bin.«

»Aa-ach Gott, noch zwei Durchgänge und wir können eine Selbsthilfegruppe aufmachen. Mein Name ist Paula und ich liebe meinen schwulen Freund«, kommentierte sie sarkastisch.

»Und ich liebe dich. Und ich war so viele Jahre verzweifelt, dass wir doch nie zusammengefunden haben.«

»Ich habe immer gedacht, du hättest mich sowieso schon längst vergessen.«

»Wie könnte ich denn je?«

»Was hätte ich denn anderes glauben sollen? Du warst weg und hast dich nie gemeldet. Ich dachte, du feierst Partys im Studentenwohnheim, rauchst Gras und schleppst irgendwelche Mädels ab, bevor sie dich ins Kloster sperren.«

»Also bitte.«

»Na was? Da waren die Sechziger dazwischen ...«

»Auch wieder wahr ...«

»Aha!«, triumphierte Paula mit einem Augenzwinkern.

»Was kann ich tun, um alles wieder gut zu machen?«

»Meinst du nicht, dass es dafür jetzt ein wenig zu spät ist?«

»Es ist doch nie zu spät, oder?«

Paula lächelte. »Nein, da hast du recht. Es ist nie zu spät.«

46

»Tante Paula!« Susis Stimme hallte durch das kleine Fachwerkhaus.

»Was ist denn nun schon wieder los? Bitte nicht noch mehr Tote oder Beamte oder Bischöfe oder sonst was!«

»Ach Quatsch! Komm runter, dann zeig ich's dir!«

Paula seufzte und kam schließlich hinunter in den kleinen Verkaufsraum im Erdgeschoss. Just in dem Moment schwang die Tür auf, und Volker stand mit einem breiten Grinsen unter den ausklingenden Messingglöckchen.

»Ah, hallo. Susi wollte mir gerade irgendetwas zeigen. Ich habe keine Ahnung, worum es geht, aber vielleicht ist es ja interessant.«

»Aber ich weiß es. Und ich habe es auch dabei!«

Paula schaute ihn verdutzt an. »Dabei?«

»Ja, genau.« Er kramte bedeutungsträchtig in seiner Jackentasche. Paulas linke Augenbraue schnellte in die Höhe.

»Tante Paula, erinnerst du dich, als ich gesagt hab, ich hätte eine Idee für dein Marketing?«

»Ach du liebe Güte. Das ist ja schon ewig her ...«

»Aber du erinnerst dich!« Susi grinste.

»Jaja, natürlich.« Paula schaute sich um, schaute auf Volkers Jackentasche und schließlich zurück zu Susi. »Bitte keinen Onlineshop.«

»Wie soll der denn in Volkers Jackentasche passen?«

»Ja was weiß ich, wo man so was Technisches hinspeichern kann. Am Ende hat er noch so einen UPS-Stick oder wie das heißt, dabei.«

Nun musste auch Volker grinsen. »USB-Stick wäre das richtige Wort, aber ich habe keinen dabei, nein.«

»Hast du noch mehr Plakate gemalt? Weil wenn ja, dann kommst du mir hier nicht mehr aus dem Laden, ehe der letzte Kunde fort ist. Das letzte Mal hat das viel zu gut funktioniert!«

»Nein, auch keine Plakate. Wobei ich da auch schon wieder eine Idee hätte ...«

»Aber nur mit Urlaubs- und Schnüfflersperre!«, beharrte Paula. »Also schießt los, was ist es?«

Volker machte ein paar Schritte zurück und hielt den beiden Frauen die Tür auf und Susi zog ihre Tante an der Hand hinter sich her in den Frühlingssonnenschein.

»Ok, Ihr wartet hier!« Volker lief los, links an der Andreaskirche vorbei und Paula starrte volle zwei Minuten in die Richtung, in der er verschwunden war, und kramte in ihrer Erinnerung, ob sie dort irgendeinen Anhaltspunkt finden konnte. Sie konnte nicht. Plötzlich riss sie ein Geräusch aus ihren Gedanken. Es klang wie die Hupe eines uralten Autos. Und genau das war es auch.

Paula traute ihren Augen nicht, als sie den alten Kleinlaster über das Kopfsteinpflaster rumpeln, sah. »Aber das ist ja ...«

»Ein Coffee-Truck!«, komplettierte Susi den Satz. »Genau. Es ist ein 1956er Coffee-Truck. Ein Ami-Schlitten! ... Also ... Ami-Kanne. Er stand in Berlin bei einem Sammler, der leider kürzlich verstorben ist. Seine Kinder haben die Sammlung verkauft. Das ist glaub' ich der einzige, den es in Europa gibt!« Susi hüpfte fast vor Aufregung.

»Kind, wo hast du denn so viel Geld her? Der muss ja ein Vermögen gekostet haben!« Paulas Kinnlade hing noch immer frei im Raum und sie starrte auf das glänzende Gefährt, das nun direkt vor dem Bittersweet parkte. Volker kramte im Inneren nach etwas, wurde fündig und legte ein funkelnigelnagelneues Anwohner-Parkschild hinter die Windschutzscheibe – was etwas knifflig war, denn mit der Tülle voran und dem Henkel nach hinten war das Fahrerhaus eine enorme Kaffeekanne. Mit Anhänger.

»Ja darf man mit so was überhaupt fahren?«

Susi sah Volker an. »Ich hab da so meine Verbindungen ...« Und er antwortete: »Oldtimer. Sondergenehmigung. Du solltest nur nicht mit 180 damit über die Autobahn kacheln, aber in der Stadt und auf den Landstraßen solltest du gut durchkommen. Pass nur mit den Abständen auf, die Tülle geht ganze schön weit nach vorn!«

»Es gab in Berlin in den Fünfzigern tatsächlich einige Coffee-

Trucks für Kathrein, aber die meisten fuhren in Schweden. Ich glaube, dort fing alles an. In Amerika gab es dann viel mehr davon und die waren auch viel schicker als die, die es in Deutschland gab. Sie fuhren auch viel länger. Der hier ist in den Achtzigern dann zu diesem Sammler nach Berlin gekommen. Da war er allerdings schon lange außer Dienst und auch in keinem guten Zustand.«

»Aber ...«, Paula versuchte noch immer zu begreifen, was hier eigentlich vor sich ging.

»Naja, das hatte den Vorteil, dass er günstig zu haben war. Und ein Freund von mir, ist vor einigen Jahren nach Berlin gezogen und arbeitet dort in einer Autowerkstatt. Er hat mir noch einen Gefallen geschuldet und sein Chef steht auf Ami-Schlitten. Auf deiner brandneuen Website hast du übrigens natürlich erwähnt, dass der Coffee-Truck dort restauriert wurde, deswegen war die komplette Überholung und der Einbau von europäischen Blinkern auch nicht gar so teuer.«

»Ich habe eine Website?!«

»Jetzt schon. Und eine Facebook-Seite. Du musst ja deinen Coffee-Truck anpreisen! Und Tour-Termine einstellen! Schau, er hat auch das Bittersweet-Logo an den Seiten drauf!«

»Ja, ich seh's, aber ...«

»Dann sieht gleich jeder, zu welchem Laden der Truck gehört. Du könntest sogar mit ihm einkaufen fahren, dann machst du immer gleich Werbung, wenn du irgendwo bist.«

»Könnte ich ...«

»Wobei viel Platz ist vorn nicht drin. Also für den Großeinkauf wirst du schon noch deinen alten Wagen brauchen können.«

»Und was ist mit dem Anhänger?«

»Ah, jetzt kommen wir endlich zu den spannenden Teilen!«, freute sich Volker.

»Was denn? Noch spannender?«

Volker nahm den Schlüsselbund, suchte einen weiteren Schlüssel heraus, schloss das Rolltor an der Seite auf und schob es nach oben. Paulas Kinnlade sauste abermals herab.

»Na, was sagst du?«, fragte er strahlend.

»Das ist ja ...«

»Eine fahrende Espressomaschine!«, riefen Susi und Volker wie aus einem Munde.

»Mit Frischwassertank, einer Kühleinheit für Milch und ausreichend Platz für vier große Eimer Kaffeebohnen. Du kannst sogar unterwegs mahlen! Wir haben sie schon ausprobiert. Sie braucht etwas länger zum Aufheizen, aber der Kaffee wird mindestens genauso gut wie mit der Maschine im Laden. Versprochen.« Susis Stimme überschlug sich fast.

»Und?«, fragte Volker schließlich, als Paula nach einer Minute noch immer nichts gesagt hatte.

»Ihr seid ja verrückt.«

»Nein. Begeistert«, strahlte Susi ihre Tante an. »Er ist so wunderschön geworden! Das hättest du von den Fotos vorher gar nicht geglaubt ...«

»Und ... Und was machen wir jetzt mit ihm?«

»Fahren«, erwiderte Volker trocken. »Und Kaffee.«

»Du kannst damit zu Festivals fahren und Kaffee verkaufen. Oder zum Martinimarkt nach Holle. Bei der infa in Hannover zum Beispiel, da gibt es immer eine ganze Halle nur mit Gaumenfreuden. Im Sommer mal zum Freibad oder zum See.«

»Aber braucht man da nicht eine Genehmigung für so was?«

Susi zog ein zusammengefaltetes Blatt Papier aus der linken Tasche. »Die ist schon da. Die Leute vom Stadtmarketing hatten sogar selbst noch einige Ideen. Die Nachfolgerin vom Herrn Wilke wird sich nächste Woche bei dir melden.«

»Aha.«

»Und bevor du fragst, wo du das Schmuckstück lassen sollst ...«, sie kramte in ihrer rechten Tasche und zog zwei weitere Papiere heraus. »Hier ist die Dauerparkgenehmigung direkt hier beim Bittersweet. Und hier der Mietvertrag für eine Garage in der Nähe.«

»Ach was.«

»Ja, aber jetzt über den Sommer kann er ja hier beim Bittersweet stehen bleiben. Dann hast du auch zwei Kaffeemaschinen, wenn dann die Touristenströme kommen. Weil da vorne können dann noch ein paar Tische und Stühle hingestellt werden. Dann hast du auch etwas mehr Platz für die Gäste. Zumindest über die warme Jahreszeit.«

»Was für Tische und Stühle?«

»Ja, die haben wir jetzt noch nicht besorgt, es war ja noch recht frisch. Aber das Stadtmarketing hat hier schon mal die Genehmigung für den Gastgarten dazugegeben. Da ist der Coffee-Truck ja auch die beste Werbung dafür: Draußen nur Kännchen!«, lachte Susi.

»Ok, und was, wenn das alles am Ende auch noch funktioniert und mir die Leute die Bude einrennen?«

»Dann wirst du am Ende noch jemanden einstellen müssen. Pro Stockwerk.«

»Pro Stock ...?! Ok, ich glaube, das muss ich erst mal verdauen.« Sie lehnte sich in den Türrahmen und starrte ungläubig auf die riesige, fahrende Kaffeekanne, die fröhlich glänzend mitten im Weg stand. Aber es kam niemand zum Hupen, weil alle ganz fasziniert das erstaunliche Gefährt bewunderten. Schließlich fasste Volker sich ein Herz für die Autofahrer, stieg ein und parkte den Kleinlaster mit Tülle, Henkel und Anhänger direkt hinter dem Zuckerhut und die aufgestaute Schlange an Autos zog andächtig vorüber.

Paula schürzte die Lippen, stieß sich vom Türrahmen ab und ging hinüber. Mit der Hand fuhr sie langsam über den glänzenden Lack. Sie öffnete die Fahrertür, schaute in den Innenraum und schloss sie wieder. Sie umrundete das Vehikel und kam schließlich zum offenen Rolltor in der rechten Seitenwand. Ein Chrom-Ungetüm glänzte ihr entgegen, daneben taten sich verschiedene Vorratsbehälter auf. Alles machte einen sehr neuen Eindruck.

»Die Gewerbeaufsicht kommt morgen zur Abnahme, das hab ich vorher leider nicht mehr geschafft«, kommentierte Susi und Paula schaute sie fassungslos an.

»Ok, ich gebe zu, das ist kein Webshop.«

Susi und Volker grinsten.

»Richtig, ist es nicht. Und? Ist es auch wirklich besser oder habe ich zu viel versprochen?«

Paula presste die Lippen aufeinander, schaute noch einmal in den Anhänger und schloss das Rolltor. Einen Moment stand sie regungslos neben der fahrenden Kanne und schaute nach oben, wo tatsächlich ein kleiner Griff am Dach war, den sie vorher erst nicht bemerkt hatte. Sie schüttelte den Kopf.

»Ihr seid wirklich verrückt.«

»Das sagtest du schon«, antwortete Volker.

»Ok, ja, das ist besser als ein Webshop.«

Susi gab einen Jubelschrei von sich und sprang mit Siegesfaust in die Höhe. »Jihaaaa!!! Ich wusste es!!!!«

»Tu dir nicht weh, Kind!«, lachte Paula. »Wer kümmert sich um die Website und das Facebook-Dingens?«

»Na, ich natürlich. Du musst mir nur sagen, wo du mit der Kanne hin willst, dann läuft das direkt im Veranstaltungskalender ein. Die Leute werden das Schmuckstück ja sehen wollen. Ein paar Termine hab ich dir schon mit der Stadt ausgemacht, aber ich glaube, da werden bald schon noch ein paar neue Anfragen dazukommen.«

»Ja, das glaube ich auch ... Und wer kümmert sich um den Laden?«

»Na, auch ich. Oder du und ich fahre zu den Festen. Aber das können wir dann ja noch entscheiden. Und dann müsstest du vielleicht wirklich noch eine Person einstellen. Aber ich denke, das sollte dann schnell wieder drin sein.«

Paula nickte langsam während Volker den Arm um Susi legte.

»Gut gemacht«, raunte er ihr zu.

Paula umrundete zum dritten Mal die Kanne und schüttelte noch immer fasziniert den Kopf.

»Jetzt gib schon die Schlüssel her!«

47

Thomas seufzte, als er das Generalvikariat verließ. Natürlich hatte er gewusst, dass es Konsequenzen haben würde. Sein Leben lang hatte er sich vor diesem Moment gefürchtet. Erstaunlicherweise war es nicht der Fast-Mord an der Ehefrau seines Geliebten gewesen, der ihm schließlich seine Stelle gekostet hatte. Nein, es war seine ausgelebte Homosexualität, wegen der er jetzt den Kragen streichen musste. Müde trottete er nach Hause, ignorierte das angestrengte Läuten seines Mobiltelefons und lehnte sich schließlich von innen gegen seine Wohnungstür. Das hatte er nun davon. Und die große Frage war: was nun? Sein Geliebter war tot, er war arbeitslos und ein Verbrecher. Für die Sache mit Rita würde er sich noch vor Gericht verantworten müssen. Ihm war schlecht und er kramte in seiner Manteltasche nach seinem Rosenkranz. Perle um Perle glitt wie mechanisch durch seine Finger, seine Lippen murmelten die nur allzu bekannten Zeilen, ohne dass er sich dessen bewusst war. Plötzlich hielt er inne, als er merkte, was er tat. Mit einem traurigen Blick glitt er an der Wohnungstür herab und saß dann zusammengekauert davor. Einige Minuten starrte er die abgegriffenen Perlen regungslos an. Dann flog der Rosenkranz an die gegenüberliegende Wand, die alte Schnur riss und die Perlen rollten in alle Richtungen über den Boden. Das Volk Israel – zerstreut in alle Winde.

48

Paula stand vor der Tür und klingelte zum gefühlten vierzehnten Mal, bis Thomas endlich öffnete.

»Da bist du ja!« Unwillkürlich glitt ihr Blick auf seine nackten Handgelenke. »Oh gut, ich hatte mir schon Sorgen gemacht.«

»Nein, es ist alles ok.«

»Sicher? Du schaust nämlich nicht so aus.«

»Nein, nicht wirklich. Sie haben mich rausgeschmissen.«

»Wer? Die Kirche?«

»Ja, ich bin jetzt arbeitslos.«

»Na wunderbar.«

»Wie bitte?«

»Wunderbar. Ich brauche einen Fahrer.«

Thomas starrte Paula an, als wäre sie von einem anderen Stern.

»Das ist mein Ernst. Ich brauche noch jemanden fürs Bittersweet. Und wenn du gerade eh nichts Besseres zu tun hast, würde es mich freuen, wenn du es dir überlegen würdest.«

»Was überlegen?«

»Na, meinen neuen Coffee-Truck fahren.«

»Coffee-Truck. ... Paula, ich verstehe nur Bahnhof. Worum geht's?«

Zwanzig Minuten später stand Thomas vor dem Bittersweet und der davor geparkten enormen Kanne und traute seinen Augen nicht.

»Wo hast du das Ding denn her?«

»Frag das Susi, sie hat sich das einfallen lassen.«

»Und damit willst du durch die Gegend fahren?«

»Zu Festivals und so. Da ist eine Espressomaschine drin.«

»Was? Ernsthaft?«

»Ja, mit allem Drum und dran. Altes Modell, generalüberholt und funktioniert Eins-A.«

Thomas pfiff durch die Zähne. »Alle Achtung.«

»Und nachdem schon zwei Leute im Bittersweet sein müssen, um die Kunden zu bedienen, brauche ich dafür nun einen Fahrer.« Sie sah Thomas erwartungsvoll an.

Er schaute zum Coffee-Truck, dann zu Paula und wieder zurück. »Das ist nicht dein Ernst, oder?«

»Und wie.«

»Dann sollte ich jetzt wohl lernen, wie man Kaffee kocht.«

Paula grinste. »Das lässt sich machen.«